世界文學
經典名作

藝術謀殺

ART MAZE
ALFRED HITCHCOCK

希區考克 著

序言

對於很多人來說，「希區考克」絕不僅僅是一個人的名字，而是懸疑、驚悚和恐怖的代名詞。這位舉世公認的懸念推理小說大師和電影大師，熟練地把懸疑、驚悚、理性和幽默融合在一起，講述了一個個扣人心弦的故事，讓人讀後欲罷不能！

阿爾弗萊德・希區考克（Alfred Hitchcock，1899—1980年），生於英國倫敦，成名是在美國好萊塢。他在生前就被公認為有史以來最偉大的電影導演，並於一九六八年獲特殊奧斯卡獎，同年獲美國導演協會格里菲斯獎，一九七九年獲美國電影研究院終身成就獎。

希區考克擅長拍懸疑電影，被稱為「懸疑大師」。除了《鳥》、《蝴蝶夢》、《北西北》等名作外，他還拍過兩百多部懸疑短劇，情節極其緊湊、風格獨特，這些短劇被整理編輯成小說，成為「希區考克故事集」的主體。事實上，在世界各地，現今流行的希區考克作品並不全都是希區考克本人的創作。當初，希區考克的女兒辦了一個半書籍半雜誌的讀物，叫做《希區考克喜歡讀的懸念故事》，搜羅了當時美國和歐洲最優秀的懸疑推理小說。另外，在希區考克名聲達到巔峰時，經常有人要求他推介一些小說，其中最合希區考克口味的小說封面上，往往還印著希區考克的名字。以上兩種情況，都大大豐富了《希區考克故事集》。這些小說都帶有明顯的希區考克的特色：懸疑、驚悚、理性和幽默。

希區考克貢獻給電影和小說的，絕不僅僅是單純的技巧。他是懸念大師，是推理大師，也是心理大師，其作品——無論是電影還是小說——都帶有很深的哲學思考。很少有人能像他那樣深刻地洞察到人生的荒謬和人性的脆弱。他講述的故事，充滿著矛盾和掙扎：生與死、罪與罰、理性與衝動、壓抑與抗爭、誘惑與抵制。通過他的故事，我們可以看到人性的最深處；而在最深處的角落裡，我們可以感受到希區考克那犀利的、略帶嘲諷又滿懷溫情的目光。希區考克不僅擅長構造懸念情節、渲染驚悚場景，也長於人物的心理剖析和案件的邏輯推理。他的作品有很強的推理性，而其結尾往往出人意料，給人以驚奇新穎的感覺。

作為大師級的人物，希區考克對人性的看法是相當冷靜的，甚至可以說是冷酷。他毫不留情、尖銳犀利地剖析社會，給人對社會以清新的認識。他直指人性的深處，揭開了西方現代社會人性的荒謬。他對殺人狂的一段評論，很典型地表明了他對這類人的態度：「人們常常認為，罪犯與普通人是大不相同的。但就我個人的經驗而言，罪犯通常都是相當平庸的人，而且非常乏味，他們比我們日常生活中遇到的那些遵紀守法的老百姓更無特色，更引不起人們的興趣。罪犯實際上是一些相當笨的人，他們的動機也常常很簡單、很俗氣。」希區考克認為人是非常脆弱的，他們經不起誘惑。他作品中的人物，有變態的、有溫馴的、有冷靜的、有偏執的，不管是哪一種，他的人物刻畫總是通過誇張的動作、語言、作為，塑造成功的人物形象。

閱讀希區考克的推理小說，就像在做一道高難的智力題，你永遠也不知道下一步出現的將是什麼！那些藕斷絲連的蛛絲馬跡，巧妙地穿插在人物的對話之中，在你還迷失其中之時，慢慢織就一張巨大的網，還原出事情的本來面目。

這本集子輯錄了最能夠代表希區考克推理風格的小說，這一個個小故事，似乎都是發生在人們身邊的事情，但是通過希區考克的演繹，它們變得意味深長，引人入勝。小說構思縝密，層層剝筍，環環相扣，首尾呼應，一步一步將小說的情節推向高潮。故事結尾曲折離奇，出人意料，但又在情理之中，耐人尋味，給人以思考。

這些推理小說的故事情節往往並不複雜，希區考克只是通過鏡頭緩緩道來，在不知不覺中你就落入了他用時間和空間佈下的迷宮，那一個個慢鏡頭透射出一處處角落暗藏著的人性的陰暗。在閱讀希區考克的推理小說過程中，你能夠體會到他作品所表達出的複雜性及其蘊涵的多義性，從而在閱讀過程中獲得一種快樂和藝術享受。

CONTENTS · 目錄

奇怪的兇器……11
保險箱密碼……17
溫柔冷美人……26
精神病人……36
遺書之謎……47
警探的拜訪……59
多此一舉……67
你是第八個……78
錯誤的條件……84
悲哀賭注……93
黃雀在後……108

二次搶劫……121
夢想之家……129
藝術謀殺……142
白癡證詞……159
將計就計……175
肇事的司機……180
高速公路上……188
香水有毒……201
嫁禍……214
第四隻手……220
細心的銀行員……225
拳擊高手……234
鄰家殺手……251
污點證人……264
神奇的櫃子……272
冬季逃亡……284

奇怪的兇器

致命的兇器，在房間裡隨處可見，但是，令杜瓦特斃命的兇器，在二十多年的警察生涯裡，我還是第一次見到，這種兇器醜惡得令人髮指。所謂的「兇器」，實際上是一個人的頭骨。它在屍體的旁邊擺著，已經碎成幾塊了，上面還沾染著很多血。依據屍體的嚴重傷勢可以斷定，兇手在謀殺的時候，一定是用盡了全身的力氣。

命案發生在一個寬敞的書房。皮革封面的舊書擺滿了書架。牆上的裝飾物看起來也非常古老，是墨西哥和中美洲的一些藝術品和手工藝品。房裡陰森森的，讓人禁不住豎起汗毛。

「要不是親眼所見的話，我很難相信，這是真的。」昆比說。

「是的，實在難以想像。」

進入起居室，我們看見了坐在沙發上的克勞德。他的身上沾染了很多血跡，衣服上、手背上全都是血。他大概在四十歲左右，整個人看起來唯唯諾諾的，不像個殺人兇手。可是，半小時以前，他打電話來投案自首了，聲稱自己親手殺死了杜瓦特。

克勞德和杜瓦特我們都認識。死者杜瓦特是這座大房子的主人，房子坐落在城中的高級住宅區。

杜瓦特是一個很有名氣的人類學家，也很富裕。因為他對早期的哥倫比亞人很有研究，所以他在各個大學的人類學系很受歡迎。這些院系都爭相聘請他去演講或者開座談。

克勞德是杜瓦特的一名助手，命案發生的時候沒有目擊證人。「我被憤怒衝昏了頭腦，一氣之下，就把他打死了。」克勞德對自己的罪行供認不諱。

可他殺人的動機是什麼？為什麼會使用那樣的兇器？這個問題，我們想不明白。

「你為什麼這麼做？發生了什麼事，克勞德？」我冷靜地問道。

「我不是已經說了，杜瓦特是我殺的。一開始，我想過好好籌劃一下，讓事情看上去像是竊賊幹的。可是，那得花費一番心思，我不太擅長這個，不會撒謊。我覺得疲憊極了，無論什麼事情，都讓我提不起精神。」他用溫和、柔順的語調說道。

「你為什麼要殺死他？」昆比問。

克勞德遲疑了一下，緩緩地將頭搖了搖，好像那個理由讓他難以啟齒。

「你怎麼想起了用那個死人頭骨？那個東西是從哪兒弄來的？」我又問。

他沒有立即回答，而是閉上雙眼，過了一會兒，他開口了：「那個頭骨，就放在杜瓦特書桌上。就在我準備動手時，他正好坐在書桌前。」

「什麼？你說那個死人頭骨，他拿來當書桌擺設？」昆比的聲音充滿詫異。

「是的，的確如此。他說，來訪者看到那個東西以後，那種驚恐的反應讓他覺得興奮。他那種幽默感真的很恐怖。但是，他解釋說，他那樣做是為了提醒死亡，因為每個人都會有那麼一天，早晚都會死去。」

從克勞德口中我們還得知，他已經跟隨杜瓦特八年了。這八年的祕書生涯裡，他的工作就是幫助杜瓦特整理資料、起草文章和寫信，有時候，他也需要陪同杜瓦特一起去墨西哥和中美洲進行實地考察。

平日裡，這座大房子也是他的住所。

六年前，杜瓦特的太太離開了他。之後，他一直獨身一人，也沒有什麼親戚。於是，我們繼續詢問克勞德，得知謀殺之前，他根本沒有預謀，甚至連爭吵都沒有發生。

「既然如此，是什麼事情，讓你如此動怒，想到了殺人？」我問。

他一臉嚴肅，靜坐了一會兒，深深地嘆了口氣，說道：「源自一個啟示。」

我和昆比並不催促他，耐心地坐在一旁等著。他繼續說道：「昨天下午，一位很有地位的人類學家給我來了一封信，邀請我去為他工作，提供的薪資也比現在好。經過一番思考，我決定接受他的邀請。於是，我將實情告知了杜瓦特，誰知，他一口回絕了，堅決不同意我辭職。他說，萬一我不替他做事，不住在他家的話，難免會口風不緊出現紕漏。他一再堅持要我留下，甚至還採取了恐嚇，說要是不服從的話，他將會對我不客氣。」

「等一下，口風不緊？有什麼祕密？」我問。

「是六年前，發生的一件事。」

「一件事？」

靜默片刻，他說：「是杜瓦特太太和情人的死。那個男人是一個巡迴歌手。命案發生在波利湖，杜瓦特在那裡有一棟夏季別墅。」

這回，我們陷入了沈默。後來，僵局被昆比打破了，他詫異地說：「可是，剛才你說他太太是離開了，沒有提及死亡。」

「我是這麼說的？應該是說了。這個謊言我已連說了六年了。不過，他的太太和情人，死在波利湖是實情。」

「他們的死因是什麼？」

「兩人都是因為窒息而死。那時候是九月。一個週六的早晨，杜瓦特來了興致打算去那個別墅小住。那時候，他正在寫一本書，他想換個環境有利於激發創作靈感。八點鐘的時候，他就獨自一人驅車去了。當時，我還有瑣事需要處理，一小時後我趕了過去。可是，我到達別墅時，看到了可怕的一幕——在杜瓦特的身旁，躺著兩具屍體，一具是杜瓦特太太，此刻她應該在南部旅遊，另一具是那個巡迴歌手。兩個人都是赤裸裸地。他告訴我，當他到達這裡時，屋子裡全是瓦斯的味道。就在他打開窗戶的時候，發現了那兩具陳列的屍體。他跟我解釋說這全是意外，這場慘劇全是因為臥室的瓦斯管漏了氣。」

「他的話你信嗎？」我問。

「是的，當時我是相信的。看到那一幕，我吃驚極了。在我眼中，杜瓦特太太一直是個好妻子，她年輕漂亮，而且還文雅、賢淑。」

「這件事情，杜瓦特是怎麼處理的？」

「他顯得很鎮靜。我建議報警，他拒絕了，因為那是一樁醜聞，他不想聲張，那樣的話，會有損他的名譽和前途。後來，我們依照他們建議，自行處理了屍體，就埋在湖邊。面對外界，他就聲稱由於夫妻關係不和，妻子一氣之下離開了，去了波士頓。結果，一切跟他的料想一致，由於沒有親戚朋友，外加他的顯赫地位，所以從沒人過問此事。」

「如此說來，這個祕密一直在你心裡保存了六年，直到今天你才公之於眾。」昆比說。

「是的。」

「倘若你真的強行離開，他預備怎麼對付你？會謀害你？」

「是的，他會殺了我。」克勞德點了點頭，一副疲倦不堪的樣子。

到此刻，結果已經很明顯了。

「其實杜瓦特太太和她的情人，並不是意外致死，那是一場謀殺，是他策劃的。」我直接挑明了答案。

「正是這樣，他到達別墅的時候，他們兩人正在床上。他肺都氣炸了，自尊心嚴重受挫。在他眼裡，自己的妻子罪不可赦，應當立即處以極刑。平時，杜瓦特就是這樣的為人。於是，他們先被他用拳頭擊昏，然後，又被用枕頭悶死。做完這些，我正巧趕到了。他編了一個瓦斯管線漏氣的理由來敷衍我。在那種情形下，假如我不屈服，肯定會跟他們一樣被殺害滅口了。」

「所以你一聽到威脅，就再也控制不住自己，把頭骨砸向了他？」我說。

「這只是一部分原因。最讓我無法忍受的是他的自白。我聽完噁心透了，對自己的共同參與憎惡至極。我突然發現自己是那麼的討厭他，所以決定讓他付出代價。可是，我性格很怯懦，要不是得知他做了另一件事，我也下不了手。」克勞德說。

「快點往下說啊！」昆比有些著急了，插話進去。

克勞德用顫抖的聲音說：「就在今天早上，我從他口中得知了一件事，可他為什麼要跟我說這些呢？他書桌上的那個頭骨，我一直以為是從墨西哥帶回來的。誰知不是！它實際上來自於波利湖邊。那居然是他太太的頭骨！一聽到這個，我氣得眼冒金星，隨手抓起一個東西向他砸過去。你們很難理解我的心情，因為那一刻，我才明白擺在桌上的那個頭骨，居然是我暗戀了多年的那個女人的遺骨！」

保險箱密碼

安東尼和貝克雖然有時候會在一起，但他們兩個並不是真正的朋友。前段時間安東尼恨不得殺了貝克那畜生。那是因為有一次在舊金山兩人作案時，貝克騙了他。這讓安東尼不僅徒勞無功，還差一點兒被警方抓住。所以，今天晚上貝克的來訪，令他很意外。

貝克手中拿著一瓶酒。他一點也沒變，還是那麼高大強壯，長臉像刀子似的，嘴很大。

「安東尼，先不要生氣。」貝克搶先說道，往上提了提酒瓶，「要發火也先等喝完這瓶酒再說。」幾杯酒過後，安東尼已經了解了貝克的來意。貝克在城裡踩點時，發現一個財物頗豐的保險箱，卻一直未能找到一個會開保險箱的合適人選。安東尼是最好的開保險箱高手。他和現在的許多初出江湖的毛頭小子不一樣，他們都是用氣切的方式，需要帶很多專用工具。安東尼只需帶少量的必要工具，並且幹起來比他們快得多。

「聽我說，安東尼，關於舊金山那件事。」貝克的眼光掃來掃去，接著說，「我被一個女人纏著，一直纏著要錢，被女人纏著真的很麻煩。如果這次我們成功，我會以高於以前十倍的報酬來補償你的。」

「鬼知道你這小子又會耍什麼花招？」安東尼不客氣地說。

安東尼一直對貝克的為人不屑一顧，看到他就覺得很厭惡。貝克除了吹牛、擺闊氣之外，還很好色；在一大群人裡，如果有人穿衣服特別的話，那一定是貝克；貝克還像富家公子一樣喜歡開那種大型豪華轎車，以吸引別人的眼球。但幹他們這一行，特別忌諱這些。

貝克缺點很多，但他的腦子還是很靈活的。特別是在找保險箱方面，他就像專門為這個而生的天才，每次都能準確計畫，全身而退。所以要是和他一起幹，就必須容忍他的一些壞習性，在快要成功的時候，千萬不能相信他。特別是得手轉移的時候，不要把保險箱裡的一切東西都讓他保管。像上次在舊金山，安東尼就上了貝克的當。

貝克這次的確需要安東尼的幫助，這點從他帶來一瓶酒，還是上等的「XO」就可以看出。安東尼瞇著眼睛，享受著一般很難喝到的「XO」，心想不喝白不喝，幫不幫他看情況再說。

貝克把一切都想得非常順利，滔滔不絕地說著這次行動的成果將會非常可觀。安東尼反而有點懷疑起來。

貝克突然面色嚴峻，露出像剛入伍的新兵在接受首長訓話時才有的誠懇神色，舉著右手說：「我的夥伴，安東尼先生。這次的公平性我可以絕對保證，更不會讓麻煩的女人參與，而且這次將會非常順利。」他把兩個酒杯倒滿，相互撞了一下杯子，遞一杯給安東尼，「我敬你，祝我們成功！」

因為工作有一搭沒一搭的，收入少得可憐，安東尼已經好長時間沒喝到這樣的好酒了。他問：「到底是什麼事，這麼容易？」

「一切全計畫好了，我還搞到了那幢樓的建築圖。」貝克拍拍口袋，「這次的合作會讓我們兩個發達的。只要我們兩個人就夠了，多了反而會礙事。得手後我們平分。」

安東尼心不在焉地應著，心中暗自思索：「上次在舊金山，貝克吞掉了自己應得的一份，正是因為有第三者參加。如果只有他們兩個人，一對一的話，自己絕不會怕貝克。雖然貝克頭腦很靈活，但實在不行，可以用武力，自己的力氣比貝克大。」

貝克問：「你想不想知道一些更詳細的情況？」

安東尼這時候有點心動了，於是點點頭，又把空酒杯伸到貝克面前，美酒的滋味總是很不錯。其實貝克在來之前，就聽說他最近一直運氣不好。安東尼住的屋裡，燈光昏暗，東西擺放得凌亂不堪。因為沒有暖氣，他只能穿一件舊毛衣取暖。貝克還知道，他這段時間甚至像周圍那些無能的笨蛋一樣，去給別人打工。到處奔波，做一些零工，更沒找到一個固定的老闆。

貝克把從口袋裡掏出的一張紙展開。這張紙是他精心繪製的計畫圖，只有他們這樣的內行人才看得懂。上面詳細地標明了房間、電梯、通道、樓梯的位置。

「你感覺怎麼樣？安東尼，這次行動輕鬆又簡單。」貝克搖著圖紙，臉上透著堅定地自信。安東尼打量著鉛筆畫的圓圈，有意無意地問了一句：「聽起來不錯，但這是什麼？」

「那是鑽石，這次的保險箱裡大部分都是鑽石。你知道，這東西很容易脫手，我連買主都聯繫好了。你那部分是自己脫手，還是我幫你聯繫？」貝克笑著說，又把酒瓶遞給他。

安東尼倒上酒，又喝了一杯，掏出一支香煙彈了彈。貝克趕忙把一隻銀製的打火機湊上去給他點著。

「你繼續。」安東尼吸了一口煙說。

「我們可以從這條巷子靠近大廈，從這裡到三樓。」貝克指點著計畫圖，「這裡原本是個大廳，現在被裝修成五個小辦公室和一間保險櫃室。這道門的鑰匙已經被我弄到手。」他得意地眨眨眼，「我認識一個小妞，她就在這兒上班。我們關係不錯，在一起的時候，趁她不備，偷偷調換了她的鑰匙。我還知道樓裡警報系統的位置。」

他又指了指最後的那間房，「保險櫃就在這個房間裡。」

「保險櫃是什麼樣的？」

「是老式的力神牌，又大又厚的。我以前還真沒有見過，不過我曾悄悄打聽過。他們說這東西已經有十幾年了，又大又重，鎖得很結實。」安東尼知道貝克所說的「他們」一定是他買通的內線，但他沒有問。

「只有這一條出口？」安東尼看著圖紙問。

「那不是最重要的，不管幾條反正也不會有人看見我們。下週有三天假期，我們選擇週五午夜時分行動。三天之後，他們才能發現保險櫃被盜。」

安東尼品著酒，慢慢考慮著：貝克還能相信嗎？他會不會又騙我？

「我已經計畫好一切，萬事俱備，只欠安東尼你這個東風了。」貝克搖著酒瓶，「我們是多年的兄弟，所以我才會來找你。那些珠寶價值絕對在五十萬元以上，上次在舊金山我覺得很對不起你，這次一定要彌補你的損失。」

安東尼不會輕信他這一套。他仔細地看了那張圖，問了一些問題。貝克的回答沒有任何破綻，似乎把一切都告訴了自己。弄清了整個計畫，安東尼感覺這樁買賣很不錯。貝克說他用了整整一個月的時間踩點、偵察，還花了許多錢打探消息。他現在確認珠寶一定在那個保險箱裡，他知道了應該知道的一切。

「我還要補充一下，我的朋友。」貝克說，「這是我最後一次，這次幹完，我準備洗手了。拿到錢後，我會到一個很遠的地方，再也不回來了。我準備在我的家鄉定居，那裡有漂亮的農場。在那裡我會忘記過去，舒服地過完我的下半輩子。」

安東尼讓貝克把那張圖留下來，並讓貝克第二天等待他的回覆。如果是別人找他合作，又有這麼好的條件，他早就答應了。但貝克讓他不得不有所顧忌，他必須認真考慮一下，如果貝克這次又是騙自己，該怎麼辦？安東尼越這樣想，越覺得貝克會在他們成功後，出其不意地把自己暗算了。比如貝克事先埋伏兩個人，在他們要離開的巷子裡……事情不會只像貝克說的開保險櫃那麼簡單，安東尼反覆思索著，直到凌晨才睡去。

次日，貝克打來電話，問他考慮的怎麼樣了？

安東尼說：「好吧，我們一起幹。」

「這太讓我高興了，我聰明的朋友。」貝克興奮地掛上了電話。

過一會兒，貝克來到安東尼的住地。在那張圖上，他用鉛筆寫出了街道名、公司名及其他的一些東西。安東尼這時才知道，那棟大廈距他的公寓不遠，只有兩公里的路程。

他們把行動時碰頭的地點約好後，貝克就離開了。

隨後的兩天裡，安東尼搜集了一些必要的工具，又搞到了一瓶特製炸藥。那是從一個黑幫那裡弄的，現在還沒有付錢，但必須在一週內付款。他把一切能用到的東西整理好，放進他剛弄來的一隻小型手提箱裡。接著，他又上街買了一頂帽子和一套西裝。經過一番打扮，他倒很像個公司職員。大廈裡許多人在晚上才下班，安東尼前一段時間做過許多關於辦公室的零散工作，所以對這方面很清楚。

安東尼還去將要行動的地方查看了一下。一切都像貝克說的那樣，但只有那條小巷不大對勁。小巷黑漆漆地，就算藏幾個人在裡面也不會有人知道。如果真的有人躲在那兒，等候他從樓梯上帶著價值二十五萬元的珠寶走下來，那可就大大的不妙了。

星期五晚上，是他們約定行動的時間。安東尼和貝克碰了面。

他們沒有遇到任何麻煩，就進入了大廈。他們徒步從生鏽的梯子上慢慢走到了三樓。貝克只用了十分鐘，就關掉了警報系統。這正和他說過的一樣，事情的進展很順利。

貝克打開放保險櫃那間屋子的門，兩人一起走進去。貝克把門關好，然後對安東尼說：「夥計，這次全靠你了。」

這是個單獨的小房間，隔音效果很好。保險櫃就放在後面的地方，安東尼走到它前面。這是這家公司唯一的保險櫃，說明一定有貴重的東西在裡面。安東尼開始仔細地檢查保險櫃，貝克局促不安地站在旁邊。

「貝克，你站在旁邊讓我心神不安，我的注意力不能集中。」安東尼說。

「你大概需要多長時間可以打開它？」貝克問。

「半小時，也許時間會更長一點。你別老站在這兒盯著我。」

貝克無可奈何，只得去了另一個房間。安東尼用一塊舊布遮掛在唯一的窗戶上，然後關上門，打開燈。安東尼花了一刻鐘的時間仔細地研究保險櫃和房間。

貝克敲了下門：「安東尼，還沒打開嗎？」

安東尼迅速關掉電燈，打開門，警告貝克不要亂動。

貝克站在門外，看見安東尼正在謹慎地裝著火藥，安東尼做得很慢。貝克很是焦急。

終於完成了，安東尼點燃了引線，兩人飛快地躲到屋外。一聲沈悶的爆炸，伴隨著清脆的「咔嚓」一聲響，保險櫃門就這樣開了。

貝克興奮異常，飛快地撲過去。他突然愣住了，保險櫃是空的！

安東尼也看到了，憤怒地對他大叫道：「你說過這裡一定有珠寶！」

貝克完全呆住了，疑惑地搖搖頭，突然跳了起來，大吼道：「裡面確實應該有啊！」

貝克很震驚，安東尼也是第一次看到，失望可以讓人變成這個樣子。

安東尼一樣失望，兩人一起咒罵這家公司，踢翻了所有桌椅，最後一起跑出大廈。

進來前，貝克把車停在了小巷裡。現在車上多了兩個戴墨鏡的人，看樣子和貝克認識。

安東尼不禁出了一身冷汗，心想此時我若真拿著二十五萬元珠寶的話，可能已被他們三個給害死了。

貝克上了車，理也不理安東尼，像不認識他一樣，車子直接開走了。安東尼轉到巷口，叫了一輛計程車。

安東尼第二天決定離開此地。貝克突然間好像又認識他了，竟然到機場送了他一下。

安東尼隨便坐了一架往南飛的七四七班機。其實他並不在乎飛向何處，只要他的人還活著，只要那皮箱還在。

他曾在打工期間，詳細了解了辦公室職員的工作習慣和方法，知道他們有一個習慣，那就是總喜歡改動保險箱密碼。記密碼對於一些人來說，是一件很麻煩的事。於是一些人就會用一個簡單的方法記密碼。他在檢查保險櫃的時候，在抽屜裡找到了一隻壞掉的鬧鐘。他想也許這個壞掉的鬧鐘顯示的時間數字就是密碼，要不誰會把它放在這裡呢？就這樣他按鐘錶上的時間數字，輕鬆地打開了保險櫃，將裡面的珠寶放入自己的皮箱。然後關上保險櫃，好像沒打開過一樣，貝克敲門時他剛好做完這一切。最後用正常的方式爆開保險櫃。

舊金山的損失，這一次總算挽回了。

溫柔冷美人

「天哪！是安娜！看到你真高興，但你怎麼會突然想到來這裡的？」說話間，他已拉我進了屋，順手拖了把皮椅放到我旁邊，「你一定要參加明晚的宴會。對了，我妻子昨天打電話給你了，你聲音有點不對，有什麼事嗎？」

「除非有人把我綁架了，否則我一定會參加明晚的宴會。」我開玩笑地對他說，「雷恩，我這次來不光是為了參加宴會，可能還有別的事。」

柔軟而舒適的皮椅，絲毫不能讓我輕鬆。我今年不到三十五歲，有一雙修長、白皙的腿，黑色皮椅襯托出它的美麗，滿頭秀髮和金黃色的外套，讓我看起來更加漂亮。然而我一旦和男人在一起，就覺得很不自然。雷恩是我的老朋友，和他一起我也感到不自然，感覺動作很僵硬。

雷恩在桌子後面坐下來，微笑著對我說：「不會是你闖了紅燈吧。記得我在警員訓練班上課時，有一段標準的訓詞——不論階級，秉公處理，但安娜·凱恩除外。」

「也許將來我會闖紅燈。」我笑說，「在我的記憶中，只有你一個警員敢攔住我父親的車，罰我父親款。」

他哈哈一笑道：「法官那時總說我這樣做是為了出名。」

「他們說的不錯啊！」我繼續開他玩笑。

作為執法者，那次事件讓雷恩獲得了誠實盡責的美名。雖然我父親的地位和威望很高，但他一生都沒為自己搞過特權。晚年的時候，他對一些禁止停車的法令很不耐煩，就這樣被初出茅廬的雷恩開出了罰單。這一切一晃就過去了，現在的雷恩已是本城有名的地方檢察官，這段時間他正忙著奧丁的命案。

奧丁是唯一一個在家鄉白手起家創業的人，從最初的一窮二白到現在的百萬富翁。就是他，竟然被他家的銅撥火棍打死了。

本城有個傳統，星期三晚上是廚子休假日。奧丁太太闕蘭也放了假，闕蘭七點就被她母親接去了。因為今天母親準備為女兒和女婿開個晚會，以慶賀他們兩個結婚十五週年。闕蘭來到母親家後，趕緊看看晚會方面還有什麼沒準備好的，因為她母親半身不遂，不一定事事想得周全。奧丁在家處理一些文件，暫時還沒有過來。

九點晚會正式開始。八點半的時候闕蘭給家裡打電話，沒人接。闕蘭見奧丁還不到場，又不接電話，就讓司機回家看看。司機發現奧丁家的門開著，奧丁趴在桌上，走進去一看，就看到奧丁的頭部傷得很重。

一名疑犯在第二天被捕。我等了兩天，終於鼓足勇氣來找雷恩。剛進他的辦公室，我就想轉身離開。但天生的正直感鞭策著我必須面對他，我問他：「雷恩，你們抓到了一個嫌疑犯，你能確定他就是殺死奧丁的兇手嗎？」

雷恩的臉上開始不斷變幻出各種不同的神色，那是官員特有的謹慎。

「請回答我，我的朋友，我不光光是因為好奇而來問你一些奇聞軼事，奧丁他也是我們的朋友，這麼做是出於關心。那個名叫史傑夫的嫌疑犯，已經被提審，但據我所知，沒有真正的證據證明他是兇手。」

謹慎的面容慢慢消失，雷恩鬆了一口氣道：「是這樣，安娜，看來你對這件事很關心。看得出來，你對這件事也了解很多。但現在史傑夫的處境並不好，他應該是唯一有作案動機的人。他一直恨奧丁，我們傳訊時，發現他找不到不在場的證據。關鍵是，事發那天下午，他還恐嚇奧丁，揚言要殺了奧丁。他們兩個之間的事情，並不是簡簡單單的解雇，」雷恩補充道，「史傑夫說奧丁不遵守承諾，也許他這麼說是對的。眾所周知，奧丁之所以能成功，關鍵是充分地利用了那個破農場，才漸漸發展成本州電子工業巨頭。不過我聽說，他還做了一些不道德的事。他在幾個月前的一次商業會議上，認識了史傑夫，覺得史傑夫很有潛力。就決定以給他股份的方式，把他吸引過來，可惜的是他們最終談成的合作意向，都沒有寫在合同上。如果不是那晚他喝多了，他也許不會用暴力去了結奧丁。可能他只是想讓奧丁遵守自己的諾言，也可能他知道了晚會的事，想趁奧丁夫婦都不在的時候，去他們家裡偷點東西，搞點破壞什麼的以解心頭之恨。」

「你有沒有這樣想過，兇手可能就是個真正的小偷。這個小偷在報上的社交欄裡看到新聞，認為奧丁家此時空無一人。而奧丁卻一直在家停留了很長時間，沒去晚會，這才使小偷感到意外，慌亂中下手殺了他。」

「不會的，門沒有被撬的痕跡，說明不是強行進入。保險箱裡的八百多元現金也沒有動過，很顯然不是小偷。另外我們在客桌上發現一杯只喝了一半的茶水，還有一杯新倒的還沒有喝過。那杯新茶一定是倒給訪客的。這樣看來，進來的人他一定認識，他還給那人倒了水，說明他並沒有防備那個人。」

這時雷恩忽然記起，我曾和奧丁相戀過一段時間，最後還訂了婚。因此他對我說：「安娜，對不起，我並不想談論這個死去的人。你那時選擇和他解除婚約，你一定是看清了他、了解了他的真面目吧！」

「他一向自以為是，只顧自己，不顧別人。他認為我們只是當面看得起他，卻在背後嘲笑他。從中學起，他就一直想在我們面前表現一番。」

「他是這麼做了，對吧？」雷恩說。

「奧丁是個勢利小人，你不這樣認為嗎？」我冷冷地對他說，「不過我今天來不是落井下石的，我主要是關注這位叫史傑夫的嫌疑犯。」

聽到這話，雷恩皺了皺眉頭。頓了一下，接著說：「奧丁遇害的時間是七點半到八點半之間，從六點半以後就沒人看見過史傑夫。他自己說他回家睡覺了，可是誰能證明？」

我深吸一口氣道：「我可以證明，我和他在一起。」我真切地感覺到，那一瞬間，我渾身熱血上湧。我一度以為自己會昏過去，我趕緊定了定神。

雷恩一點也不信：「和你在一起？」

我點點頭：「我認為現在還會有人記得，那天我是在酒吧裡的。我的廚娘那天也放假了。我不想做飯，就準備去外面吃。因為那天私人廚子放假，所以餐廳裡人很多。這時我看到史傑夫也在，他在七點左右的時候離開了，我便跟著他一起出去。我們在外面上了一輛車，以後一直到午夜，我們都在一起。」

雷恩瞇著眼注視著我，在想我說的這些話和我的一貫作風是不是相符。全城所有的人都認為我是神聖貞潔的。除了奧丁和高登，我曾和他們訂過婚外，我一直沒接觸過其他男人。我想現在雷恩可能正在回憶那件事，在一次鄉村俱樂部的舞會上，他想在後院吻我，我打了他一耳光。現在竟然聽到我自己說和別人約會的事。

「秋天總是很淒冷，就像我現在一樣。」我謹慎地選擇該怎樣措辭，「夏秋之交的時候，高登因車禍去世了，如果不是他走了，我們已經結婚了。此後我一直小心謹慎地活著。雷恩，別這樣看著我！我也是血肉之軀有感情的。不論別人怎麼想，你能理解我嗎？」

「理解。」但我從他的神情裡知道，他並沒有理解。

「從別人的口中，我聽到了關於史傑夫和奧丁的爭吵，史傑夫應該很可靠。我本以為他已經離開這裡了，沒想到卻出了這樣的事。就像你說過的，他看起來高尚、忠誠，並沒有把我們那時候在一起的事說出來。」

「這麼說來，他比我想像的更好。」雷恩贊同我的想法。

「他一定明白，如果我不承認這一切的話，就沒別人會相信他了。但他還是找了好藉口，說他的房東是個聾子。這樣就不會……不會敗壞了冷若冰霜、難以接近的凱恩小姐的名聲了。」我難過地說。

「現在不是自責的時候，」雷恩心口不一地說，「在這裡，史傑夫只住了幾個月，他還不知道，凱恩家族在這裡就是誠實公正的代表，所以我會不惜任何代價保護你的名譽。」當他說到代價時，我明顯地看到他皺起了眉頭，臉顯不悅之色。我幾乎可以想像他不顧一切，堅決要保護我名譽的樣子。

「安娜，現在我們要簽一份口供。當然你可以儘量簡單，就說你和史傑夫七點離開餐廳後一直在一起，直到……算了，我們還是這樣說吧，你只說從七點到七點半，你們在一起。

因為這段時間是案發的時候，它和凶殺案最有關聯。我回頭再和皮姆商量一下，看看能不能在言論上緩和一些。這一來地方上也許會有些說法，但你不用管這些。在凱恩城，安娜，你是受人尊敬和愛戴的。認識你的人會記得高登，他們一定會原諒你。」

雷恩讓一位速記員記下了我的供詞，簽字之後，我問雷恩現在能不能見見史傑夫。他不是很願意，但還是讓人到看守所把他帶來了。

史傑夫相貌平平，現在正小心地走進雷恩的辦公室。他雖長相一般，但卻有一張純厚的臉，還有一雙充滿智慧的藍色眼睛。

「他們告訴我，有一位證人願意出面為我作證。」說完，轉頭看到了我，他注視著我說，「凱恩小姐！」

「不要擔心，」我勸慰他，「我已經告訴了這位檢察官，我星期三接你上車，以及以後我們在一起的事。你自己怎麼不辯解呢，這樣會害了你。」

史傑夫久久地凝視著我，然後轉身向雷恩道：「你已經相信我了嗎？」

「說實話我並不確信，」雷恩道，「不過我已經向凱恩小姐確認，她向我說的全部是事實，所以現在你可以出去了。」

我想開車送史傑夫去機場，雷恩不同意我這樣做。但我還是送史傑夫去了機場，快到機場時，他終於說話了：「凱恩小姐，你真是個了不起的女人。一路上我忍不住在想，在你美麗、冰冷的外表後面，有著怎樣的熱情啊！這讓我真的希望星期三的晚上我們確實在一起。你很聰明，你用稚氣的坦白完全嚇住了那位檢察官，只有這樣你才能為自己找到不在場的證據。請問你為什麼要殺奧丁，凱恩小姐？」我沒有回答，只顧向前開著車。

「當然了，我知道你認識奧丁，那是以前的事了，現在你並不愛他。」史傑夫略作思索，「聽說十五年前你和他訂過婚，為什麼直到現在才殺他。我記得他們發現奧丁的時候，保險箱是開著的，凱恩小姐，你一定拿走了什麼吧？以前的情書？還是你以前不遵守交通規則時簽的認錯書？」

我們很快到了機場，我把車停在機場大樓旁說：「你猜的都不對，是照片，五張很清晰的照片。四年前他在我們旅社的房間裡拍的。」

「你知道，十五年前我和奧丁相戀後訂了婚。十一年過去了，我發現我們的愛情竟然還能繼續。四年前，我們在紐約偶遇，在他鄉的我們，愛情又重新開始。我們如膠似漆、寸步不離。我完全沈浸其中，不能自拔。我們兩個都很小心，因此沒人知道我們的第二次戀情。那段時間的我，完全不知羞恥，只要他打個電話，告訴我時間和地點，我立即會飛奔而去。從那時起到此後的一年多時間，我完全麻木了。

「慢慢地，我為這事對闞蘭感到內疚。為了控制我的感情，我坐飛機去歐洲旅遊。這次旅遊讓我安穩了一個月。奧丁這時卻寄了一張照片到我的旅館，照片是我們在一起時拍的，竟然是我的艷照。他還無恥地在照片背後寫著：『我還有四張這樣的照片，在這四張裡，你看起來更迷人。聽好了，如果你不在一週之內回來的話，我就把你剩下的照片登在報上。』其實他不威脅我，我自己可能還會回到他身邊。但那封信使我恨他。

「隨後的一年時間，他沒來找我。我很高興，以為終於自由了。就在這個時候，你出現了，還和他吵了一架，吵架的時候揭開了他的舊瘡疤。他很清楚我在鎮上的位置，我是鎮裡的中心人物。一些知道他『底細』的人，不會因為他有錢就對他改變看法，也不會像一些不知道他底細的人那樣尊重他。這時他就會把仇恨發泄到我身上，把我當成那些不尊重他的人。每當有人罵他父親是個無知酗酒的農夫，說他母親是個不檢點的侍女時，他就加倍折磨我。你和他吵架明顯地激怒了他，此外你還罵了他。

「他們舉行晚會的那天下午，他打電話給我，讓我七點半去找他。我到他家時，他已經喝了不少酒。他說他要離婚，和我結婚，他不再需要闞蘭了。隨後竟然要我脫光衣服。我當然不會同意，他就打我。然後他打開保險箱，展示那些要命的照片。我本想搶過照片扔進火裡，但他不停地打我，還把照片一字排開攤在桌子上，這些都讓我無法忍受。就在他不停打我的時候，我下意識地把旁邊的撥火棍拿在手中，後來……」

我渾身顫抖地說完這些，史傑夫緊緊地抱住我，不停地安慰著我，慢慢地我停止了全身顫抖。他不好意思地說：「我剛到這兒的時候，就有人指著你告訴我，說你在未婚夫死後就沒有再看其他男人一眼。你在我眼中就是個傳奇人物。在這以後我又經常聽到你們家族的美德。你的先輩們是剛正不阿的市長、法官，而你則是一位美麗、貞潔的處女，你一直維護著自己家族的榮譽。然而你今天把一切都拋棄了，為了那可笑的正義感。你做的這一切，就是不忍心讓一位陌生人來替你頂罪。」

「我的朋友，你不是陌生人。」我發動了車子，同時激動地對他微笑，「你和奧丁吵過之後就不是陌生人了，你是奧丁的敵人，就是我的朋友。」

他笑了一下，打開車門準備離去，稍為猶豫了一下，然後俯身吻向我的臉：「謝謝你，我的朋友。」

精神病人

通過農舍的洲際公路被秋天的夜幕籠罩著，黑霧般的夜幕就像鋪開的黑色緞帶，覆蓋在鄉村廣袤的大地上。

這天晚上，農舍前一片黑暗的地方，出現了一個身影，那是個男人的身影。那人身材高大、嘴大鼻高、濃眉大眼。像個無聲的影子在悄悄地行動。他在農舍附近停了一下，打量著前面這間農舍。農舍前門上有一盞小燈，房屋裡也亮著燈。他微微搖了搖頭，好像在想，是該敲前門，還是敲後門。

過了一會兒，他定了定神，大步向前面的農舍走去。當他走到前門時，他聽見屋裡有個男人說話的聲音。他停了下來，屏息傾聽。這才聽出那是收音機或電視機裡播報的聲音。

「……警方正在全力尋找從州立精神病醫院逃出來的病人，今天下午，那個病人殺死醫院的一位職員後奪路而逃。警方再次重複先前的警告，雖然病人外表看起來柔弱可憐，但病一發作，就會對無辜者造成傷害……稍後本台將作更詳盡的報導。據一位目擊者說，有一次他看到一位金髮女子，搶劫了一家偏僻的加油站，這個重要的消息之後……」

他就這樣一直在門外等候著，插播廣告的時候他敲門了。他的敲門聲立刻截斷了播報員充滿生氣的有力聲音，屋裡現在傳來的是向門邊輕輕走動的腳步聲，到門邊的時候，腳步聲停止了。

敲門的時候，他就知道外面的紗門沒有上鎖，但他知道裡面的木門是鎖著的。他想，這時主人正通過貓眼注視著自己，想看一下，是誰晚上到他家裡來了。他隨意地看看四周的景致，最後低頭看了看自己的雙腳。這時，他看到一塊藍色的門墊掛在門前，上面還有白色的「默迪」兩個字。怎麼還沒人開門。他略等了片刻，再次敲了這家農舍的門。

「有人在家嗎？我是邁克家新雇的工人，我叫比恩。邁克先生派我來借一些工具。」他又聽見了那輕輕的腳步聲，不一會兒，裡面的門打開了，一位身材嬌小的黑髮婦人向外窺視。「是默迪太太嗎？」他透過紗門說。

「你有什麼事嗎？」

「很抱歉這麼晚來打擾你，邁克先生要我借一套全部帶螺旋鉗的工具，他說了，你先生知道那是什麼樣的工具。」這時他看見默迪太太在皺眉頭，好像很不高興的樣子。

她從面頰上撩開一撮頭髮。「這樣啊！我不知道。」

「我們第一次見面，你心存疑慮我很理解。我今天才上工的，默迪先生在嗎？如果我們能談談的話，我想他知道我們需要哪一套工具。」

「我先生不在家。」默迪太太說。

「不在家？邁克先生去看電影了，還帶著他的太太和孩子，所以他才讓我來，他明天一大早就要用那套工具。」比恩搓著雙手失望地說，「我想應該等你先生回來，他是不是很快就回家了呢？」比恩嚴肅地對默迪太太說。

默迪太太面帶微笑地勸道：「不過我覺得你最好是明天早上再來，那時候他會在家。」說完，打算關門，送走這位不速之客。

「我離開前可不可以麻煩你一下，太太，給我倒杯水怎麼樣？你知道從邁克先生家到這兒，路程有點遠。」

「當然可以，你等一下，我去給你拿。」

女主人剛一轉身進去，比恩立即悄無聲息地跟著她到了裡面，迅速穿過了前面客廳。當她接好一杯水，從水槽邊轉過身時，正好看到他站在廚房門口。

她嚇得往後退了幾步，杯中的水也濺出來不少，她睜大了眼睛，生氣地訓斥道：「你怎麼自己進來了，有人讓你進來嗎？」

「太太，請不要生氣，我絕不會傷害你。」

「都快被你嚇死了，你怎麼可以那樣跟在我後面？」

比恩微笑著說：「我知道你想說什麼，我粗俗、醜陋、人又笨，你要說，儘管說就是，以前也有許多人都這樣說過。」比恩的臉色很難看，所以他一直儘量用微笑來遮蓋那難看的臉色。

「比恩先生，我不是那意思，我不是有意要傷害你，很對不起，但我真的沒有在想你的長相。這是你的水，喝完後，請你離開吧。」

他像很久沒喝過水一樣，一口氣把水喝光了。默迪太太伸手出來接茶杯，但他並沒有把杯子遞還給她。「你知道嗎？太太，」他說，「像這樣的夜色，你真不該一個人待在家裡。」

「我覺得很好。現在，請你離開。」

「剛剛聽新聞報導，說有一位精神病人從醫院逃了出來，那家精神病院離這裡不遠，他現在有可能直接來到這兒。我想這種人有時候很可怕，如果這種人發現你一人獨自在家的話，想像得出他們會做一些難以預測的事！」

「謝謝你，但我相信我可以照顧好自己。請你馬上離開，然後我會鎖上所有的門，我覺得這樣會更安全。」

比恩搖搖他的大腦袋：「你根本不了解，默迪太太，當那種人真的下定決心做什麼事，或準備到什麼地方的時候，門窗不起任何作用。他們有時就像猴子一樣，來去自如。特別是當他們發作起來時，力大無窮，他們可以撕裂、打破，或殺害他們見到的任何東西，但他們和你我沒什麼不同，外表上看不出來差別。假如你在大街上看見一個病人向你走過來，你不會覺得將要發生什麼事，這也是大多數人的想法。」比恩繼續著他一貫的笑，想向她保證，可以保護她。

「我現在必須提醒你，今天這個從精神病院逃出來的人，有可能直接走到你家門前。我善良的女士，你很可能讓他進來，因為單從外表看，看不出他是個渾蛋，甚至這人可能還有讓人瘋狂的眼神。你或許不這麼想，你認為他只是一個汽車拋錨的可憐鬼，只是需要幫忙，或者想借電話打一下，又或有任何這樣藉口的人，你一點也不會懷疑吧。但如果那人看到你先生不在家，家中只有你一個人時，他隨時可能顯出本來面目。你隨時會有危險，那種人是不能用常理去推測的。」

默迪太太面色慘白，失神的眼睛盯住他，半晌方說道：「你對精神病院裡的那些人，好像了解得很多。」

「我在那兒住了兩年。」

她大驚，急向後退了兩步，沒注意後面的水槽，一下子撞到了水槽上。她說：「不，我的天！」比恩從她的聲音中聽出了驚恐，趕緊說：「不要誤會，太太，我不是病人，我是那裡的園丁，他們叫我管理員。我在三年前就辭去了那裡的工作。」

她深吸了一口氣，然後說：「差點被你嚇死了。」

比恩大笑起來。「這正是我的目的，我想通過這個告訴你。你因為我的長相不好，就怕我是今天從精神病院逃出來的病人。人怎麼能從相貌裡看出好壞呢？我看見過好多外表甜美，和你一樣的婦女，看不出來一點兒要傷害人的樣子。」

她說：「是的，我可以想像得到，但我認為你沒有必要留在這兒等我先生。比恩先生，我可以向你保證，我不會給任何陌生人開門，你大可以放心。」

「太太，就應該這樣，就你一個人單獨在家時，千萬不要讓任何人進入房間。你最好不要和靠近你門口的陌生人談話。我在精神病院裡上班時和他們談過許多次話，發現他們都是出色的演員。如果你不能進一步了解他們說的事，那他們已經和你說過的，你會感覺都是真實的。你甚至會發誓，相信他們說的絕對是真的。」

「是的，我相信你。現在請你離開。只要你一離開，我就關好每個窗戶，門上了門。我向你保證，比恩先生，我不會和任何陌生人說話。」她再次伸手向比恩要杯子，這一次他把杯子還給了她。

比恩看著她把水杯放進水槽裡，說：「美麗的太太，感謝你耐心地和我說了這麼多，很多人，特別是一些太太小姐們，最不能忍受的就是見到我。所以每當我想和她們說話時，她們不是尖叫著救命，就是發瘋般地逃走。我一直沒有什麼和女士們談話的機會。剛才我跟著你來到廚房，我只想和你聊聊天。你會理解我的，我就這樣站在這兒，和你聊天的感覺真的很棒！」

默迪太太微笑著道：「那歡迎你隨時再來。」

這時前門忽然響起急迫的敲門聲，默迪太太立刻驚恐地呆住了，兩眼露出驚慌之色。比恩先前對精神病人的描述，突然讓她恐懼起來，她的頭開始左右搖晃，像一隻即將落入陷阱的野獸四處尋找逃路一樣，她張大了嘴巴，發出一聲尖叫。比恩隨即衝向前，用一雙大手捂住了她的嘴。

她拼命地用手向外拉比恩的那雙大手，想擺脫比恩的控制。但是比恩用身體把她頂住，用力把她推到冰箱上，使她暫時不能動彈。過了一會兒，他又聽到了敲門聲。比恩很滿意他們現在的位置，外面的人無法看見他們，因為中間隔著紗門。比恩以低沈又清晰的聲音說：「我不能讓你叫出聲來，默迪太太，假如你叫了起來，他們會錯誤地認為我在傷害你。這樣一來，如果邁克先生知道這事，一定會解雇我。所以，剛才我只能這樣對你。門外可能是一位鄰居來串門的，你冷靜一下，然後去開門。」

默迪太太用力地扭動著身體，想掙脫他的控制，比恩感覺到手掌下她的嘴巴似乎想說話。「默迪太太，別這樣，放鬆全身。就像我們剛才聊天時的感覺那樣，門外可能只是一位朋友而已。你那麼不冷靜，我怎能讓你去開門呢？要是來的是熟人，他會知道我們兩個只是聊聊而已，不會想別的；假如是一位陌生人，由我來對付，你不用擔心。我隨時保持警惕，絕不會讓他們傷害你。」

他的手慢慢移開她的嘴，然後拉起她的手。溫柔地扶著她的肩膀，他們一起走出廚房，走進前面的起居室。

比恩停了下來，默迪太太繼續向門邊走。比恩透過紗門，看見一位苗條的金髮女子的身影。默迪太太緊張地問：「這麼晚了，誰呀？」

「我的汽車壞了，車胎在公路上被扎破了，需要你的幫助。」

「進來吧！」

比恩默默地站著，目不轉睛地盯著剛走進來的女子。這是個年輕的女人，上身穿一件黑色毛衣，下身穿長褲子，皺巴巴的軍裝式風衣上面污漬斑斑，風衣前面沒釦子，看上去很大，根本不適合她穿。

女孩微笑著對兩位緊張的屋裡人道：「我的車在離這兒大概幾百米遠的公路上拋錨了，你們也許不信，但這是真的，糟糕的是，我又不懂怎麼換輪胎。」

默迪太太向那位陌生的女子介紹說：「這是我先生，或許他可以幫你換。」

比恩聽她竟然這樣說，愣了一下，心裡暗讚她真的很聰明。眼前這個女孩是陌生人，她想要他來應付。她對比恩微微一笑：「真是太好了，你真是可愛啊！」

「他的確非常可愛。」默迪太太說。
比恩的臉微微發紅，默迪太太雖然說他可愛，但他知道，那是口是心非。她們或許從不認為他可愛，現在只是要他幫忙才這樣說。他有點發怒了：「你們女人都一樣，當你們需要男人為你們工作時，你們就裝起笑臉對男人甜言蜜語；可是，當我這樣一個醜陋的人想和你們友好地聊聊天，或者想和你們說說話時，你們誰都不愛答理我了。」說完他頓了一下，憋著氣說，「小姐，我看你還是找別人為你換輪胎吧！」
女孩的右手迅速伸向外套口袋，抽出來時，手中多了一把左輪手槍。
她用槍指著比恩道：「好吧！你不想換輪胎，我也沒辦法。不過我要用你的車，你和你太太一起往前走。快點！」她退後一步，用手槍指著他們向前走。
「哦！不，別這樣！」默迪太太輕聲說。
比恩這時突然想起來了，進屋前在門口曾聽到新聞播報員的評論，提到有個金髮女子搶劫加油站的事。現在他看著這個握著槍的金髮女子，終於恍然大悟了，眼前這人就是那個女劫匪。
金髮女子說：「趕快走，兩個該死的，快點！」
憤怒讓比恩的臉扭曲，使他那原本就醜陋的臉看起來更像一個難看的面具。
他板著臉慢慢地向前走著。剎那，他揮出了手臂，他的手臂像一根快速飛舞的鋼棍，一下子打在女子持槍的手腕上，手槍被打落，飛到了牆角邊。

比恩迅速向她衝過去，想把她逮住。但金髮女子用她穿著高跟鞋的雙腳和長長的手指甲拼命反抗，爭鬥中，比恩一拳擊在她的下巴上，金髮女子昏倒在地板上。比恩正轉身準備離開金髮女子時，背後突然響起槍聲，子彈震掉他旁邊牆上的泥灰，濺到他的腦袋上。憤怒的比恩一聲大吼，飛快地衝過房間。他看到默迪太太拿著剛才的槍，她已經向他開過一槍，這時正想打出第二槍，比恩猛地向她衝去。

他全力一撞，默迪太太後退著往下倒去。比恩伸出雙臂，在她倒地之前抓住了她。默迪太太高聲尖叫，猛烈地反抗著，想掙脫他的雙手，伺機開槍。比恩看穿了她的想法，先打掉了她手中的槍，然後雙掌用力切向她的後頸。之後，默迪太太軟軟地倒在地板上。

比恩氣喘吁吁，臉部扭曲著。他站在房屋中間打量著這兩個女人，然後拾起手槍。比恩搖了搖頭，心中暗想，這些女人，特別是那個金髮女人，永遠不會知道，不能在他面前提到他的外貌，這會令他憤怒地失去控制。

他把金髮女子打得很重，會昏迷一段時間，過一會再打電話報警。

現在，他很擔心默迪太太。從一開始，他就知道在剛才那種情況下，她會驚慌無助，迷亂失措。幸好自己留了下來，沒有立刻離開她。這樣幫了默迪太太，是一件好事。雖然對那個金髮女人抱有同情之心，但不這樣的話，默迪太太可能會被劫持或殺害。現在，他必須照顧她。照顧這個可憐的女人！

他溫柔地抱起她，轉身進了臥室。對她來說現在這是最好的地方，他準備把她放在床上，為了讓她盡快清醒，他還要用冷毛巾給她敷臉；他抱著她來到第一道門，走出過道，推門進去，這是間浴室。隔壁還有另一個房間，他想這間應該是臥室了，裡面黑漆漆地，比恩摸索著把燈打開，走了進去。

比恩倒吸了一口冷氣，凝視著床上的另一個女人。這是一個有著一頭紅髮的女人，胸口筆直地插著一把刀，顯然她已經死了。

他皺皺眉，心想這到底是怎麼回事啊？這裡怎麼會有個死人呢？他慢慢地將目光從床上移開，然後環顧四周，打量著這個房間。

梳妝台上有一張彩色的結婚照，照片中男人的衣服上有一朵紅花，但是比恩的目光卻停在穿白色婚紗的新娘子身上。她有一頭紅紅的頭髮，看長相就知道，她就是現在躺在床上已經死亡的人。很顯然，紅髮女子就是這家的女主人。

比恩凝視著他懷中的女人。

難道「默迪太太」就是從精神病院裡逃出來的那個人嗎？可是，誰能看得出來啊！

遺書之謎

在陡峭泥濘的山路上，費比開著他的車，心裡不停地嘀咕。天一直下著雨，他這是要上修士山山頂。現在雨開始下得小一些了，但天上依然陰雲密佈。他心想，我可真夠笨的，在這樣的鬼天氣，只為了拜訪一位老太太就要上山頂。河水如果再往上漲一點，車子就穿不過那座舊橋了。這樣的話，他就得多繞幾里路才能到。一些文件在他的律師辦公室裡，還沒來得及看，外面還有一堆的工作在等著他，而山頂的老太太可能只會對他說一堆廢話，這樣會浪費他整個下午的時間。

雖然這樣，他還是認為這次拜訪很有必要。老太太難以應付法律上的事，只能找個剛出校門的年輕人幫她處理。他在很多事上都可以幫助她。但就打官司來說，他一點也不擔心，只不過他很討厭訴訟時間過長，每一個官司都會搞得滿城風雨。如果能說服這位老太太就好了，就算不行，最多再送一些股份給她。

老太太是保羅的妻子，叫艾莎，保羅已經死了。保羅生前是個業餘的發明家，不過他更喜歡稱自己為「化學家」。他六十歲之前一直窮困潦倒，直到他六十歲時發明了一種飲料，這個發明改變了他的生活。他發明的飲料最初只是在當地銷售，慢慢地，隨著喝的人越來越多，漸漸流傳開來，大受歡迎。這讓他的ＢＪ公司發了財，他藉此時機擴展他了的事業。

他的事業後來越做越大，同時也出現了巨大的財務危機。銀行不願意繼續借錢給他，還準備取消他的抵押品贖回權。其他的債主也開始登門索債，雪上加霜的是一些飲料公司也乘機展開激烈競爭。壞消息接連不斷，最後，保羅只剩一條宣布破產的路了。

費比這時知道了這些情況。他看透了保羅當時的心理，精心制訂了自己的計畫。他先找到了東北飲料公司，要他們接管ＢＪ公司，他撒謊說，ＢＪ公司的股權在他那兒，實際上，那時他根本就不是ＢＪ公司的股東，更不用說ＢＪ的股權了。隨後，他在手提箱裡裝了一份臨時的合約去找保羅，他是來提條件的。

他飛速地運轉著大腦又理了一遍他的計畫，滿懷信心地告訴老保羅：「你現在只有兩個選擇，一是宣告破產，再就是賣掉你的公司。」之後，他說出了他計畫的梗概：他可以幫保羅償還所有債務，但必須讓他取得股票控制權，保羅可以保留一小部分股份。為了安慰老保羅，他許諾把已經毫無實權的董事長職位留給他。他態度很強硬，這件事勢必要如此做了。保羅在他強大的勸說攻勢下猶豫了。費比立刻暗示保羅，對他施加壓力說，許多要債的人就在後面。保羅現在如果不同意，第二天他們就會上門來逼債了。

費比現在回憶起那個時候，心裡還會揚揚自得。那時在強大的壓力下，保羅伸出顫抖的雙手，取出筆，飛快地簽下自己的名字。當時，老人的雙眼飽含著淚水，手指沈痛地推動著筆尖，保羅好像用盡了全身的力氣，才簽下了自己的名字，簽下這花費他一輩子生命和希望的事業。看著老人簽下的孩童般的字體，這位心懷鬼胎的律師，知道自己實現了幾個月以來的夢想了。

他一上任，就以公司老闆的名義，把ＢＪ公司賣給了東北飲料公司。賣公司的錢他除了還債，還大大地賺了一筆。假如一個人了解人類的弱點，就沒什麼是他辦不到的。大部分的人是愚笨的，如果你知道如何駕馭他們，他們就會任你擺佈。

保羅太太只是這件事中一個無關緊要的人物。現在的她仍處於悲哀之中，她最近一直很悲痛，因為她的丈夫死了。費比的詭計成功之後沒幾天，保羅就死在汽車裡了，被人發現時，汽車引擎還沒熄火，車縫被布條塞住了，他以廢氣自殺。他身邊留下了遺書，但裡面完全沒有提到費比。遺書的字跡就像孩子寫的，寫得很少。裡面只說了他最近的失敗，希望他的妻子原諒他。就這樣，他結束了自己的生命。

他的自殺在鎮上引起了一陣騷動。但費比卻很高興，保羅的死讓自己省掉了一些麻煩，因為費比怕他反悔。老保羅在死前，確實曾考慮過他那次失敗的交易。

那份協議讓保羅很後悔，如果他不死的話，與費比對簿公堂，這將會是個很大的危機。

還有費比與東北飲料公司的非法契約，這些攪得他心煩意亂，他的律師資格甚至都保不住了。感謝上帝，現在這一切都過去了，費比想。

保羅太太對丈夫生意上的事向來不過問，她猜測保羅可能上了別人的當，但她卻不知道該怎麼辦。那個叫克斯的年輕律師和她談過幾次。費比想，我應該安慰她一下，或者是把自己擁有的東北飲料公司的股份再分一點給她。他雖然心疼這些股份，但為了把事情做得圓滿一些，暫時只能這樣了。

終於到了保羅太太的住處，那是一座古老的維多利亞式建築，在雨中看起來更加淒涼。

費比整理一下雨衣，走上台階，按響了門鈴。

一位微微駝背的老太太為他開門，她頭髮雪白、人很瘦削。

「請進，費比先生，你在這樣惡劣的天氣下還能來，我很高興。」

他走進客廳，同主人說了幾句客套話。主人好像不喜歡陽光，所有厚布的窗簾都被拉下來了，客廳的壁爐裡火還在燃著，通向餐廳的門開著。

美麗華貴的地毯上有一圈圈黃色的光，那是落地燈投射出來的。

「尊敬的夫人，你還好嗎？」他言不由衷地問候著，雙手放在爐火上取暖。

「謝謝，很好。不過保羅的死讓我很難過，也很震驚。」

「我能理解，太太。不過，你現在看起來很不錯。」

保羅太太像是沒聽見費比的回答一樣，繼續著自己的話語：「他死的方式，不像他的性格。他常對我說，自殺的人很懦弱，他覺得自殺也是一種犯罪。這讓我怎麼能相信他是自殺的呢！」

「保羅太太，節哀順變。我想他是發現自己病了，才會那樣做。」

她搖搖頭道：「不是病了，他是徹底絕望了。他把畢生的心血都投到了他的事業上，費比先生，但他卻突然失去了自己的事業。他覺得自己就像被出賣了一樣。」

「做生意的，這種事會經常發生。」費比平靜地說，「做生意會經常出錯，這不怪你的丈夫，只是這樣的事碰巧發生在他身上而已。」

保羅太太從沙發上站起來，撥了一下壁爐的火苗。她轉過頭，對費比道：「關於生意的事，我知道一些，我丈夫生前曾告訴過我。我知道這麼多事情，絕不會碰巧都在一起發生的。公司確實出了些問題，但那是被迫的。你不要否認，在這件事上你也撈了不少。」

他看見，她臉現微紅，他不知道那是因為火、還是因為心情激動。

他輕輕一笑說：「保羅太太，我想這只是生意。保羅先生去世了，你也該為自己打算一下。現在，你手上還有東北飲料公司的股票，它們會為你帶來利潤的。」

「那根本不夠我開銷的，太少了。」

他換了個話題：「今天的天氣不好，不然的話，我想欣賞一下你家的花園，我聽說你家的花園很美麗。」

「我的花園是很漂亮，等哪天天氣好了，我一定帶你參觀參觀。可惜的是，花園裡現在有一些土撥鼠，我的花總是被這些小傢伙弄死，我和園丁想抓住牠們，但抓一隻沒用，牠們太多了。」

「關於土撥鼠，我倒聽人說過一個辦法。是這樣做的，把一個空瓶子埋在花園裡，瓶頸留在地面上，當風把瓶子吹得嗚嗚作響時，地下的土撥鼠就能感到振動，牠們就會搬走。」

「我的園丁也想到了一個辦法，他認為只有這個法子可以趕走牠們。」保羅太太說，「就是用毒藥。這聽起來很讓人害怕，不是嗎？當然，我不喜歡殺任何動物，不過實在沒有別的辦法可行。如果不這麼辦，我那漂亮的花園就會毀了，所以我的園丁週六去了一趟鎮裡，他買了瓶毒藥，就放在儲藏室裡。」

「真的？」

「園丁準備等天晴了，地面被吹乾的時候，就著手對付土撥鼠。放毒藥的瓶子還在那兒，每次我看見它，心裡就會有一種奇怪的感覺。」她用滿是皺紋的手摸摸自己的面頰，「哎，怎麼說了這些沒用的話，真是人老了，糊塗了！喝杯茶怎麼樣？」

「好的，謝謝。」

「這是一種草籽茶，希望你會喜歡。在這種糟糕的天氣裡，喝上一杯濃濃的草籽茶，會讓人心情愉快些，不過有的人會喝不慣。」

「我想這茶一定不錯。」

保羅太太去了廚房，準備為他泡一杯草籽茶。費比這時有些疑慮，她為什麼邀他到這裡來？還老說些無關緊要的話，難道她認為她的困難能引起他的同情心？

他看了下手錶，現在已經三點了。他準備找個理由告辭，走之前，他想談一下克斯，那個年輕律師的一些問題。保羅太太回來了，他正在考慮怎樣開口。保羅太太推著一輛小餐車，車上放著一個大茶壺，還有幾個杯子，以及一些蛋糕和點心。

「我來幫你吧。」他說。

「我家光景好的時候，這些事都是傭人做的。」保羅太太坐下之後說，「自從我丈夫的生意失敗後，我就只能自己做了。每當這個時候，我忍不住就會想起我和保羅過去的事。多麼幸福美滿的生活啊！那時我怎麼也不會想到，他會留下我孤單一人，自己去了，我一個人生活很艱難。」

費比正在吃蛋糕，聽了她的話，覺得蛋糕好像卡在了喉嚨裡，他清了清喉嚨。「保羅太太，關於我和保羅之間的協議，我希望你能同意。如果你認為有問題的話，我希望我可以給你幫助，這樣你就不用求別人幫助了，一些年輕的律師經驗不足，幫不了你大忙。」

她笑了笑說：「律師我已經有一位了。克斯先生給了我許多的幫助，你們也應該談談過一些問題了吧。」

他掩飾著自己的不高興：「至於公司事務方面的安排，我保證，沒有一點問題，一切都做得很好。」

「費比先生，有些法律方面的細節，我還不怎麼清楚。但我認為，如果能夠證實我丈夫簽那個協議是被迫的話，法院就會判協議無效。」

「被迫的？」費比艱難地咽下一口唾沫，「怎麼可能，當時所有的協議條款都放在他的面前，他的決定是經過他深思熟慮的。太太，你恐怕一定是聽了誰的謠言吧，這樣的訴訟無疑很難成功。」

保羅太太神色憂鬱地說：「克斯這個年輕人很聰明。」

「訴訟只會讓我們雙方不愉快，使我們成為別人的笑柄，相信你一定不喜歡這樣。」

她點點頭：「是的，我一直不希望打官司，應該有比這更好的辦法。」

費比喝了口茶。她是什麼意思？更好的法子！話裡有話啊！

「訴訟的時間很長，也很乏味。」她呷口茶說，「保羅生前經常這樣說，如果你決定了做一件不愉快的事，盡快地去辦，能快就一定快。」她微笑著繼續說，「我很欣賞他的這些話，你喜歡我的茶嗎？」

「茶很好。」他心裡一陣疑惑，她想暗示什麼嗎？

保羅太太說：「以前，我們有一條老狗病了，病得很嚴重，救不活了。保羅特別喜歡牠，但他毫不猶豫地給狗吃了一些東西。」

「給牠吃了什麼？」

「他給了牠一些毒藥，我想是砒霜。」保羅太太說。

費比含混地點點頭道：「保羅太太，我真得走了，外面風越來越大了。」

「風，總想摧毀我的花園，」保羅太太說，「吹落花兒，吹散葉子和樹枝。更可惡的是，今年夏天又有一批土撥鼠，我的園丁曾向我作過保證，花兒過幾天就不會再遭殃。砒霜的藥力很強，很快就能達到效果。」

這時費比聽見了鐘的滴答聲，他喝口茶，繼續聽著保羅太太的控訴。

「這些土撥鼠讓我心情很壞，使我在丈夫死亡的陰影中一直走不出來。」保羅太太說，「我想，他死的時候應該不會痛苦，不過，毒藥致死一定讓人很痛苦。我談到了毒藥，你一定感到鬱悶了是吧？」

保羅太太放下茶杯，「現在，我們該說一些除了我之外，很少有人知道的事。那是保羅終身隱藏的一件祕密……」她抬起頭，「你怎麼啦？費比先生，不舒服嗎？」

費比剛剛腦海中閃過一個想法，一個可怕的想法！讓他懊悔的是，在此以前，他那敏捷的頭腦卻沒能把兩件事聯繫起來。怪味的茶、砒霜。我的天！這不可能吧？有可能！是的！

也許她一直在計劃著。

他忽然抓住自己的喉嚨，驚恐地呻吟了一聲，從椅子上站了起來，又慢慢坐回去。他發出痛苦的含糊聲。

「你喉嚨一定又是被蛋糕卡住了，」保羅太太道，「放鬆，深呼吸。」

「砒──砒霜，」他想喊，卻喊不出來，只能用低低的聲音說，「救我。」

但是，保羅太太好像並沒聽見他在說什麼，又繼續說著自己的話。「保羅先生小時候父母雙亡，所以沒受過什麼教育。很小的時候，自己就出來闖天下了。」

費比這時哪還有心情聽她說什麼，只覺得整個胃裡都在燒，他感到燈光似乎越來越暗，他萬分驚恐。這個老太太竟然鎮定自如地坐在那兒，難道她在品嚐復仇帶來的快感？她一定瘋了！

他掙扎著努力讓自己站起來，用含混不清的喉音說：「趕快打電話叫救護車！保羅太太，再晚我恐怕就來不及趕到醫院了。」

「來不及，費比先生？」她唇邊帶著冷峻的笑意，「可憐的保羅躺在汽車裡，引擎還在轉動，難道那時去救會『來不及』嗎？」

「他是自殺，這不是我的錯。」

「你一直在利用他！你現在承不承認，你用陰謀詭計利用他？」

「我是利用了他，我會給你補償，我把所有的東北飲料股票都給你。求你別再浪費時間，趕快救救我。」

她慢慢地站起來，慢慢地俯下身子看著他，蒼白的臉上毫無表情。她說：「是你寫的那封遺書，你從他的簽字模仿他的字跡，然後寫假遺書謀害他。」

「是的，不過我只是用鉗子打昏他，我當時不得不那樣做，他開始懷疑我、威脅我。我承認以上一切，趕快救救我。」本來他是不會說這一切的，但現在每一分鐘都是寶貴的，先趕緊讓這老太太救了自己再說。這裡又沒有其他人當見證人，就算說了也沒別人聽見，假如他被救活了，他絕不承認說過這些話。

「你真蠢，費比先生。現在，站起來吧！我根本沒在茶裡放過任何東西，更沒下毒。」

他掙扎著站起來，如釋重負。但心裡很惱怒，他竟然被這老太太戲弄了。他氣喘吁吁地說：「你使詐，我什麼也不知道，什麼也不會承認！我會否認剛才說的一切，沒人會信你，更沒人為你證明。」

「我丈夫只會寫他的名字，費比先生。其他字他一個都不會寫，更看不懂，他根本沒讀過書。」

他驚奇地瞪著她：「這怎麼可能，那他怎麼能開得了一個公司？」

「是我在幫助他，在你們簽協議之前，我曾警告過他，不要聽你的安排，可惜他不聽。

當警方把遺書交給我的時候，我確定他是被人謀害的，因為他根本不會寫別的字。我想了一下，如果他死了，你能得到的好處最多。所以我猜，一定是你謀害了我丈夫！」

費比現在反而冷靜了，他在反覆思索著。沒人知道他來過這兒，他只需上前幾步，扼住她的脖子……

「他不識字，我一點也不在乎。因為我們相愛，你不會了解那種愛。你這種人除了你自己，不會愛任何人。」

費比慢慢向前，只要再走一步，伸出雙手，用力掐住，馬上一切就都解決了。

這時飯廳的門開了，他驚慌地轉過身子。年輕的律師克斯和警署的警長向他走來。當律師和警長在他面前停下的這一刻，他們四個人都僵立不動了，只聽見窗外的風雨聲……

警探的拜訪

圓圓的小住宅區裡有一條私人道路，直接連接著這六家豪華的住宅。雖然只是在一起的六幢樓房，但建築形式卻各不相同：有華麗的美國初期式建築、寬敞展開的農場式建築，還有講究感觀的摩登式建築……建築形式都各有特點。這六處住宅有一點相同，那就是每幢造價都超過二十萬美元。

他開的是一輛普通的汽車，可是結實耐用，是底特律那裡製造的。這樣的車到哪兒都不會讓人側目，車身單調的顏色和黑色的輪胎，好像在說明，他在這個地區就是個外人。就算他把汽車全身漆成綠色，或是開個垃圾車，別人同樣認為他是外來的。

他把車停在榆樹底下，下車後伸了伸四肢，慢慢觀察著周圍的情況。

他個子中等，但體型看上去挺大，長相很普通，別人不會因他的相貌而關注他。他也許永遠成不了電影中英雄式的人物，但他或許會有做英雄陪襯的時候。

他走近了一幢美國初期式的兩層建築，這是離他最近的一家房子。他來到門前，看到百葉窗上面雕刻著白色、窗台上擺放著一些粉紅色和黃色花朵。

這樣的豪華住宅區，讓人很難和犯罪聯繫起來，但既然發生了他就得調查。這一帶的長島居民與布魯克林的居民完全兩回事，布魯克林區如果發生罪案，即使在大街上，也沒有人去報案。

他按響了這家的門鈴，停了一下，又按了一次。在等待開門的間隙，他看了看隨身帶的小冊子。門還沒開，正當他準備按第三次的時候，門口出現了一位腰繫著圍裙的矮胖的中年女人。

「你有什麼事嗎？」她問。

「我是卡爾警探。」他說，隨後掏出皮夾，抽出帶有他照片的證件。「請問，你是哪位？」他又看了下那個小冊子，「是貝拉太太嗎？」

「我是她的管家。」

「貝拉太太在家的嗎？我想和她談談。」

那位婦人領著他到了一間小會客室，說：「你等一下，我去通知貝拉太太。」

不一會兒，一位滿頭灰髮的小婦人來了。

他向來人作了自我介紹，然後開始和她談正事。

「今天凌晨三點到四點這段時間，你有沒有聽見什麼異常的動靜？」

「我一直都是十點就睡覺。」老婦人搖搖頭。
「你沒有聽見任何大的聲音？」
「我睡前會用安眠藥，所以我一直睡得很熟。」她略帶歉意地說。
「也就是說，就算有什麼奇怪的聲音你也聽不到！也許你的管家會聽見什麼吧？」
「我的管家不住這兒，她黃昏就下班回家了。」
「住這裡的還有別人嗎？」
「我侄子去世了，我現在獨自一人住在這裡。」
他很孩子氣地聳了下肩膀說：「行了，就這樣吧，打擾你了。」
「出了什麼事？」
「不用擔心，太太。這只是一個初步調查。」他向她保證。
去第二家敲門的時候，等了很久才有人開門。開門的是身上掛著一枚獎牌的男人，滿臉的絡腮鬍子，兩排雪白的牙齒出現在鬍子的分開處。全身的衣服都是皺巴巴的，他那套衣服現在看來就像睡衣一樣，好像他是穿著它們睡覺。但他卻有一雙警覺而清澈的灰色眼睛，同時屋裡傳來響亮、不協調的歌聲，這說明他剛才不可能在睡覺。
這人問：「有事嗎？年輕人？」
「我是卡爾警探。」他說著，同時亮出了自己的警徽，「你是鮑比先生嗎？我想請教你幾個問題。」

「請進來吧，不用客氣！」那人說著，還嘲弄似的彎身鞠了個躬，同時揮了一下右手，「請」卡爾進來，兩人一起進去後，坐了下來。

到屋裡之後，音樂聲音變得更響了。昂貴的家具擺放在佈置一新的房間裡，奇怪的是桌子上面卻有一層灰。花式吊燈上有一個空啤酒瓶，不知是誰扔在上面的。

他們在一間擺放著許多張沙發的大客廳坐下。裡邊已經有二十來個奇裝異服的人，或優閒地坐著或躺著，有的找個大墊子靠著，也有幾個用古怪的姿勢坐著。很大的音樂聲從靠牆的一個音響設備裡傳出來。

鮑比給坐在唱機附近的那人打了一下手勢，那人關掉音響，屋裡立刻安靜下來。

「請注意，各位。」鮑比說道，模仿著導遊的語調，「有位警探先生今早想找我們來了解一些情況。」有兩個人在遠處角落裡，一臉滿不在乎的神情，熄掉了香煙，將煙灰缸往裡面推了一下。

「好，現在開始吧！」鮑比說，「你有什麼事？」

「有哪位先生今天凌晨聽見什麼不對的聲音，或看見什麼不同尋常的事情？」

話音未落，竟惹得全屋哄堂大笑。有的嬉笑著對望，有幾位高興地拍手，他們似乎覺得這個問題很可笑。

「這個聚會已經持續了三天，」鮑比解釋道，「警探先生，我們有時候是會搞出一些怕人的景象和聲音，但那都無關緊要，我們只在自己的屋裡。」

「我意思指屋外。」警探道。

鮑比環顧四周，只看到警探毫無表情的面孔。他轉回頭對警探道：「沒有，年輕人，沒有人發現奇怪的事。」

警探只好告辭，鮑比帶他回到大門口，還沒出門，裡面的音樂又響了起來，隨著說話的聲音也提高了。

「我搬進來之前，全屋的隔音設備就已經裝好了，」鮑比道，「我不想因為製造噪音讓鄰居討厭，我也不想討厭鄰居，你明白我的意思吧？我可以保證，就算你們在屋外放炮，我們在屋裡也聽不見。」

「這些隔音設備，必定價格不菲吧？」

「錢算什麼。」鮑比說，對他眨眨眼，「我喜歡簡單愉快的生活，我用我的經歷寫成自己的音樂。年輕人，寫的音樂也是一筆可觀的收入。」

接著他來到了下一家。樓房是仿西班牙式的房子，裝有花飾鋼柵的窗戶，大門是用紅木雕刻而成的。木門上釘著一顆顆釘子，都是銅製的大頭釘，上面的標誌上寫著主人英文姓氏的縮寫「ＭＧ」。

卡爾慢慢開著車，看著外面的風景，到門口等了五分鐘，仍然沒人開門。

他只得去了另一家，卡爾按響這家的門鈴。開門的是個矮胖的人，看樣子五十來歲，穿一套舊式西服，配一條黑色領帶。他大叫：「湯姆一家都去旅遊了。」

卡爾亮出警徽，然後向他介紹了自己，隨後說：「打擾了，凱文先生，我是卡爾警探。你有沒有在今天凌晨聽見什麼不同尋常的聲音，或看見什麼不同尋常的事情？」

「你查的事一定和摩根那惡棍有關。是不是？」他指了指卡爾警探路過的那幢西班牙式房子，「他就住在那裡。」

「摩根？他是什麼樣的人？為什麼這樣說？」

「自從那個壞傢伙搬來後，這裡就經常出現一些事，一些探員也經常過來調查。報紙今天還報導，說他牽涉一件黑幫聚眾鬥毆的事，別的黑社會幫派要接管他現在的地盤。你來到住宅區的時候，我注意到你去了貝拉太太那兒，還去了那個音樂家那兒。可是你沒有進摩根家，我估計你是不是在想他不會給你，或不想給你什麼相關的消息。」

凱文這時表情很得意，好像他說的這些話，會讓他得到一枚獎章一樣。

「假如你是偵探，一定會很棒。」卡爾警探說，看著凱文那副得意揚揚的樣子，繼續說道，「但你並沒有回答我剛才的問題。今天凌晨你看見或聽見什麼沒有？特別是在三點到四點這段時間？」

「沒有，什麼也沒聽見！」凱文很不高興地回答。但凱文希望聽到這裡到底發生了什麼事，於是問警官，「這裡出了什麼案子嗎？」

「我正要調查清楚到底發生了什麼？可能什麼也沒有。」

凱文目光突然亮了起來：「對了！我剛剛想起來一件事，摩根每天都會很晚才從他的夜總會回來。我和我太太的臥室正在他的屋後，因此，我們聽不見房子前面的車聲和其他的響聲！但是，有一天晚上我睡不著的時候，就看見摩根在凌晨三點到四點的時候才回家的。」

「凱文先生，謝謝你。」卡爾警探和他說了聲再見，準備朝另外一家走去。

「你不用去那家了。」凱文說道，「他們一家和湯姆一家人一起旅遊去了，兩星期以內不會回來。」

「再次謝謝！」卡爾警探說，「你讓我少跑一趟。」

凱文和卡爾一起到停車處，在卡爾發動車子準備走時，他倚靠著車窗說：「這裡過去不是一般人能住的，有限制，現在變了。好像只要有點臭錢的人就可以住進來，那個音樂家你知道吧！成天和一些奇裝異服的怪朋友玩鬧！警探先生，那些黑社會的人會不會到這一帶來活動？」

「這事不用你擔心。」卡爾警探告訴他，向他揮揮手，開車離開。

卡爾開著車一直到布魯克林，打算在附近找一個公用電話亭。這時他看見一家加油站邊上有個電話亭，就在加油站停了車，趁加油員為他的車加油時打了個電話。

「我對那裡的調查完成了，」他告訴自己的上司，「一切都好！和我們預想的一樣。」

摩根和我們料想的一樣，每天凌晨三、四點的時候才會回家，選擇這個時候殺他是最佳時機，沒有人會聽到或看見。但為了保險起見，我還是在手槍上裝上了消音器呢！

多此一舉

許多人以為便衣警察的生活就是飛車追兇、英雄救美和一身虎膽。這些很是激動人心，但是，他們的大部分工作既普通又無聊。拉爾森就是一位便衣，他經常做的事，就是上門搜查與犯罪現場足跡吻合的鞋印，然後，把與嫌疑人足跡吻合的鞋印主人傳回警局問話。

他今天花了大半天時間去找一個嫌疑人，此人在前天可能謀殺了凱莉。

他叫梅羅克，是一個有著紅臉膛兒、生疥癬的男人。他是凱莉的男友，如果他承認殺人的話，就可以結案了。但這時卻有許多人為他作證，說他案發時正在千里之外開會，有不在現場的證據。這樣一來案子就麻煩了許多。

拉爾森下班了，準備回自己的單身宿舍，在路上，他把車停在了肯尼迪汽車旅館。他很喜歡這個地方，喜歡這兒的雞尾酒廳。

這裡的雞尾酒廳其實和別的地方也一樣，但這裡的調酒師傑克和拉爾森是中學同學。傑克善解人意，很了解別人的心思，當你和他聊天時，他會和你談一些有趣的事。碰上你心情不好的話，他也不打擾你，自己專心擦洗高腳杯。拉爾森剛坐下，傑克馬上為他倒上他經常喝的酒。

拉爾森這時看到，自己旁邊坐了一個矮個子的人，從穿著看是位紳士。紳士正在喝一杯粉紅色的雞尾酒，坐他旁邊的一位客人也在喝這種酒。

酒店裡這時很安靜。這時拉爾森開始喝第二杯了，他和傑克低聲說起了中學時好玩的事情，兩人情不自禁地笑了起來。

「嘩啦——」不知道誰把吧台旁邊的空瓶子打碎了。人們手忙腳亂地搶救各種食品和單據，傑克趕緊回去清理吧台。

「真是粗心！」矮個子紳士不滿地道，因為有點生氣，他嘴唇上的小鬍子上下抖動。

拉爾森又仔細看了一下他，他的額頭方正、下巴微尖、頭髮稀疏、眼睛湛藍，戴著一副金絲眼鏡。

「現在許多人辦事都粗心大意。」那個紳士加重自己的語氣說，「假如我們都小心一點，就不會有那麼多可以避免的悲劇發生了。我認為，這個城市裡的人都很粗心！」

這話讓拉爾森心裡很不舒服，不知怎麼回事，他感覺很倒楣。那是因為對方如此毫無顧忌地批評自己出生的地方。拉爾森轉過身來對著那位紳士，想問他為什麼說全城的人都粗心，他先向紳士作了自我介紹。

隨後這個小個子紳士也作了自我介紹，他來自費城，叫喬治·福特。「我在一家費城的市場調查所上班，在那裡搞民意測驗工作。這個星期來這裡是為一家名牌洗滌劑公司作市場調查，至於是哪家洗滌劑公司？」他壓低了嗓門，目光環顧四周，「請恕我不便外露。」

「沒關係。」拉爾森道，「可這與我們城的人都粗心大意有什麼關係？」

福特先生喝了一口粉紅色的酒，繼續說道：「我來這裡的幾天，竟然遇上兩次很嚴重的意外，這是千真萬確的。兩次都非常嚴重，而且都是粗心大意的人所引起的。兩天前的下午，我在市區散步，當時我已經做完訪問。我就隨意地走到附近的一個施工工地，你去過我說的那地方嗎？」

拉爾森點點頭，表示自己知道。現在城區裡只有一個地方在建樓，正在挖地基，許多大卡車來來往往地運送挖出的泥土。

「這時有一輛裝滿泥土的卡車從車道上開過來，」福特先生繼續說，「我忽然一下子倒在了車道上，正在卡車前面不遠！」

「你滑倒了？」

「我不是滑倒，當時人很多，大家亂擠在一起。不知誰推了我一把，我摔下了路階，跌進車道裡。跌倒後，我聽到婦女的尖叫聲，緊接著有人抓住我的大衣領，快速地把我拖到一邊。要不然的話，我早就變成一堆肉泥了。」他現在說來還有點害怕，又喝了一口酒。接著說道，「當時把卡車司機嚇得夠嗆，工務長也嚇得不輕。他們一起圍著我，問我有沒有傷到哪裡？要不要去醫院？他們還登記了幾位目擊者的姓名和聯繫方式。我和他們說我並沒有受傷，只是摔了一跤，也不想去控告這些人了。」

「嗯，當時真的是很危險。」拉爾森說，「但我想這並不能證明這城市裡有許多人都是粗心的。」

「別急，還有呢！就在昨天！」福特又呷了一口粉紅色的酒說，「昨天我回旅館很早，那時大概在下午三點左右，我坐在寫字檯前整理我的調查資料。過了一會兒，我忽然聽到了玻璃破裂的聲音，有一樣東西打在離我頭邊不遠的牆上，竟然是一顆子彈。」

「一顆子彈？你確定嗎？」

「當時我還不能肯定。」福特承認，「於是我立即打電話下樓，向旅館的經理討個說法，這個經理才勉強上來檢查了一下。檢查之後，他忽然緊張起來，立刻打了電話報警。警察隨後趕來，說那東西是子彈。落地窗的玻璃被完全擊碎，因此無法判定子彈是從哪個方位射出來的！是來自院子，還是來自對面的公寓，都無從知曉了。最後，他們這樣認為——有人玩來福槍走火了！這不是粗心大意嘛！」

拉爾森正要為本城居民申辯一番，坐在福特先生身邊的另一個人，這人也和福特先生一樣喝著粉紅色的酒，但一直沒有說話，好像有許多心事一樣。這時他突然發出一聲痛苦的呻吟，捂著自己的胸口，隨後坐倒在地。

一陣寂靜之後，突然一陣騷動。人們紛紛離開自己的座位，向後退著，傑克此時也跳出吧台。拉爾森迅速向倒地的那人跨上兩步，腦中努力回憶著心臟病急救的方法和步驟。拉爾森順手推開一位正在為發病人按脈搏的人。事情來得突然，他竟沒想到，那人還戴著手套，怎麼能把脈。

傑克說：「嗨！這人只喝了一杯酒，怎麼可能醉倒？」

「他不是喝醉，」拉爾森頭也不抬地說，「傑克，先叫輛救護車。不過，我想來了也晚了，他已經死了！」

第二天這個時候，喬治．福特又來到肯尼迪雞尾酒廳。當拉爾森走進去時，福特熱情地和他打招呼，好像兩人是老朋友一樣。

「拉爾森先生，過來一起坐怎麼樣？」

「好啊，福特先生。」

兩人分別和女招待說了要喝什麼酒。

「你看上去一點也不像個警察。」福特說。拉爾森經常聽到這句話，但許多人說這話時是暗示他不稱職的意思，而福特先生說這話明顯帶著欣賞的意思。

「便衣警察就是要給別人不是警察的感覺。」拉爾森回答到，「在一些案子裡，我越不像警察案子就越容易辦好。」

「從你說的話中也看不出你是個警察。」拉爾森嘆道：「我的上司也這麼認為，他經常說我說話時更像個搞文學的研究生。順便問一下，你今天在柏松大街的工作順利嗎？」

福特先生驚奇地眨眨眼：「你是怎麼知道我在那兒搞調查的？」

「你沒有看見我吧！便衣警察就是這樣，我看到你了，你卻看不到我。我最近正在辦一件案子，你要是看報紙的話，會看到關於這個案子的新聞。」

福特搖搖頭：「我出差到外地時一般都不看當地的報紙，裡面廣告太多，沒什麼實質性內容。」

拉爾森笑了下：「我今天在柏松大街看到你了，你從那裡的一個公寓出來，這麼說你還在為那家洗滌劑公司搞調查？」

福特點點頭：「我還有半天就要完成任務了，然後就回費城。」

「希望你在今天剩下的時間裡，不會再碰到那種粗心造成的意外。」

「現在還沒遇到，不過你倒是提醒了我，還記得昨晚那位突發心臟病的客人嗎？他現在怎麼樣了？」

「他不是因心臟病死的。」

「不是心臟病？」

「嗯，經過驗屍官檢查，他的死因是中毒。」

福特的眼睛瞪得老大：「天呢！難道他是自殺嗎？」

「還不確定，不過，我們已經開始調查。死者性情孤僻，人際交往很少，所以一時找不到線索。他來這家旅店時也沒有登記身分，可能只是碰巧過來喝一杯的客人。」

停了一會兒，福特嘆了口氣：「你當便衣的生活一定很緊張、很刺激吧。」

「飛車緝凶、英雄救美、勇闖虎穴。」拉爾森淡淡地說。這時他抬眼看到福特羨慕的神色，連忙嚴肅地補充，「我剛才開了個玩笑，實際上，我的工作枯燥無味。任何職業好像都是這樣，對了，你在工作時會不會遇到一些新鮮有趣的事情呢？說出來聽聽。」

「當然有時候會遇到這樣的事。」福特先生愉快地說，「有些時候，在民意調查時，我經常會聽到一些意外的回答。比如，有人曾這樣對我說，假如哪一天他喜歡的咖啡改變了包裝袋，他以後就不再喝咖啡。還有一次，我在作一個電視調查。走進這戶人家時才發現，開著的電視根本沒有人在看，只有一隻小哈巴狗在看，電視正在播關於環境保護的片子。」

「記得我曾去訪問過一個朋友，他叫白瑞德。我去的時候，他正在和一位少婦練瑜伽。我的訪問進行了一節課的時間，但白瑞德並沒和那少婦說他在作訪問。害得那位少婦一絲不掛地做了一節課的蜻蜓倒豎。過了一段時間，白瑞德退休了。」福特一副神往的樣子接著道，「退休之後的他說，我還能征服什麼呢？」

「在你訪問的時候，有沒有人拒絕回答問題？我們工作時就會經常遇到，有些人拒絕回答任何問題，一點也不配合。」

「我和你正好相反，我並不擔心如何讓他們開口說話，而是擔心如何讓他們在開口之後停止說話。你知道，有些人一旦打開話匣子，就很難停住，特別是有些時候他們好像迫切地想找個人聊天。前天，我去調查一戶人家，進去後發現裡面正好有人在吵架。一位婦女打開了門，我剛問了她幾個調查問題，她丈夫就把她死命地拉進屋裡，然後使勁地把門關上。」

「我要是你的話，當時就會問她丈夫幾個問題。你想，如果這兩口子都在回答問題，他們就不會吵架了。」

「我當時並沒有看到她丈夫。那人待在門後，只能看見他伸出的一隻手，這隻手把她拉進去，然後關上門。現在想來，那人手上好像還戴著一隻手套。」

「後來呢？」

福特攤開雙手：「我去了那家周圍的幾個鄰居家，家裡當時都沒有人在家。又轉了一會兒，估計這時候回去差不多了。就準備在城中區逛一下，然後回去。也就是在那個時候，我被擁擠的人群推倒了，差一點就被碾死。這事你知道的，我已經說過。」

兩人相談甚歡，還在一起吃了晚飯，各自說著工作中遇到的一些困難和風險。

飯後，兩個人一起回到了福特的新換的房間，他原來住的那個房間，正在修理落地窗。

兩人的談話又聊到了工作上，這時福特拿出他的工作調查表，並告訴拉爾森應如何整理與分析這些數據。接著，拉爾森帶著福特參觀了警察局，警局裡一些先進的設施令福特眼界大開。之後，兩人又回到了旅店，一起喝了兩杯，慶祝他們愉快的一天。因為很晚了，所以拉爾森和福特一起住在了旅店中。

凌晨三點的時候，他們房間的房門發出輕微的「咔嚓」聲。隨後，黑暗的房間裡進來一個高大的身影，這人鬼鬼祟祟地走進房間。他的手裡拿著一把一尺長的刀，慢慢走近床邊，快接近時，這人的刀突然狠狠地刺向床上一位正在睡覺的人，連刺數下。

拉爾森閃身從浴室裡出來，打開燈，來人還在用刀刺著。

「行了，梅羅克先生。現在，你被捕了，你涉嫌謀殺凱莉小姐。放下你手中的刀！」來人一下子驚在原地。他就是我們前面說的，凱莉的男朋友——那個有許多人為他作證，不在作案現場的嫌疑人。

「你是怎麼懷疑到我的？」在兩人一起去警察局的路上，梅羅克問這位便衣。

「是你自己讓我懷疑你的，就因為你太多心了，梅羅克先生。」拉爾森回答，「福特第一次差點被卡車撞死，我們可以說是意外；第二次差點被一些人所說的『走火子彈』擊中，就讓人不得不懷疑了；第三次死了個與他喝同一種飲料、坐同一吧台的人，顯然這人是個替死鬼，事情至此再明顯不過了。有人故意打翻酒瓶，吸引大家的注意力，伺機下毒，可惜的是兇手下錯了杯子。以上三次，讓我想到一定有人要殺福特先生。令我費解的是兇手的殺人動機是什麼？因為他不是本地人，而且作完調查就要離開本市了，誰會殺他呢？為了他的安全，也為了查出兇手，我決定跟蹤他，我只是很遠地跟著他，竟然發現你也在跟蹤他！」

「這時，我還沒想到就是你殺了凱莉。但是後來，福特告訴我，他曾看到一對男女吵架，那個吵架的男人當時戴了一種特製手套。你在我第一次調查凱莉被殺一案時曾告訴我，你戴手套是為了掩蓋手上難看的牛皮癬。所以，你必須殺了福特先生滅口，因為他看見了有個男人在家與妻子吵架時還戴著手套，如果這人看了報紙，一定會到警局告發你。」

梅羅克點點頭，問道：「我只是不明白，為什麼福特先生看過報紙新聞後，竟然沒有去找你們。」

「這是因為，福特先生在外地出差時，從不看當地報紙，所以你是嫌疑人的事他一點也不知道。如果不是你幾次三番地想殺他，我根本沒證據抓你。凱莉只是他將要訪問的眾多人中的一個，只是他們調查資料庫的一個名字。昨晚，他拿那些資料讓我看時，我發現上面有凱莉的名字，我就想到了為什麼有人要一而再，再而三地殺他。我一整晚都和他在一起，還帶他去了警局，就是為了防止有人再次對他下手。同時，帶他去警局，還是為了引蛇出洞，你會認為他向警方提供情況，所以今夜一定要置他於死地。於是我安排經理給福特先生換了個房間，我自己則住在福特的房間裡。我先用幾個枕頭在床上堆成人形，再用毯子蓋上，這樣看上去就像有人在裡面睡覺一樣。」

「終於明白是怎麼回事了。」梅羅克苦笑著說道。

昨晚幾乎忙了一夜，拉爾森一直睡到中午。起來後已經下午了，去餐廳喝了杯咖啡，吃了幾塊三明治。

福特先生看見了他，熱情地和他打招呼：「你上報紙了！雖然我從不看外地報紙，可是裡面有我朋友的照片，還刊在頭版上，那就不能不看了。他們說，你已經破了正在調查的那件凶殺案。」

「實際上，我破了兩個案子。」拉爾森糾正著說，「一個男人先謀殺了自己的女朋友，隨後，又意外地毒死一位毫不相關的陌生人。」

福特先生敬佩地睜大雙眼：「就這樣你還說便衣警察的工作平淡枯燥呢？」他喝了一口粉紅色的酒繼續道，「我的工作基本上就要完成了。等會兒再訪問幾家，我就乘下午四點三十五分的飛機回費城。這次調查的人很多，真是令人眼界大開，收獲很大。哦！差點忘了和你說，在今天上午，我又遇到了一個意外。我租的汽車，突然剎車失靈了！碰巧最後撞在草堆上。哎！這個城裡的人，還是這麼粗心大意啊！」

你是第八個

在長而平坦的公路上，我把車速加快到八十公里了，仍然感覺不出來有多快。

我旁邊坐著一個紅髮孩子，他正聽著汽車裡的收音機，明亮的雙眼透著一絲狡黠。當一段新聞播完時，他把收音機的音量調低了些。

他用手指指自己的嘴角，說道：「到現在為止，他們已經發現了七個受害者。」

我點點頭：「剛才我也聽了新聞。」我用一隻手抓著方向盤，騰出一隻手揉了揉頸背，長時間的駕駛，讓我感覺有些疲勞和緊張。

他看了看我，好像看出了我的緊張，狡黠地對我笑著：「你為什麼緊張？」

我的目光迅速地向他瞟了一下：「我沒緊張，我幹嗎要緊張？」

這孩子的嘴角一直帶著他狡黠的笑容：「愛蒙頓城方圓五十公里以內的道路，全部都設有路卡。」

「我剛才聽到了。」

那孩子狡黠地笑換成了出聲的笑：「他在他們（警察）面前就是個天才。」

他大腿上放一個布袋，我瞥了一眼布袋的拉鏈：「你準備到哪裡去？」

他無耐地說：「我也不知道，走著看吧。」

那孩子的身高沒普通人高，體形偏瘦，年齡大概十七、八歲的樣子，有著一副娃娃臉，可能實際年齡會大一點。

他在自己的長褲上擦了一下手：「你有沒有想過他為什麼要那樣做呢？」

這時我的雙眼一直注視著前面的路：「沒想過。」

他不經意地舔了舔嘴唇：「或許，他是被逼無奈。或許他以前一直在被一些人逼迫，不管何時，總有人在命令他，什麼可以做，什麼不可以做。直到有一次他被逼迫的無法忍受，他就豁出去了。」孩子自顧自地說著，眼睛出神地望著前方，「有一次他終於反抗了，他把自己該忍受的都忍受了，忍受到極限——爆發，然後就有人倒楣，有人當了他的出氣筒。」

我聽著聽著，慢慢降低了車速。

他轉頭看著我，迷惑地問：「怎麼減速了？」

「汽油不多了，前面有個加油站，我們停下來，加點油。如果現在不加，最少還有四十公里才會到下一個加油站。」

我把車停在三個加油機旁邊，一個老年人走到駕駛座位旁邊，準備為汽車加油。

那孩子四下打量著加油站。這裡的加油站很簡陋，就是一幢不大的建築，被一片麥田圍繞著。佈滿了灰塵的門窗，看上去很髒。透過破損的窗戶，能看見裡面有部電話在牆上。

那孩子晃著自己的腳道：「這老人真慢，我最討厭的就是等待。」這時老人掀開車頭蓋，慢慢查看油箱。「還活著幹嗎？這麼老了！死了豈不是一了百了。」

我點上一支煙：「沒想到你說話這麼狠，我不能同意你的說法。尊老愛幼還是很必要的，畢竟你也有老去的一天。」

孩子轉過頭對著我，咧嘴笑著說：「屋裡有部電話，你想不想給誰打電話？」

我吐了口煙：「不需要。」

當老人把零錢找給我的時候，那孩子轉向車窗口，問那位老人：「先生，你這裡有沒有收音機？」

老人搖搖頭：「沒有收音機，我需要安靜。」

那孩子咧開嘴笑了：「你很會享受，這種做法很對，人在安靜的環境下才能長壽。」

告別老人，繼續上路，我又把車速加到八十公里左右。

那孩子有一會兒沒開口，一段時間後，他才又說起來，「殺害七個人必須要有膽量，你用過槍嗎？」

「很多人都使過槍。」

他抽動了一下嘴唇：「那你有沒有拿著槍對準別人？」

我目光冷冷地掃了他一眼。

他對視著我：「有人怕你的感覺很不錯，如果你手中有槍，你就會覺得自己就算站在以前比自己強的人面前，依然感到自己很高大。」

我說：「是啊！有了槍，你可能不再矮小。」

他似乎知道我在諷刺他，臉微微發燙。接著道：「但我始終認為只要有槍，你就是世界上最強的人。殺人需要大膽才行，大部分的人都不知道這一點。」

「那七個遇害的人中，有一個是僅僅五歲的孩子，你對這件事怎麼看？」

他舔舔嘴唇：「也許，那是個特例！」

我搖頭：「可能只有你會這麼認為。」

過了一會兒，他開始疑惑了：「是啊！我想，他沒必要殺害一個孩子啊！」

我無奈地：「這事不好說，他先殺了一個人，然後另一個，再然後又一個——一段時間過後，殺什麼樣的人對他來說已經麻木了。在他看來，殺一個小孩，和殺一個成年人沒有什麼不同。男人、女人甚至孩子，在他眼裡，都一樣！」

少年點了點頭：「這樣說來，倒養成了他這種嗜殺的惡習。」沈默了一會兒，「他已經殺了七個人，但好像一直抓不到他，他太聰明、太狡猾了。」

我瞪視著他：「你怎麼會有這種想法？『他很聰明！』要知道現在所有人都在找他，幾乎每個人都知道這個殺人犯，知道他長得是什麼樣子。」

少年挺直了自己瘦削的雙肩：「也許他不在乎這些，他做了自己想做的。現在他的大名傳遍全國上下。」

有一會兒，我們兩個都默不作聲。這樣行駛了一段路程後，他活動了一下陷在座位中的下身。問道：「你有沒有聽過別人說他的相貌？或者，在收音機裡聽過。」

「當然，」我說，「從上週開始一直在聽。」

他有點好奇地看著我：「那你還讓我搭便車？難道你不怕我就是那個人！」這時他的眼睛盯著我，「我的相貌和收音機中所描述的兇手相貌幾乎是一樣的呢！」

「我知道。」

我們的汽車一直往前走著，前面是一望無垠的空曠平原。附近沒有房屋，也沒有樹木，路在我們前方一直向遠處延伸。

少年這時又笑了起來：「因為我看起來就像兇手，所以每個人都怕我，我就喜歡這樣的感覺。」

「你馬上就笑不出來了！」我冷冷地道。

「就這兩天的時間，就在這條路上，我被警察逮捕了三次，我現在幾乎和兇手一樣有名了。」他好像沒注意我說了什麼，仍繼續說自己的事。

我用更冷的聲音說：「我知道你現在很有名，過一會你會更有名的。我早就猜到，你還會來這條公路搭便車，所以我在這條路上一定能找到你。」我把車速放慢了一點，把頭靠近那個孩子問，「你看看我？像不像收音機裡說的那個兇手？」

那孩子不屑地笑了一下：「根本不對，那人的頭髮是紅色的，而你的是褐色的，兇手和我的髮色一樣。」

我也微笑了一下：「難道頭髮不可以染嗎？」

慢慢地，那孩子睜大了驚恐的雙眼，瞳孔慢慢收縮，他知道馬上會發生什麼事。

他將成為第八個受害者，作案人是警方正在追捕中的那個兇手。

錯誤的條件

離開公墓前，他回頭望了最後一眼灰色的墓碑。墓碑四周長滿了黃色的菊花，菊花是喬伊娜生前最喜歡的花。他拖著自己疲憊不堪的身軀，上了一輛破舊的小貨車，開著車回家了。他和喬伊娜在這個家一起過了八年。

這是四月的一個黃昏，天很陰冷。

他開車穿過稀疏的樹林和空曠的田野。這一帶的風景本來很美，喬伊娜生前經常來這裡。可惜現在被弄得七零八落，這要「歸功」於一些採石者，他們採出的殘石，東一堆、西一堆的隨意亂放著。

快到鎮裡時，他把車停在老湯姆的加油站。他感覺自己低落的心緒稍微好了一點，只要一進城，他就感到非常壓抑，出城之後才會慢慢好轉。老湯姆看到了他，友好地向他招手。

他把車開到一根油管前，停好後下了車。

一輛黑色的大轎車這時也擠了上來，他記得回城的時候，這輛車就一直跟在他後面。

他看到大轎車裡坐著三個人，看見這三個人，他心情馬上又壞了起來。因為這三個人全是城裡有名的、粗野傲慢的那種人。

其中有兩個留著長髮，二十多歲的樣子，穿著新潮。另外一個獨自坐在車後座上，年紀比他們兩個要大點，可能有四十多歲，穿得要比他們保守。他們全都面色冷峻、滿臉傲慢無禮的神色。兩個年輕人從車上走了下來，一左一右站立在車兩邊，兩人瞇著傲慢的雙眼打量著他和湯姆。這時其中一個撇撇嘴：「先給我的車加滿，要最好的汽油。」看他說話的態度好像根本不是在和人說話，最好人家不用他開口，就主動上去為他服務。

老湯姆依舊向他的小卡車走過來，向兩個年輕人點點頭：「抱歉，等一下！你們前面還有一個顧客。」

他看見那個年輕人的臉色一下就變得很不好看，便對老湯姆道：「湯姆，我今天不急，你先給那幾位加油吧。」

湯姆看了他一眼，轉身走到大轎車後面，猶豫了一下，開始給大轎車加油。

剛才說話的那個年輕人用生硬的眼神看了他一眼：「謝了，老先生。」

他說「老」字時加重了語氣，好像要告訴他們這個事實，他們是因為湯姆的年紀大了，為了遷就老人，才說了個「謝」字。

老人因為憤怒手指微微發著抖，但又不得不壓抑自己的怒氣和強烈的厭惡。那幾個城裡的傢伙看見他發抖的手，以為他害怕了，眼裡流露出一絲得意和鄙夷。說話的那年輕人側過頭去，不再和他們說話。

湯姆給大轎車加滿了油，蓋上了油箱。說話的年輕人瞅了一下油表，掏出一沓鈔票，甩出兩張，丟給湯姆。錢還沒找，就上車飛馳而去。

隨後，他也加滿了油，付錢後與湯姆道別。他開車穿過一個山谷，拐過幾個彎，回到自己的農場。喬伊娜被流彈打死之前，他們一起在這裡生活了很多年。

她那次上城裡買東西，正巧碰上強盜打劫，她被射出的流彈擊中胸部。警方後來告訴他，那強盜僅搶了三美元現金。就三美元啊！就要了她妻子的命。

他在小棚屋停住車，搬出車上的東西。緊接著開始忙碌起來，餵乳牛和豬，擠牛奶……大概還一個小時天就黑了，他準備釣幾條魚，順便散散心。他把漁具放上車，向礦坑駛去。

農場後面有一大片土地，這裡的開採權已被政府賣掉。這些採礦者根本不會顧及這天然的美景，亂挖一通，廢礦亂堆，他們挖過的廢棄坑道裡，不久就積滿了水。後來竟生出了一些魚，不僅如此，魚慢慢還多了起來。

他慢慢走下礦坑，把釣具放到小船上。冷風吹過，周圍一片寧靜。這時他忽然聽到有說話的聲音。他想看看是誰！就又爬上台階，到上面去瞧瞧究竟。

以前這裡經常有小孩子來玩，他總是把來這裡的小孩子們趕走。倒不是他不喜歡孩子，因為這裡很危險。這次他剛要開口，準備讓來玩的小孩們離開這危險的地方。看清之後，卻發現來的並不是什麼小孩，竟是在加油站見到的那三個人，還有他們開的黑色大轎車。他一下子愣住了。

那三人把車開到水坑邊。年紀大的一個指揮著兩個年輕的，兩個年輕人從後備廂拖出一個沉重的人形帆布包。兩個人用力把那個包拖到水邊，一起使力，拋入水中。那包濺起了四周的水花，慢慢地沉了下去。

他一直偷看著他們銷毀屍體，呆呆地站在那裡，竟然忘了要跑。這時他想跑，卻挪不動步。三個人看著屍體沉下去後，準備開車離去。這時，有一人忽然看到了他，便大聲招呼自己的同伴。這次大喊也喊醒了他，他擇路而逃。他現在不能跑回小船，因為船上沒有可以躲避的地方。這時，槍響了！他當時正準備逃到一堆岩石的後面。子彈尖叫著劃過，離他頭邊只有幾寸。子彈尖銳的破空聲刺得他耳根發麻。

像他這種年齡的人，在堅硬的岩石堆上奔跑，實在很困難。他感覺到自己腳上皮肉撕裂了，火辣辣的痛。他必須要在他們前面趕回到棚屋。他穿過亂石堆，準備繞近路跑回。他迅速爬上附近的一個小山丘，回頭望去，後面兩個人對自己緊追不捨，其中一個正從礦坑中跳出來，一邊大喊著同伴，一邊向他開了一槍。

他聽到了槍聲，覺得自己的腿像是被人打了一拳。很不幸，他的膝蓋中了一槍，跌倒在地。他看看自己的腿，看見血從撕裂的褲子中慢慢流出，他現在倒沒怎麼感到疼痛。

危險還在眼前，他只躺了一下，然後艱難地站起來，繼續向前跑。雖然拖著一條傷腿，但他堅持跑完了剩餘的路，回到了自己的棚屋。他忽然想起一件事，發現自己犯了個不可饒恕的錯誤——他的那輛小卡車還在礦坑那裡，沒有車，自己怎麼也無法逃遠。

不得已，在他們快追到自己的時候，他又逃離棚屋。他一拐一跳地繞過穀倉，跨過院子，來到了一個角落。春雨綿綿不斷，所以地面很泥濘，他只能爬過一塊小高地，確信自己暫時逃出了他們的追趕，然後才鬆口氣，慢慢躺了下來。

太陽快要落下了。如果他能在這裡躲到天黑，就有機會逃走，但假如被那三個傢伙看到，自己必死無疑了。

他用手帕按住自己的傷口，然後撕下一塊襯衫把傷口紮起來。現在傷口不那麼疼痛了，血也不怎麼流了。太陽還沒有完全落下，仍能看到周圍的景物，天氣也逐漸寒冷起來。不遠的地方有一個小小的乾草堆，草堆上有一塊帆布，那還是他去年秋天的時候堆的。

他仔細留心著周圍的情況，像蛇一樣慢慢地爬向草堆。解開帆布上的繩子，拉下帆布，裹在身上。帆布發出一股霉味和乾草味，不過比剛才要暖和一點。

這時，其中一個追趕他的人繞過穀倉，正好拐到他藏身的對面。他養的一些奶牛就在那裡過夜，飼料和水也都放在那邊。由於追趕他的人的突然出現，十幾頭奶牛都受到驚嚇，正在穀倉拐角處轉來轉去，開始向他藏身的地方擠過來。這時天已經黑了，追趕他的年輕男子揮動著手電筒，跟在牛群後面搜查著。

他蠕動在潮濕的地面上，隨時調整著角度，使牛群正處於他和追趕的人之間。

那個年輕男子雖然也很機靈，但陌生的環境和已經黑暗的夜幕，讓他感到有些不安，躲在暗處的他看出了對手的緊張，他對自己增加了一分信心。他雙手抓住布角，解下油布。

當那個年輕人的視線看著別的地方時，他突然猛地躍起，大喊一聲，同時對緊張不安的牛群揮舞著油布。牛群受到驚嚇，慌亂地掉頭疾奔，驚叫連連，狂奔的牛群把槍手撞倒在地。那傢伙還沒來得及驚叫第二聲，就被淹沒在牛群中。那傢伙的身體，被牛群踐踏而過。

依然亮著的手電筒掉在地上。另一個年輕的傢伙被牛群的騷動吸引，也慢慢向這邊移過來，大聲呼叫自己同伴的名字，但卻沒人應聲，第二個年輕人拿起手電筒，左右搜尋著。而他此時又伏在地上，用油布遮蔽著自己。因為不見了同伴，那傢伙有點緊張地慢慢往後退。

現在，逃出的機會對他來說比原來大了一些，但還是很危險。畢竟對方還有兩個人，有槍而且都未受傷。他用雙手抓住膝蓋中槍的地方，慢慢地按了一下，似乎疼痛輕了一點。這種要命的捉迷藏遊戲必須儘早結束，受傷的他估計也支撐不了多久。他感覺自己渾身的血液像在漏斗裡，好像要流完了似的，力氣也快耗完了。

第二個傢伙已經跑回大黑轎車旁與老闆商量。他艱難地掙扎著站起，踮著受傷的腿走進穀倉。屋裡顯然暖和多了，而且也比外面乾一些，在外面趴在濕漉漉的地面上實在難受。他在黑暗中慢慢地找到了穀倉的另一個門，從門縫裡能看到外面的情況。其餘兩個人正站在汽車旁，一個握著手電筒。現在對他很有利，敵明我暗，他能看清楚外面的一切。他解下油布，撿起一塊大磚頭。

兩人在低聲說著什麼，一會兒搖頭，一會兒點頭，很顯然他們在商量著什麼。

他躡手躡腳地走出門，慢慢往前走，然後站定。他忍住腿部的劇痛，抬起左膝，側轉身，右腿獨立。這是一個標準的棒球投球動作，他以前曾是一個出色的投球手。他竭盡全力，把那塊磚頭擲出，很準，這一磚頭正打在老闆的耳根上。那老闆還沒來得及叫一聲，就直挺挺地倒在了地上。

剩下的一個年輕人很快反應過來，立刻向他這邊開了一槍。他早有準備，磚一出手，人立刻衝回穀倉，撲倒在地。但他投擲磚頭時用力過猛，此刻他的傷口又開始流血。他聽見對手跑過來的聲音，趕快爬起來，躲到門後邊。聽著對方慢慢移動的腳步聲，估計對手正要穿門而入時，他猛地一拳擊出，正打在那人的胃部。那傢伙慘叫一聲，捂著肚子痛苦地彎下身去。他把所有憤怒的力量都集中在自己的右拳上，沒等對手站直身子，照著他的下顎就是狠狠的一拳。

對手軟軟地倒了下去，趴在地上。他找到一條捆麻袋的繩子，把這個已經昏迷的對手捆了起來，隨後又拿另一條繩子，去看看那個老闆的情況。那老闆挨了一磚頭後，此時正掙扎著要站起來，他趕緊一腳把他踹倒，用繩子將他捆了個結實。做完這些，他再也堅持不住，無力地倒在地上。

過了一會兒，他掙扎著站起來。把兩個戰敗的傢伙推入大轎車的後座，再用繩子捆住兩人的雙腳。最後，他又把先前被牛踩死的傢伙也拖到轎車旁，扔進後備廂。

他坐在地上休息了好長時間。隨後，為確保萬無一失，又仔細檢查了一下捆兩人的繩子。他可不想因為繩子的問題，在開車的時候被他們掙開逃脫。他進了駕駛座，發動汽車，向鎮上行駛。

過一會兒，那老闆首先醒了過來。對著他拼命地叫喊，使勁地掙扎了一陣，最後發現白費力氣。便開始軟了下來，想和他講條件：「如果你放了我們，我會給你一大筆錢。」他沒有回答。

這時另一個也醒過來了，兩個人為了能夠活命，想盡一切方法——軟硬兼施，頻頻利誘、威脅和談判，他都毫無反應。這讓被捆著的兩人很是焦急，終於，那老闆冷笑著說：「鄉巴佬，你可要弄清楚，假如你把我們送給警察的話，我保證你和你全家都會死。這一點我可以向你保證，會有人去一個一個地殺死你們全家，我首先會讓他們先殺死你老婆。」

他絲毫不懷疑對方會做出這種事情，就算他們在牢裡也可以指使別人這樣做。他心想，如果對方知道喬伊娜已經死了，不知他們還會這樣威脅嗎？

他突然剎車，然後掉轉車頭。

不一會兒，他們來到公路轉彎處，白天他們就是走的這條路。兩人大喜，以為他被說動，不會送他們去警局了。但當大轎車開始在滿是岩石的路面上顛簸跳躍時，他們忽然明白過來，這個鄉巴佬要幹什麼。

他把車開回礦坑，並關掉了車前燈。車慢慢開上了一個斜坡，礦坑的最深處就在坡下面。後座的兩個男人開始驚恐地尖叫著，手腳一陣徒勞地掙扎。

他下了車，關上車門。從車窗伸手鬆開手剎車，同時在外面慢慢移動方向盤。

笨重的大轎車加速度地越滾越快，飛快地滾過岩石的斜坡，衝到礦坑的頂部，從空中下落了五十公尺，「撲通」一聲，一頭栽進水裡，水花濺起幾丈高。他迎風站在旁邊，聽著水花濺起的聲音。

他們最大的錯誤是不該提那個交易條件。他們始終認為，自己被他抓到，只有兩個結果：一個是向他們要一筆錢，然後放了他們；一個是把他們送給警察。但他們萬萬沒想到他還有第三招。

他們更不該用家人威脅他，就算他的太太喬伊娜已經死了，但他也不會讓人來打擾她的——在天之靈。

悲哀賭注

我皺皺鼻子，跪在小溪的岸邊，清洗著前天釣到的鱒魚。這時，我自己都感到很奇怪，自己釣的魚，好像比別人釣的魚味道要好些。身後小山上的木屋裡傳出一陣大笑聲，那是我舅舅的笑聲，聲音大而洪亮，就像他的為人。

舅舅和他的好友巴茲爾在玩牌，一局二十元。他們倆人賭錢時，都不把錢當錢看，有錢人把錢看得很淡。早些時候，他們還以五十元為賭注，看誰先釣到鱒魚，最後巴茲爾贏了。

他們在當天中午又開始打賭，這次賭誰釣到的魚最大，又是巴茲爾勝了。舅舅倒也不氣惱，傻笑著，乖乖地把錢遞過去。

每年都是這樣，舅舅和巴茲爾會相約來我們這兒度假，舅舅會甩一些錢給我母親，讓她打掃出他們住的地方，而我則暫時充當兩人的免費私人奴隸。

我爸爸在的時候，我家條件還是不錯的。自我爸爸去世後，家境每況愈下。我家的母牛走到公路上時，一隻腿被卡車撞壞；有一次大風，我們家的半間屋頂被吹走，北邊的整個圍牆也在狂風中倒塌；我有一輛老爺卡車，零件幾乎全有問題，需要徹底修理。這些事全壓在我一個人身上，使我必須從早到晚地忙，但掙的錢仍然不夠開支。

但這一切和當舅舅的僕人比起來，就不覺得辛苦了。他凡事頤指氣使、自大自狂，整天一副高高在上的樣子。但舅舅很能賺錢，他在兩小時賺到的錢，比我一天不停工作賺的錢還多。這好像很不公平。

我帶著洗好的魚進了木屋，又往鍋裡加滿新鮮乾淨的水。舅舅和巴茲爾坐在桌子兩邊，各據一方，全神貫注地玩著牌，兩人都沒有向我這邊瞧。

巴茲爾從自己手裡的牌中抽出一張，那是一張Q，壓在桌面舅舅出的牌上，他們這是在玩十三點，這回巴茲爾又贏了。舅舅掏出一張折得不成樣子的二十元紙幣，向他遞過去。舅舅用手摸摸自己整齊的八字鬍，手指上戴著一枚戒指，上面的鑽石閃耀著絢麗的光芒。

「約翰，晚飯準備了嗎？」我舅舅問。

「快好了。」我回答。

巴茲爾收好牌，笑著對我道：「小子，吃完飯，你也來玩一會兒？」

我沒說話，只是用眼睛瞪著他。巴茲爾知道我沒錢，故意在打趣我。

「怎麼樣，巴茲爾？」舅舅招呼他，指著自己口袋裡鼓鼓的鈔票，「我們還可以繼續玩一會兒。」

「想輸錢也不用這麼急吧！」巴茲爾向天花板吐一口煙，對他說。

「那好，我們繼續。」

舅舅又連輸了四盤，這次每盤不止輸二十元，當時我在炸鱈魚和做玉米麵包。但輸錢並沒影響他的好胃口。

在他們邊吃邊吹的時候，我又砍了許多柴火，並把它們擺在柴箱裡。他們互相吹噓在城裡贏過多少錢，玩過多少女人，談得很高興，但我卻有聽不下去的感覺。他們說的地方，是我從來沒有去過的地方，他們做的，也是我從未做過的事。正因如此，我怨恨他們。他們吃完飯，喝完咖啡後，讓我清理好桌子，他們又賭上了。我只能去洗盤碟。

出乎意料，這回舅舅的運氣很好；他不僅贏回原先輸掉的錢，而且還讓巴茲爾開始掏了自己的腰包。

看著他們把錢像紙一樣拿來拿去，我真的希望這些錢是我的。

「我現在必須回家了，」我說，「明天還有很多事情等著我去做。」

舅舅看看周圍，感覺確實沒什麼事要我做了。對我說：「好吧，約翰，再見。另外，別忘了告訴你媽，我們再過一兩天就走。」我悶悶不樂地點點頭。

這時巴茲爾也站了起來，伸伸懶腰，說道：「我們也休息一會兒吧，正好現在也到你吃藥的時候了。」

「你真能囉唆，巴茲爾，你真像個老太婆。」舅舅不滿地說，但他的左手開始伸向一隻古老的小箱子，找他一直吃的藥片。

我這時到了外邊的門廊。外面漆黑又寒冷，我默默站在卡車旁，仔細聽著各種動物在夜間發出的聲音。此刻的我全身輕鬆，我覺得這是我一天中最美好的時刻。我伸進口袋，取出已經抽過一半的煙。

巴茲爾走了過來，伸手搭在我肩上，用一隻很重的金質打火機為我點火。

我轉過頭來，彎腰把煙點著，對他道：「謝謝。」

巴茲爾自己也點了一支雪茄，靠著我的卡車對我說：「約翰，你為何要留在這樣的一個地方呢？」

「我住這裡，也許永遠只能住這兒。」

「不知道你想沒想過去別的地方住？」他看著燃燒的雪茄道，「比如說去賭城住？」

「我倒是很想去。」我忍不住諷刺道，「只是不知道，那裡沒錢行不行？」

「像你這樣聰明的一個人，到哪裡都能混出個名堂。」

「也許吧。」

「你一定可以的，」巴茲爾走近我，「難道你不想到賭城或雷諾城嗎？假如身上帶著一萬元去玩玩，美酒、美人……約翰，這一切你都沒有過，難道不想試試？」

我扔掉手中的煙頭，使勁踩滅它，狐疑地問他：「老傢伙，你想幹什麼？」

這時有一隻怪鳥在溪邊叫著，他靜靜地看著我。

「約翰，我想做什麼等一下會和你說的，我現在必須警告你，你最好不要把我想做什麼事說出去。就算你說出去，我也不會承認那是我說的，而且我立刻就會讓你難看。」他的聲音很低沈有力，「你覺得我這個人怎麼樣？」

「不用繞彎子，有什麼事快說，不然我就走了，」我低聲道，「我太累了，不想聽多餘的廢話。」

他笑著說：「很好，我只是要你知道，我說的是認真的。」

「好，你說就是了，我在等著呢！」

他下意識地朝木屋瞟了一眼道：「我要告訴你，如果你舅舅能突然『不在了』的話，我願意出一萬元。」

我沈默了，緊皺著眉，滿臉的猶豫之色。

「是不是有些吃驚？約翰，承認吧，你憎恨他的能力。你一直恨他，當然，也恨我！」

「我可能是不怎麼喜歡他，」我說，「但我也沒有理由去殺他吧。」

「當然有理由，你將得到一萬元就是理由，不過，你要注意，我可沒說過『殺』字。」

他使勁拍著我的肩膀道：「你舅舅有心臟病，你知道吧！如果他的病能突然發作，那……」說著，他的手指捏得啪啪作響。

說完巴茲爾為我打開卡車門：「約翰，我認為你可以認真考慮我的計畫，想好之後，再告訴我你的決定。」

我聽了心緒很亂，過一會兒才發動了汽車。到家後躺在房中，又熱得睡不著，悶熱使我流了許多汗，我在床上一直沒睡著。到凌晨五時，我終於下定了決心。我想到一萬元的用途——修理那讓人提心弔膽、隨時會拋錨的卡車；被大風吹掉的半個屋頂也可以修了，倒塌的圍牆也可以找人幫忙砌上。天剛破曉，我在晨曦中悄悄地出了前門。

我把一些工具帶上卡車，向北駛去。隨著車輪的轉動，這時世界也開始生動起來。

中午過後，我發現有什麼東西潛伏在一塊巨石的陰暗處，那東西鱗片閃閃，湊近一看，原來是條彈簧般粗細的蛇，牠正躺在那裡。這個卑賤、顫動著的東西盤在那兒，好像在等待時機咬人。

我從旁邊舉起一隻腦袋般大的石頭，高高舉起，準備砸死那嘶嘶亂叫的小東西。那蛇驚恐地扭動著自己的身軀，黑色的小眼睛似乎在盯著我，嘴裡吐著長長的芯子。

我仔細看著這條爬蟲，這一刻的時光似乎停住了。

我雙手抱著一顆沈甸甸、硬邦邦的石頭，汗水慢慢流進我的眼中。忽然，渾身竟然感到一陣冷意。隨即一萬元又閃進我的腦海中，我扔掉手中的石頭。

我飛快地跑回卡車，從車上拿出一條麻袋和一把專門埋種子用的鶴嘴鋤。

那條蛇正在爬走，正準備鑽進岩石縫中。我用鋤頭不斷砍著牠，牠躲避著蜷成一團，並開始反抗，不斷地撞擊鋤頭。我找了個釘子把牠釘住，當我踩著牠的腦袋時，還能感覺到，牠在猛烈地扭動自己的身軀。

那東西狂亂地舞動著，我聞到了蛇吐出的一股像是成熟蘋果的氣味。我還可以覺察到我破靴底下的蠕動。我彎下身，移開腳，伸手抓住了蛇頭。蛇的身體隨即纏繞著我的手臂，那條蛇強勁有力，我差點因抓不住而脫手。感覺牠身體很滑溜，我想我沒法抓得太久。

要想把蛇塞進袋裡，必須把盤繞的蛇身拉開，這相當困難。費了好大的勁，終於把牠弄進袋子，迅速繫上袋口。這時我的襯衫汗全濕了。

當我伸手打算取煙時，又聽見袋子裡有響聲。我無奈地咒罵了一聲，無力地坐下來。心想反正已經裝進去了，不怕你跑了，抽著煙，慢慢等候那東西在裡面平靜下來，不知為什麼，我雙手開始不停地發抖。

麻袋裡的響聲終於停止了，但偶爾仍可以看見裡面有點小動靜。我坐在那兒端詳著牠，不由地出了神，心裡懷疑自己，懷疑自己能不能真下得了手。我雖然不喜歡舅舅，但他和任何人一樣，他也是個人，也有感情，況且還是我舅舅。

過一會兒，我把裝蛇的袋子扔上了卡車。我的破舊卡車發動時發出難聽的轟隆聲，當卡車開到小路的一處高地時，我能看到木屋的前門敞開著，向裡望去，空蕩蕩的沒一個人影。

這時開始下坡了，我關掉卡車油門，讓車慢慢滑行，停在了門廊前。小溪邊傳來舅舅的聲音，緊跟著我又聽見巴茲爾的回答聲。我想他們準是又在賭了。

我輕輕拉開旁邊的紗門，到了屋裡，我拿出麻袋先放到拐角處。

我想，要做一件改變你人生的事就必須做好，不能出任何差錯。這個東西只能放在只有舅舅會碰到的地方。放的地方還必須不能讓巴茲爾碰到，否則一切都功虧一簣！

我慢慢打量著屋裡，現在這裡一團糟——散置一桌的沒用完的早餐和髒亂的盤碟，床鋪上散亂地放著被褥，地板上橫七豎八地躺著煙蒂，昨天還是滿的柴箱又空了。

這一切都得我來做，這一切很快就會結束，但現在我必須繼續等待。我必須找到一個合適而準確的地方來放那個麻袋，這時我的目光停在那裡——舅舅的箱子。

我按住箱扣，箱蓋自動地掀開，裡面有兩件乾淨的換洗衣服，半打撲克牌，還有沒開封、整條的高級香煙，還有一小瓶藥。就是這個地方！

我在箱子上方小心地打開麻袋的結，看著蛇滑到箱子裡，在箱子裡緩緩地爬著。我忽然又感覺到自己在發抖。

做完這些，我重重地蓋上箱蓋，額頭有大顆汗粒滾落，像夏天的雨打在穀倉頂上一般落在金屬箱上。我的頭開始眩暈，但我竭力保持鎮定。

我大步走向門外，出門後，停下看了看時間，現在還不算晚。我就當自己剛才沒來過，沒有人會知道。

走出院門，紗門在身後緩慢而沈重地合在一起。迂迴曲折的樹林裡有一條通往小溪的小路。進入有點昏暗的樹林，有一種涼嗖嗖的感覺，這裡有很多荊棘。小的時候，這兒是我最喜歡的地方，現在依然還是。我走的並不快，一路上聽著小鳥的叫聲，心裡真希望剛剛開箱子的時候，能順手拿一包舅舅的香煙出來就好了。

到了小溪，眼前突然變得明亮起來。

我看見他們倆站在流水中，他們在深及腰部的水裡優雅地揮動著釣竿，舅舅正在熟練地拋著魚線，在一棵低垂的楊柳下。這時候，他看到我，向我揮揮手，大聲說著什麼。因為離得遠，我聽不見他在說什麼。

巴茲爾涉水過來對我說道：「約翰，還好嗎？」

「給我一支煙。」我說，他彈出一支煙，與他的打火機一起給我。我點著煙，站在他附近，手中把玩著他那金光閃閃的打火機。

巴茲爾在擺弄著漁具，準備在鈎上裝好魚餌，放線再釣。對我道：「昨晚我們談的那件事，不知你考慮的怎麼樣？」說著他選了一個長尾形的魚鈎。

「我已經考慮了，」說話時，我遞給他一個乾魚餌，又補充道，「我已經考慮好了。」

「考慮的結果是什麼？」

我對他點點頭，並把打火機還給他。

「你是說，你答應做了？」

「一萬元不幹。」

巴茲爾的眼睛盯著我，那眼神好像是在看自己即將到手的獵物。他目不斜視地盯著我說：「你要多少？一萬五？」

「二萬五。」

我們兩人都沈默著，這時一隻水鳥在死寂中突然尖叫了一聲。我和巴茲爾互相盯視著，這情況就像在一小時前，我和那條蛇也這樣互相凝視著一樣。他考慮了一會兒，對我聳聳肩，「好吧，約翰，我同意，就二萬五！你準備怎樣做這件事？」

「這個不要你管，」我說，「一切都準備好了，但你不能動他的那個箱子。」

「你真的做了？」巴茲爾有點無奈地搖了一下頭。

「你不就是想這樣嗎？那我什麼時候可以拿到錢？」

「事情順利結束後，就會給你！」他聲音裡有一絲厭惡感，我聽出了他在輕視我。

我轉身離開了這裡，順著來時的小徑往回走。一路上，腦海裡老想著一些亂七八糟的事。巴茲爾你有什麼好神氣的，還輕視我，這不都是你的主意？我上了卡車，心中仍很煩亂——那一天的時間似乎永遠也過不完。

我在修圍牆的時候，傷了兩個手指，現在我又開始想那筆錢。兩萬五千塊錢對我來說，是一筆相當大的財富，估計我這樣幹三輩子也沒有這麼多。雖然舅舅在這件事上很冤枉，但他只是個無藥可救的賭徒。他自己都必須承認，自己不可能一直都是贏家。

一路上想著，當我快到木屋時，天開始黑了。

夜幕降臨了，寒冷也隨之而來，我裹緊身上的破夾克。發動卡車，我開始向上爬坡，這時候到木屋一定有點晚，對自己的耽誤，心裡後悔不已。我越接近木屋心裡越是害怕，害怕已經發生或將要發生的事。

當我停車時，看到巴茲爾正坐在門廊上抽著煙。我很希望那事已經發生了，所以很想從巴茲爾的臉上看出些跡象。他像明白我的心思一樣，對我搖搖頭。

我默默走過他身旁，到了木屋裡。舅舅這時贏了一盤一個人玩的牌。看到我，他竟然面帶笑容，好像見到我很高興一樣，我偷眼看了一下那口金屬箱子。

「你們今天釣的魚，要不要洗一下？」我問。

「沒有，我們今天就釣到幾條小魚，全放回去了。」說著他掏出煙，請我抽煙。我接過煙，找到一張椅子，在遠離那口金屬箱子的地方坐下來。好歹要讓這事快些了結，我感覺自己再也不能忍受了。必須想辦法讓他親手打開那口箱子！

「媽讓我問你，你身體最近可好。」

「她總是這樣囉唆，」他微笑著道，「和她說，我一切很好。」

「我媽媽只是擔心你會過度疲勞，」我說，「你必須小心自己的心臟。」

舅舅的手下意識地摸摸臉孔，略帶憂傷地看著我：「我們兩個從來沒說過交心的話，現在我們應該互相多了解些。」說著，俯下身子，把那箱子拉到了面前。

我坐直身子，心中有點懷疑，他是不是能聽得見裡面的聲音。仔細聽一下，裡面確實沒有聲音，我才勉強把身子靠回去一些。然後大口吸著煙，等待著。

當舅舅彎腰準備開箱子時，我的嘴巴開始發乾。奇怪，我以前怎麼沒注意到，舅舅的頭上竟然有如此多的白髮。「舅舅！」由於不自然，我的聲音喊大了些。

舅舅站了起來，古怪地看著我。

「沒什麼，舅舅。」我說，「我剛才聲音太大了，並不是有意的。」

「你的工作太辛苦了，約翰，你真該抽時間去度度假，輕鬆一下。」

這時香煙快燃到我的指頭了，我說：「也許要不了多久，我就會去度假的。」

伴隨著紗門的突然響起，巴茲爾走了進來，我驚得從椅子中跳了起來。他對我露出一抹鄙視的微笑，在這個時候，我覺得恨他比恨舅舅要多。

「你怎麼老是坐立不安的！」舅舅關心地看著我，「你今晚是不是有什麼事？」

巴茲爾笑著道：「可能他的工作太累了。」

「你為什麼不閉嘴呢！」我轉過身對他說，「沒有人和你說話。」但他只是對我笑著。

我攥著手中被捏皺的帽子說：「對不起！我有點累了，我為今晚的行為道歉。」

「小傢伙，不用抱歉，誰都有疲倦的時候。」巴茲爾嘲笑著對我說，伸腕看看了手錶，然後拿給舅舅看，同時輕輕拍拍手錶對舅舅道，「你是不是該吃藥了？」

舅舅微微笑了一下：「你好像永遠忘不掉我要吃藥？」

「好像是這樣！」巴茲爾又轉頭對我說，「我永遠不會忘掉。」

我站在舅舅前面，這時舅舅打開了鐵箱子的搭扣。隨著箱蓋慢慢地開啟，我覺得頸背上的毛髮也跟著豎起來。我緊張地注視著舅舅的表情，卻看到他臉上沒有一絲異樣，仍像往常一樣，伸手取出兩粒藥片，吞下肚去，然後又合上了箱蓋。我懸著的心也放了下來，那條蛇從箱子裡溜出去了！

牠會溜到屋裡的哪個地方呢？我剛放下的心又緊張起來，我的視線仔細地掃過一些大件物品的下面，看牠會不會躲在裡面。不禁有些奇怪，牠怎麼會溜走的？

這時聽到舅舅在大聲說話，我又一次心驚肉跳了起來。

他對我道：「約翰，先找張椅子坐下。」

「不！我現在得走！明天還有許多工作！」

巴茲爾忽然抓住我的手臂說：「別走了，小傢伙，我們來玩一盤，怎麼樣？」

「不！」我擺脫他的手臂，向門口跑去。心中卻很迷惑，這蛇是怎麼溜的？外面的夜風無孔不入地鑽進我汗濕的衣服，一陣寒意透過全身。

我用顫抖的手摸索著打開了卡車門，卻聽見車前座上有瘋狂的異樣的聲音，還伴著熟悉的的蘋果氣味，這氣味今天已不是第一次聞到了，等我反應過來，已經來不及了。一條熟悉的粗長軀體疾速從我眼前滑過，我突然覺得手臂開始劇烈的疼痛。

我驚叫著跳下卡車，跌跌撞撞地跑回木屋，我撕紙一樣地，撕著被咬過的手臂袖子，手臂在我的恐懼中抖動著。

「蛇咬的！」我抓住舅舅的襯衫，搖晃著他。他好像沒聽明白，所以我接著又補充道，「我被蛇咬了！」

舅舅把手放在我臉上，忽然奮力推開我。我被推得撞在牆上，震得外面的窗戶也嘩嘩作響，這時我受傷的手臂更痛了。他狠狠地道：「你這個忘恩負義的雜種！」說著，他再次揮拳，把剛掙扎站起的我推到牆上。

「小子，我剛剛在你身上下了賭注。」說著，他的拳頭又打在我臉上。

「舅舅，救救我！」我哀求道。

「昨天，巴茲爾打賭和我說，他能想到辦法讓你殺了我，你是我的親外甥啊！怎麼可以這樣做！」

我有些絕望，舅舅不準備管我了，他知道了事情的前因後果。我現在必須靠自己了。自救！我想到了卡車，我可以開車進城去醫院，我不會死的！

我迅速向車門衝去，卻看到巴茲爾拿著車鑰匙在我眼前得意地搖晃著，我呆住了。我發出一陣絕望的嗚咽聲，我能清楚地感覺到手臂上的每一下顫動，就像鞭子在一次一次地抽打一樣。我把手伸向巴茲爾：「求求你，把鑰匙給我吧！」

巴茲爾繞開我，向我舅舅走去，對我舅舅道：「我有個主意，老夥計，也許你能借機會贏回輸掉的錢。」

「我要怎樣才可以贏呢？」舅舅雙眼死死盯著我。

「雖然你外甥是個身強力壯的傢伙，」巴茲爾道，「但我看他現在害怕的樣子，我打賭從現在開始他熬不到明天早晨。」

舅舅隨手掏出錢包裡的錢，兩眼仍瞪視著我說：「成交，就這麼說定！」

黃雀在後

卡特和雪莉一起走進這家旅館時，已經凌晨兩點三十分了。本來他們是可以早一點住進來的，不幸的是，車子在路上出了點問題，也沒修好，就耽擱了。

他們登記好證件，要了房間鑰匙。隨後，服務生拿著他們的行李帶他們到樓上的房間。睡前，卡特定了鬧鐘，起床時間定在早上七點。

鬧鐘七點準時響起，卡特隨之醒來。他動作很輕，沒有吵醒雪莉，一個人開著車子去找修車廠。終於，他在距旅館不是很遠的地方找到一家，他把車停在修車廠，告訴那裡的夥計修好車聯繫他。隨後，他找了一家餐廳吃了早點，再步行回到旅館。

卡特離開旅店的時間應該不到一個半小時，他回到自己旅館的房間，敲了幾下門，沒有人開。他估計雪莉應該還在睡，可能沒聽見吧。

卡特到前台向服務人員要了鑰匙，回到房間門口，拿鑰匙開了門。床上沒有雪莉，浴室的門還半開著的，但浴室裡也沒有雪莉。

卡特無奈地攤開雙手，雪莉一般起得都很晚，現在或許在外面吃早餐吧。外面開始悶熱起來，卡特坐在房間裡慢慢等著她回來，剛從外面回來，感覺還是這裡舒服，這是個有空調的房間。卡特並沒有打算出來旅行的，但雪莉一定要帶他去海濱度假。什麼度假啊！對他來說簡直就是受罪。

房間裡一共兩張床，昨夜雪莉睡靠窗的那一張，不過雪莉睡過的那張床，現在卻整理得整整齊齊，好像昨晚根本沒有人睡過一樣。而卡特睡的床卻很凌亂，當然，他早晨出去時並沒有整理床鋪。

這時，女服務生在敲門，得到允許後，她走了進來。她只是整理了卡特的床，因為雪莉的床根本沒有必要整理了。但女服務生做完之後並沒走，卻趴在床邊往裡張望，好像在找什麼東西。

「在找什麼呢？」卡特問她。

「我在找煙灰缸，你們的房間應該有兩個煙灰缸，每個床頭櫃上都會放一個。現在怎麼只剩下了一個，還有一個哪兒去了？」

卡特也幫忙四處查找，但最後兩人都沒找到。

女服務生瞟了他一眼：「有的客人在離開的時候，可能會不經意地把店裡的小件生活用品裝進自己的行李，一塊帶走。」

他有點生氣地盯著她：「我現在還不打算走，小姐。我對煙灰缸沒有任何興趣，要偷的話也只會偷毛巾和香皂。」服務生整理完房間後離開了。卡特脫下自己的外套，準備掛起來，就打開了衣櫥。衣櫥裡，他的衣服齊刷刷地掛在那裡，但雪莉的都不見了。

他皺起了眉頭，記得她在上床前曾打開行李箱，把他們兩人的衣服都掛在衣櫥中了，當時那個半空的行李箱還放在床邊。現在，不僅她的衣服不見了，連那個行李箱也不見了。

真是奇怪！他打開旁邊的小衣櫥，裡面整齊地排著他的內衣和內褲。他又看了其他的衣櫃，一樣都是空的。他把房間徹底找了一遍，沒有一絲雪莉留下的痕跡，連她的一根頭髮也沒有找到，就像她從未來過這裡一樣。

他無奈地坐下來，如果她出去只是吃早點，為什麼會連手提包和行李一塊帶走？

會不會是雪莉真的想離開他了？他一直都這樣希望。如果她真的能離開就好了！他們是多年的夫妻了，他非常了解她。他又嘆了口氣，心想雪莉絕不會這麼輕易地放過自己。

想不出什麼辦法，他現在只能等候。雪莉有時做事是有點稀奇古怪，心想自己也用不著大驚小怪，免得讓自尋煩惱。雪莉回來的話，會給他解釋的。

他不禁想起了自己的這段婚姻，現在他想想也不知道當時兩人為什麼要結婚。兩人當年並不是情投意合，也不是青梅竹馬，更沒有熱戀過。婚後，雪莉緊握著家裡的財政大權，對他卻很小氣。不幸和煩躁是他對婚姻的感覺。只有一點好處，這樁婚姻安全得很，他知道自己不可能和她離婚。

雪莉不會是在下樓吃早點時出了意外吧！即使這樣，也該有人來通知他啊！她身上帶著許多可以證明身分的東西，還有房間的鑰匙，旅館名稱和房間號碼就在鑰匙上。不對！如果是出了意外的話，那行李呢？她把行李一起帶走，絕不是只去吃早點那麼簡單，這一定是有預謀的。他出神地瞅著雪莉那張整整齊齊的床。

假如，只是假設一下，現在她和別的男人私奔了。這種可能性不大，因為她沒什麼吸引別人的地方。她現在年齡也不小了，再加上她那普通的外貌、暴躁的性情和伶牙利嘴。此外，他的丈夫——卡特也是一個很敏感的人，如果她有另一個男人的話，他應該會有所察覺。

雪莉依舊未回，時間已經到了晚上六點。

她不會真的和別的男人私奔了吧？難道是和自己的朋友，絕不會的！但世界沒什麼事是絕對的，也許真有那麼一個從沒了解過女人的野男人和她一起私奔了。現在都晚上八點了，一陣睏意襲來，卡特感到很慶幸，因為睡著了就不用苦等了。晚上十一點半，他醒來了。雪莉，還沒有回來。

假如真的是和人私奔，她會不會不帶錢走呢？應該不會。他知道雪莉最喜歡錢，因此她絕不會放棄到手的任何一塊錢。如果讓雪莉在感情和金錢之間做出抉擇，她肯定會選擇金錢。這一點他是可以確定的。

雪莉會不會祕密背著他把財產都清理了呢？這應該不會。清理他們兩個所有的財產可不是一件簡單的事。再說，他也不是一個傻子，錢雖然由雪莉掌握，但她每筆錢的存放處他都知道，她肯定沒動過那些錢。

但這是怎麼回事！一個大活人就這樣不見了，還有她的手提包和行李也一塊不見了。

現在，他覺得必須報警了。他喝了口酒，迅速套上外衣，下樓到了服務台。

「打擾，請問應該怎樣向警方報案？我太太失蹤了。」他問櫃台上的人。

櫃台邊兩個服務生一臉驚奇的模樣。他們兩個，一位叫亞克，一位叫科爾——當然這是他後來才知道他們的名字。

亞克問：「是卡特先生嗎？」

第一次投宿就有人記得他的名字，這讓卡特有些受寵若驚，也說明他給陌生人留下了很深刻的印象。

亞克接著問：「什麼？你太太失蹤了？」

「是的，她失蹤了！我早上一個人出去修理汽車，我太太一個人留在房間，回來後就再沒見到我太太。我還以為她出去吃早飯，或是買東西什麼的，但她到現在也沒有回來。我不能不擔心了。」

亞克看了看旅客登記簿道：「可是我們這裡只登記了一個人，卡特先生，這裡的記錄裡並沒有你太太。」

「我不管上面有沒有登記，我和我太太確實到這裡來了，但現在她找不到了。」

亞克顯出一臉歉意。「對不起，先生。不過，我清楚地記得，你來登記的時候只是隻身一人，絕對沒有別的人。」

卡特聽了不禁感到相當的納悶了：「登記時，明明是我們兩個人在一起的，這點事情我還不至於記錯吧！」

亞克對他點點頭：「嗯，先生，這種事情記錯的可能性確實不大。但是，我記得你來時真的只有一個人。」他說著，招了招手，讓旁邊的服務生過來。

有一個服務生立刻跑過來。卡特馬上認出了這個服務生，他就是為他們提行李、帶他們上樓的人。

亞克指著卡特說：「這位先生你認識嗎？他說是和太太兩個人來的。我記得，昨天是你為他們提行李的。」

那個服務生慌忙點頭道：「先生，是的，昨天是我提行李帶你上樓的，但我只看到你一個人，沒有看到你太太。」

卡特一直看著這個服務生：「我太太骨架大，個子很高，還戴著一頂奇特的紅帽子，你再仔細回憶一下。」

「先生，對不起，」他回答說，「真的只有你一個人。」

卡特想，難道是我腦子出了問題。隨即，他否定了，自己還沒到記憶力和神經有問題的時候，他確定，凌晨的時候自己是和太太一起進來的。那時亞克正在櫃台邊，他又仔細回想了一下，大廳裡當時就只有這兩個人：亞克和那個服務生。現在很明顯了，他們一起串通，還向我說謊。他們為什麼要這麼做呢？

雪莉絕不是和人私奔了，一定是遇到了什麼意外。他給了別人五美元，換回了一條消息。那個服務生是亞克的親弟弟，叫里森。他曾有入室盜竊的前科。這條消息，讓卡特有以下推測——

卡特上午七時離開房間，記得雪莉那時還翻了個身。之後她是出去吃早點了？還是繼續睡呢？如果出去吃早點了，里森是不是見他們兩個人都出去了，就入室行竊。

雪莉很快就回來了，因為她早上只喝一杯咖啡就行了。恰巧撞上正在行竊的里森，里森準備逃走，被雪莉攔住，因此兩個人扭打在一起，里森用東西打她——可能就是用那個今天找不到的煙灰缸——里森順手拿起煙灰缸，就這樣打死了雪莉。

隨後，里森趕緊去找哥哥亞克。兩個人開始商議，屍體如果被人發現，里森肯定會被懷疑，因為他有犯罪前科。商量後，他們決定先處理掉屍體，然後佈置好一切，造成雪莉根本就不曾來過的假象。

就算是這樣，他們還是會有麻煩。卡特肯定會說自己確實是和太太一起來的，他們兄弟倆也會同時說卡特只是一個人來，雙方各執一詞。這樣的矛盾，最後只能讓警方來處理。他們兄弟倆，假如一起說曾看見過雪莉走出旅館，這樣對他們會更有利。

卡特仔細沈思著，並為自己倒了一杯白蘭地。

就算雪莉死了，那麼她的屍體呢？還有行李？早晨八點，如果想把屍體運出大廳，可能會有人看見。因而找個地方先把屍體藏起來是最好的辦法，等後半夜人少的時候再運走，如果那兄弟倆晚上還在一起值班的話，那就更好了。屍體會藏在哪裡呢？應該不會離我房間太遠，應該在最近的房間裡，是的，越近越好。

想清楚這一點，卡特立刻走出房間，到了外面的通道上。他慢慢走到右邊的第一間房門邊，輕輕扭轉門把手。門竟然沒有鎖，他推開一條縫往裡看。

房間裡的床上有一對男女，兩人正在翻雲覆雨，盡享魚水之樂。

他趕緊關上門，心想這人幹那事的時候，也會忘了鎖門！

挨個檢查房間估計辦不到了，如果再這樣下去，誰知道還會遇到什麼意外。

通道盡頭是一間沒有門牌的房間，卡特的目光被那個房間吸引住了。這是服務人員放清掃工具的房間，他走了進去，仔細檢查了一番。還是沒有雪莉的屍體，但躲在這裡卻可以監視外面的一些情況。比如，有人在通道上搬個東西，可以看得一清二楚。

回到自己的房間，卡特取了一瓶白蘭地。然後躲進那間清潔室，他在一些高低不一的清潔器具中，找了個稍微舒適點兒的地方坐了下來。門虛掩著，他一邊喝酒，一邊從門縫往外觀察。

卡特在凌晨三點時喝完了白蘭地，心想再回房拿一瓶吧。正要起身回房，忽然走廊上傳來小推車的聲音。他看到里森推著行李車，車上面放著一隻大衣箱。里森走到走廊另一頭，打開一間房門，推車進去了。

好一會兒，里森都沒出來。他遇到了什麼事？

終於，門開了。里森推車走出來，車上的一口大箱子上面還放了兩口小衣箱，那小衣箱正是雪莉的。里森推開清潔室的門，向他迎面走來。

「好啊！如果我猜得不錯的話，應該有一具屍體在這口大箱子裡。」

剎那，里森臉色慘白。然後嘆了口氣說：「你說對了，不過，我得和我哥哥先談一談。動腦的事，都是他來負責的。」

卡特冷冷地道：「好吧，那你就用我房間裡的電話打給他。」

里森推車和卡特一起進入卡特的房間，隨後打電話找了亞克。他擦擦頭上的汗，說道：「我哥哥馬上就來。」

卡特雙臂抱著肩，一副悠然的神情說道：「為什麼殺她？是不是因為你正在偷我們的行李時，被她撞見了？」

里森神情沮喪地道：「我只是想看看，我並沒有偷東西的意思。七年前，我就已經洗手不幹了。因為我有老婆，還有三個孩子，所以我不再偷東西，我不能再連累他們。但我卻有個嗜好，總也改不了。」

「嗜好？」

「嗯。我喜歡偷看人家的東西，然後算算如果把它偷走的話，能賣多少錢。但我看過之後就放回去了，並沒真的偷走。前段時間，我有次本可以偷走六、七千元的東西，最後我根本沒動手，只是打開看了看。」

「可這一次，你恰好被我太太碰到，她一定以為你在偷？」

里森氣憤地說：「這麼暴躁的女人，我還從沒見過呢。她向我衝過來，還沒等我說話就甩起手提包打我的頭。不幸的是，她的高跟鞋滑了一下，人跌倒了，更不幸的是，她的頭撞到床頭櫃的煙灰缸，煙灰缸都碎了。她立刻就死了，一點痛苦的掙扎都沒有，這一點你可以相信我。」

「衣箱呢？為什麼要把行李也拿走？」

「她跌倒後，衣箱上沾有她的血。流血並不多，但都在在衣箱上。我們如果只帶走衣箱，那麼警方一定會懷疑，因為沒有人只拎個空衣箱出走。所以她的東西，最後我們都拿走了，偽造成她從來沒有來過的樣子。最後如果鬧到警察局的話，你一定說她來過，我們堅持說沒有。二對一，相信警方會相信我們兩個的。」

「我太太的屍體你們打算怎麼處理？」

「北面有一塊土地是我哥哥的，地裡有一口老井。我們打算把屍體扔進井裡，然後堆上了土，這樣就沒人知道了。」

這時聽見敲門聲，應該是亞克上來了。

門開了，亞克迅速閃身進來，關上門，打量著房內的情況。最後，他看看箱子，又看看弟弟和卡特。

「你都和他說了什麼？」亞克問弟弟。

「什麼也沒說。」

亞克手撓著腦後說：「這是怎麼回事呢？讓我來看一下，哦！事情應該是這樣的，卡特先生，你打電話給服務台，你說需要一口大箱子。隨後，里森送箱子上來了，你要他把箱子放下，二十分鐘後再來。二十分鐘後，他按你的吩咐趕來了，你又讓他把箱子運往地下室，然後運出去。但這時，里森看到了衣箱上有血跡。」

亞克說著，把衣箱翻了過來，已經變黑的血跡出現在上面。「里森聯想到你曾莫名其妙地說太太失蹤了，頓生疑心，於是打電話叫我上來，我立刻來了。現在，卡特先生，我們是打電話叫警方的人來?還是先打開衣箱檢查呢?」

「等一等,朋友。」卡特惱怒地說,「你可真會誣陷人!」

「那又怎麼樣?」亞克微笑著說,「我們有兩個人,你就一個!」

「但你別忘了,這裡到處都有里森的指紋,衣箱裡肯定也有。」卡特對亞克嘲笑著道,「你怎麼向警方解釋這些指紋。」

亞克考慮了一會兒道:「謝謝你提醒,這的確是個問題。我只好這樣了,假如里森和我坐牢的話,我們就反告你。就說是你雇用我們,讓我們殺害了你太太。你們兩個一進門,我就看出你們夫妻之間一定有很深的矛盾,我想要找到你們兩人之間有矛盾的證據一定很多。」里森這時佩服地看著哥哥,說道:「對、對,假如我們坐牢,你也跑不了。」

很明顯,他們在拉他下水。如果他們與警方私下串通,自己會有不小的麻煩。

亞克又笑著說:「我們為什麼不換一種解決辦法,我們這種成熟的人,去警局是不明智的。我們最好不去警局,誰沒事想給自己找麻煩呢?你們夫婦與我們兄弟又沒有深仇大恨,只是你太太的暴躁性情引起的小誤會。卡特先生,我的意思你……」

亞克的話也很有道理,卡特無奈地嘆了口氣。

卡特轉過頭,冷冷地看著箱子:「如果這樣的話,趕快把屍首弄出去處理掉,已經做的事,不應該半途而廢。畢竟她已經死了,現在對你們怎麼樣,她也活不了!」

里森推著車道：「我先把衣箱搬到卡車上，再來搬你太太。」

卡特盯著他說：「她的屍體不在這箱子裡嗎？」

里森說：「不在，我正打算把她的屍體放在箱子裡時，科爾突然出現了。他聽你在服務台說你太太失蹤了，就開始懷疑我們，躲在那裡等我。但他只是想乘機勒索我們，並不是為了幫你找太太。」頓了一下又說，「又有一隻煙灰缸被打破了，科爾的屍體在這個這箱子裡。你太太的屍體還在那間屋子裡。」

亞克嘆了口氣：「看來又要動動腦子了，為科爾的失蹤編什麼樣的理由呢！啊！我想到了，這個理由還真不錯，我們就說酒店公款被科爾偷了，一箭雙鵰。」

他們離開時，卡特給了里森五美元小費，他要搬那麼多東西，也很不容易啊！

他今晚能睡個好覺了。睡之前，必須先打個電話。

他撥通一個職業殺手的號碼：「我是卡特，我前幾天曾讓你殺了我太太，現在任務取消了。是的，我不想殺她了。還要違約金？好的，我付你這個行動四分之一的違約金。」

卡特半個月前剛買了大筆保險，他是一個喜歡自由的人，不喜歡任何人老是管著他。

二次搶劫

傑克把車停在路旁，這條路在斜坡腳下。這是一片地勢稍微傾斜的住宅區，裡面有寬敞而昂貴的草坪。前面是一條和車道平行鋪設的大石板路，他注意到有些需要修補的小洞出現在石板上。他來到一棟樓前，屋旁的車庫裡有輛汽車正露著半截身子，那是一部新式的凱迪牌汽車。車後面的擋泥板已被撞裂，裂痕上鏽跡斑斑，這說明車在被撞後，很長時間內都沒有修理。樓前的草坪雖然乍看起來不錯，細看一下，還需要更細緻的修剪。一把舊的羽毛球拍躺在草坪上，膠布黏貼著球拍上裂開的框。從這些可以看出，丹福爾一家的生活應該比較拮据吧！不知還能堅持多久。

一位身穿比基尼泳裝的太太為傑克開了門，她就是丹福爾太太，頭上半裹著一條色澤好看的毛巾，她用溫和而高雅的聲音，對眼前這位身穿西裝的陌生來客說：「您好，請問您找誰？」傑克從她的話中聽出她的疑惑。

傑克隨即作了自我介紹。

丹福爾太太給了他一個愉快的微笑，略顯不安的雙眼瞅了一下他的雙手道：「這麼說，你是來送支票的？」

「夫人，對不起，我不是。」

「是啊！當然不是。」她咬了咬嘴唇，就像在懲罰自己。

「發生搶劫案後，獲得賠償不會這麼快。」

他似乎看出她那思想活動得很激烈的頭腦。她的目光停在了他的口袋上，露出有些驚恐的神色，但她的聲音仍顯得很愉快：「你們不會是已經追回被劫的珠寶了吧？」

「夫人，對不起，我們沒有追回珠寶。」

她的神經鬆弛下來，隨後又驚慌，兩種情緒最後交織混合在那張純真的臉上。她問：「可是，我不懂，那你到這兒來有什麼事？」

「我在想，我是不是可以和丹福爾先生談一談？您先生在家嗎？」

「可以啊！請您跟我來吧。」

她領著他穿過屋子，來到後院的游泳池邊。在走路的時候，傑克瞟到餐廳裡一個矮茶几上有一疊帳單在，最上面的一份蓋著紅色印章，上面有四個刺眼的字——逾期未納。如果說他先前還不知道該如何對付丹福爾夫婦，那他現在該知道了。他們所做的一切，並不是由於貪婪的本性，那僅僅是為了生存。

「丹尼！」丹福爾太太喊道。

傑克起初並沒有聽見丹福爾太太在和誰說話。丹福爾先生正在游泳池，他穿著短褲。聽到妻子喊他，他爬出泳池，擦淨手後進了院子，握了握傑克的手。隨後，看了一眼傑克遞過去的名片，滿臉的微笑立時就不見了，被一臉的不安所取代。

「保險調查員？我們上次被搶劫的案子由你來調查？」

「不錯，我們可以談談，關於你們申請賠償的事。」

「好的，當然可以，不過我們最好還是先坐下來，這樣更舒服些。來，坐在這裡吧，想要喝點兒什麼？啤酒可以嗎？」

「好，謝謝。」

「我去拿，丹尼。」丹福爾太太對他丈夫說。

丹福爾太太臨走之前投給丈夫一個警告的眼色，這當然沒有逃過傑克的眼睛，丹福爾先生對他太太點點頭。傑克面帶微笑，先和丹福爾先生談起現在的交通狀況和週末的天氣。

一會兒，丹福爾太太端著一個盛有啤酒和玻璃杯的托盤來了，她把啤酒放在一個打有遮陽傘的桌子上。

「現在，我們說說關於我們申請賠償的事，沒有什麼問題吧？」丹福爾先生問道。

傑克從口袋裡掏出一份剪報對他們說：「這份東西是一位匿名者寄給我們的，是本地的郵戳，信封上沒有留下指紋。」

傑克目不轉睛地盯著他們，看著丹福爾夫婦在閱讀完這份報告後有什麼反應。

剪報的內容傑克記得很清楚。兩位蒙面大盜手持槍械，強行闖入了丹福爾夫婦的住宅。那時只有丹福爾太太一人在家，他們逼迫她，讓她打開保險箱，把裡面的珠寶首飾拿給他們。這一部分沒有什麼好說的，畢竟這事已經過去了。被搶劫的珠寶清單上出現了問題！他知道，當丹福爾夫婦看到「翡翠項鏈」四字時，他們會有一些反應的，尤其是他們讀到匿名者在剪報旁邊加的幾個字時，臉色更不會好看，那幾個字是「這是騙人的」。

丹福爾先生滿臉通紅，而丹福爾太太臉色慘白，他們一起看到末尾。隨後，丹福爾先生無奈地聳了聳肩，將剪報遞還給傑克說：「關於這件事，你要我們講什麼呢？」

「有人說你在欺騙保險公司？先等一下，在你回答我之前，我先說明一點。我代表公司真誠地和你們講，當公司接到你們的賠償申請時，在準備對你們做出賠償之前，我們有一個想法，那就是要調查這次搶劫是不是你們自導自演的。你們也知道，這種事經常發生。有些人經常自己搶自己，雖然令人驚訝，但很合理。當然，對於你們的這個案子，我們沒有任何的懷疑。」

「謝謝！」丹福爾先生說，他雖然用力地吞了吞口水，但聲音聽起來依然很乾燥。

傑克皺了皺眉頭道：「現在，我們知道有過這樣兩個人，當然我們不知道他們是誰，更不知道躲在哪兒，因為他們太狡猾了，但我們非常熟悉他們的做法，他們並不是第一次作案。為什麼他們要寄這張剪報給我們，這讓我們迷惑不解。」

「你說是一位匿名者寄來的這份剪報，那麼你怎麼證實是他們寄的？要我來說，這是一個無聊透頂的人，估計他有沒事找事做的習慣。像這樣的犯罪案對那些無聊的人很有吸引力，就像魚吸引貓一樣。」

「也有這種事，不過我們看看剪報中的語氣，我們先假設這份剪報就是歹徒寄來的，這樣事情看起來更合理一些。當然，假如真是歹徒寄來的話，事情就很有趣了。假如不是那樣，他們為什麼會那樣說？既然是匿名的，他們就不會隱瞞他們所犯的罪，如果讓我逮到那個寫剪報的人，就算翡翠項鏈不是贓物，我也要判他同樣的刑。」傑克瞇著眼睛看看丹福爾夫婦接著道，「在你們賠償申請的時候，怎麼會有一位無聊透頂的人要加害你們，和你們開這樣的玩笑呢？」

「無聊透頂不就是理由嗎？」

傑克嘆了口氣：「憑我多年的工作經驗，讓我就另一個觀點說明一下。我發現有一些人——生意不景氣的人、在股市運氣不佳的人、開支日益增加的人、家裡有人患病的人，或者就是貪婪的人，經常想向我們的公司撈回大部分的損失。總而言之，大部分人都是比較誠實的。他們急於報案，在慌亂之中，往往會出現誤差。比如，有時可能多報一些。雖然事後他們知道了有些報失的東西，實際上根本沒有丟，但他們由於好面子，羞於承認他們在慌亂中所犯的錯誤。

「其實我的一部分任務就是給這樣的人改正錯誤的機會，我會警告人們謊報和錯報不改就是犯罪；但我同時也向他們保證，一些無心的錯，在正式申請賠償之前，如果能把多報的改回來，就不算犯罪。

「假如遲遲不改的話，我們會做出這樣的判定：他們這應該是在處心積慮，故意欺騙我們。我沒有要嚇唬你們的意思，我只是公事公辦。」

「當然，我們了解。」丹福爾道。

「好，那麼現在，我們唯一要做的就只剩一個問題，請問二位，是否想修改被劫物品的清單？」

丹福爾夫婦對望了一眼，丈夫隨後將椅子向後推，站起來，挽起妻子的手臂，淒然地看著傑克。「我和妻子商量一下，好不好？」

「可以。」

傑克善解人意地朝他們反方向走去，丹福爾夫婦默默走過後院。不過當他舉起酒杯喝啤酒時，他依然可以在杯子上看出兩個人古怪的臉色。

丹福爾夫婦回到了桌邊，丹福爾先生努力地做了一個奇怪的微笑，看得出來，他現在笑不出來。他說：「我想是的，被劫物品清單，我們需要改正它。案發當晚，我在城裡過夜，一碰上辦公室工作需要加班的時候，我就會在城裡過夜。那天早上，我走的時候把翡翠項鏈帶出去了，想找珠寶商多鑲幾顆鑽石上去，在結婚紀念日那天給我妻子一個驚喜。

「晚上，我接到妻子打來的電話，告訴我家裡遭到搶劫。我當時很關心她有沒有受到傷害，她被兩個歹徒逼迫打開保險箱，所幸，她沒有受到傷害。在電話裡，我忘記告訴她，那個翡翠項鏈在我身上。這樣直到我發現她將項鏈列入被劫物品清單時，她已把失物清單開給了警方，而且見了報，我想改正，但那時已經晚了。」

我問道：「項鏈現在在哪兒？」

丹福爾先生的目光閃爍不定：「它還在我的公文包裡，我還沒有送到珠寶商那兒。」他的臉脹得通紅。

傑克點點頭說道：「我想還是放回保險箱吧。我說過，沒有關係，你在這時候改正我們很支持。」說完，起身向他們告辭。

丹福爾夫婦目送著傑克離去。

傑克回頭望了一眼他們，對他們揮了揮手，然後駕車離開。

傑克在一個電話亭邊停了車，撥通了一個人的電話，當電話那邊出現聲音時，他說：「夥計，我讓他們講真話了，和我們猜的一樣，項鏈還在他們那兒。他們說是由於疏忽，不過依我來看，丹福爾先生那天很可能裝著項鏈到城裡準備出售或典當，但沒找到合適的買主。他只能在城裡過了一夜，打算第二天再到當鋪或珠寶店碰碰運氣，所以當他妻子告訴他，家裡被搶劫的消息時，對他們來說，這是個意外驚喜，因此他們決定把翡翠項鏈也報在失物的清單裡。」

停了一下，他對著話筒微笑著道：「這件事害得我們互相猜忌，也讓我很生氣。當報紙上刊登了物品被劫清單時，我們就開始互相猜疑、互相埋怨。我在想，我們兩個一起去搶劫，回來你為什麼不把翡翠項鏈拿出來，你也是這樣想的吧！夥計，那個項鏈我又讓他放到保險箱裡了，我們什麼時候準備好，再去把它取回來，我隨時都是可以出發的。」

夢想之家

我想從頭說起，可是我自己也不知道哪裡是頭？

就從我同意買那畝地開始，它位於邁克農場南面。那天下班後，我一直想找件有意義的事做，所以在警局辦公室，我逗留了個把小時才走。我總是沒事找事，是個滑稽的人。無聊的時候，為了消磨時光，總是去看電影或電視。在片中總能看到那些大腹便便、賊眉鼠眼的人，他們經常拿無辜的人開心，經常吐口水侮辱人。這類情節，總令我熱血沸騰。

我妻子在我們結婚二十多年後去世，也就是去年死的。對此我本應該高興才對，因為這二十多年的婚姻並不美滿；再加上我一個人無牽無掛，本應逍遙快活才對。但妻子的去世，讓我有一種茫然無措的感覺，就像人在大霧裡或沙漠中迷失方向一樣。

我已四十八歲了，雖然年紀在增加，但我對生活的理解卻並沒有增加多少。

——以上是我的一點感慨，現在再接回正題。

我在喬治太太家租了房子，這一天，我在回去的路上遇到邁克。妻子去世後，我聽從朋友和親人的勸告，賣掉了自己的那幢房子。我給親愛的讀者一個忠告：自己要有主見，不要總聽別人的意見。他們說我一個人住，房子太大了。賣掉房子後我只好租了喬治太太的房子，因為小鎮上沒有公寓出租。可能是我心中有種抑鬱的感覺，雖然我租的房間很大，但我總覺得很小。如果你現在還年輕，你將有許多的時間，也許會前途無量，所以你可以盡可能享受生活帶來的樂趣。像我們這種年齡，生活中缺乏了可貴的未來，有的只是現在。我們的未來逐漸黯淡、茫然。到最後不知為何而活……

全鎮上最風光的人要數邁克了，他是位成功的農場主人。他還開了一家農具代理店在鎮上，在180號公路上，唯一的一家加油站也是他的，這些讓他賺了不少錢。他很有錢，但為人友善，一點兒也不囂張，為鎮上作了不少貢獻。所以當邁克提出一起去喝杯啤酒、吃頓飯時，我高興地和他一起去了。

他在和我聊天中，很快了解了我的心情，說我不該聽別人的話，把房子匆匆賣掉，這樣做就像個傻子。隨後，他安慰我說，願意幫我解決這個麻煩，雖然他會收點仲介費，但他幫我並不是為了那點費用。情況是這樣的：有一塊是林子的土地，一畝大的樣子，就在他農場南面，在外州土地與他的土地之間；據他所知，那塊地政府還沒有什麼計畫。他認為我可以在那個地方建所房子，然後開始在那個理想的地方生活。

「我一個光棍要房子有什麼用呢？」我說。

「你可以再找個女人。」他坦白地說。

我有點臉紅，問道：「能找誰呢？」

「漂亮的女人到處都是。」

「比如……」

「約瑟芬。」

我們天黑前一起到了那塊地。很美的一個地方，有點像小山丘，從路面向西有一個平緩的斜坡，長滿橡樹和野薔薇的地面上，有一小塊地在正中間是空著的。我捧起一把土，屈膝跪下來，我看著土從指縫間緩緩落下。我嗅到了春天的氣息、泥土的芬芳，感覺我又有了希望。那一刻，我願付出任何代價為了那塊地。

「你說個價吧，合適我就買下它。」我說。

邁克說出了一個比我預期低的數目，我們成交了，就這樣，我買下了那塊地。

約瑟芬和她丈夫比爾開一家小雜貨店，小店離警局只有半條街遠。他們店裡主要經營日用雜品一些小東西，但東西很齊全。他們的店不像酒樓，也不是賣快餐的小吃鋪，但在那兒你可以弄到早餐吃，早上起床前後，大多數鎮民開始擠向他們的小店。

大約在寒冬早晨五點鐘的時候，我們會看到小店樓上的電燈亮了，樓下的電燈隨後也跟著亮起來。這時夫妻兩人正在把水倒進大咖啡壺裡，在寒冬裡，那情景給人一種親切的溫暖感，特別是你巡邏通宵之後，或者值通宵的夜班之後。

比爾早上和妻子一起，從六點開始賣咖啡，一直到八點半。除咖啡外他們還賣奶油麵包，以及小餅一類的早點。前面說過，他們店裡的燈光讓看見的人生出一種親切的溫暖感。比爾生得又高又壯，長相還可以，寬寬的肩膀。但他從不笑，看起來絕不是一位親切友善的人，一種乖戾的表情總是出現在他臉上。

你看他說話時，一點也沒有友好的樣子。也許他討厭站在櫃台後面，討厭為這些不一定比他強的人服務，雖然他僅靠這家小店生活過得不怎麼樣，依我判斷，不管怎樣，他很讓人討厭。何況他還在做生意，做生意講究和氣生財，可他一天到晚陰著臉怎麼生財？

有人說他經常打他妻子約瑟芬，她有一段時間不在店裡倒是真的，可是他真的打她了嗎？我不禁想起安東尼說的話——在一天夜裡，他經過那兒，聽見了女人的尖叫聲。隨即下車去敲門，好一會兒，比爾才打開門。安東尼問他出了什麼事，比爾說沒事。安東尼問約瑟芬在哪兒，安東尼想和她談談。比爾說她現在睡了，然後他故作大方地說：「好，你上樓去看看吧。」兩人一起到樓上臥室，看見約瑟芬坐在床上，身上裹著床單。

她問：「你好，有什麼事嗎？」

安東尼說：「我以為剛才尖叫的人是你。」

她回答道：「是的，我做了一個噩夢，所以叫了起來。」

聽她這樣說，安東尼只好離開了，他還能怎麼做呢？

這事之後，有很長一段時間，我老是想到約瑟芬坐在床上、身裹床單時的樣子。她是個美麗的女人，是個男人都不會像比爾那樣虐待一個女人！況且她還是一個很好的人，她善良、樂觀、熱心，她的內心和她的外表一樣漂亮。有時候我會到她那兒去，買盒煙或其他的一些東西。就算我妻子還活著的時候，我也常去看她。心裡偷偷地想，假如她是我的妻子那該多好。

有一天晚上，比爾不辭而別，離家出走了，也沒有回來過。

別人替她高興，以為她可以不用受丈夫的虐待了。她慢慢地過了很長一段時間，才開始習慣丈夫的離去。安東尼曾說，也許她可能不相信丈夫會離去的事吧！

那時候我還不知道這是為什麼，但現在明白了，因為當我的妻子去世後我也不高興。不美滿的婚姻結束後，事情不會立即好轉，這需要時間。

過了一段時間後，約瑟芬終於重新振作起來，店鋪被她收拾得整整齊齊，除了麵包外，早餐又加了腌肉和蛋類。所以我和許多鎮民都喜歡到她那兒吃豐富的早點。

即使邁克不說，我也知道她漂亮。但是他沒有對我說之前，我從沒有想過我有可能會娶她。想到我即將在那塊地上建一幢自己的房子，又想到……我想像著約瑟芬在那幢新房裡，她已經是我的妻子了，為我細心地做著腌肉和雞蛋，竟然忘了店鋪裡的事。

和邁克談話之後，我有好一陣子沒去約瑟芬的那家店，我自己都不明白是為什麼。我沒有想是什麼原因，可能在我潛意識中，不想見到她在為一群陌生人服務。

我有一天徒步經過那家店，發現裡面除了約瑟芬外，一個人也沒有。我為自己鼓起了勇氣，走了進去。對她說：「現在就我們兩個在這兒，我是說，現在我們都是單身，請你一起吃個晚飯怎麼樣？」

她爽快地答應了，我帶她到附近的約克鎮，在一家紅磨坊酒店吃飯。我只想帶她到一個好點的地方，並不想隱藏什麼。當然那兒也不會碰到什麼熟人，我們能很放鬆地聊天，增進雙方的互相了解。

從那以後，我們約會一般都到那兒。普羅餐廳有時候也去，它沒有紅磨坊高檔，但是更安靜、樸實、淡雅，去那兒的客人也不多。普羅餐廳生意很淡，我很奇怪它是怎麼維持經營的。管它呢？這事和我又沒關係。我是個警察，總想像著每件事都會和自己有關。

身為警察的我，喜歡直率，心裡想什麼就說什麼。因此我問約瑟芬有沒有和比爾離婚？她說，離婚的事正在申請之中。

我們相處了兩個禮拜，我就肯定，自己不管遇到什麼事，都要娶她。於是我向她求婚，她有點驚訝，但沒有露出害羞的樣子或是沈默不語，她沒怎麼思索，就答應了我。

那個時候對我來說，是一個美妙、難忘的時刻。

至於我將要為她建造新房，新房邊還有橡樹、野薔薇，我並沒有對她說。我要讓她驚喜一下，因為她嫁的是我，而不是嫁給我的財產。我喜歡她的樸實感。

說到這裡，你該知道她長什麼樣子了吧。她的個子中等，剛好到我肩部，身材苗條，發亮的褐色略帶點紅的長頭髮，皮膚是奶油色，清澈而明亮的大眼睛。

她答應我的求婚後，淚水慢慢溢出眼眶。

我問道：「你怎麼哭了？」

「我是高興得哭了。」

我抓著她的手對她發誓說：「我要讓你永遠幸福快樂。」

不知不覺，春天來了，白天也漸漸長了起來。當約瑟芬不在我身邊時，無聊的我習慣在黃昏時候去看看那塊地。看看慢慢長大的野薔薇花蕾，而橡樹一直沒有變，好像它一直在過冬天一樣。

五月一日，我向邁克租了一部開路機，到那塊地時，發現邁克早就把開路機送到了，他按我的意思，把機具開到空地的旁邊，沒有傷到一棵樹，但碰斷了一些枝杈。我們必須這麼做，因為要開一條車道，車道直通外面的公路，所以樹枝斷一些也無所謂。約瑟芬的生日就在第二天，我要給她一個驚喜。

我像平常一樣去接她，在路上，我問她：「你喜歡到紅磨坊或者別的地方嗎？」

「你看著辦吧。」

「我是在向你徵求意見，還是你選個地方吧！」

「紅磨坊好了。」然後問我，「你往哪兒開，紅磨坊在相反的方向啊！」

「我要帶你去看樣東西，那東西是我為你準備的。」

她兩眼頓時一亮，微笑地看著我。

我開玩笑地說：「在一個紅盒裡，你是不是想找一條小手鏈之類的東西？」

她搖頭道：「想找什麼我自己也不知道。我已經很滿足了，所以不想這麼多了。」

「你會越來越快樂的，我給你買了一塊土地，正打算建幢房子。」

「啊……」她大為驚奇，兩眼閃動，「你已經做了什麼？」

「我們要在這附近建一個新家，我買下了這裡最美麗的土地。」

她沒有說什麼，只是瘋狂吻我的耳朵，雙臂緊抱著我。

「喂！」我說，「喂！小心點，我在開車！」

她放開手臂，但好像怕我跑了一樣，還是留一隻手輕輕搭在我的肩上。

停下一會兒，她問：「那地方在哪兒？」

「你馬上就會看見。」

「大概是什麼樣子啊？」

「那裡是方圓二十里內唯一的林地，風景優美。到處是橡樹和野薔薇，一百多棵野薔薇估計快要開花了。」

她沒有再問我那塊地在哪兒，估計她從行車的方向上看出來了。

過一會兒，她轉過頭，雙眼注視著窗外，生怕我看見她的臉。

到了那塊地，我關掉引擎。

她聲音怪怪地道：「你看那兒有一部開路機。」她壓抑著自己說話的聲音，像是比爾太太時說話的聲音一樣。

我先下了車，到她車門前，為她開車門。

「下面去哪兒？」她問我。

「跟我來！」我這時有些迫不及待地說，「就在那個小空地的中央，開路機那邊，就是我們要建房子的地方。如果你喜歡樹的話，我們一棵也不會砍掉。那像是一座小城堡，只屬於我們兩個人的城堡。」我把雙手伸向兩邊，說道，「一邊是政府的土地，另一邊是邁克的農場。而我們就是這中間一片土地的主人。」

她下了車，站在我旁邊的樹蔭下。我看著她那對難解的大眼睛以及很蒼白的臉色。我心疼地拉起她的手：「你的手怎麼在發抖？」

「我感到這一切太突然了，太讓我很感動了，這兒確實很美！」她深吸了一口氣：「謝謝你。」

「我們先走吧！」我們開始踏上矮樹叢，這兒剛被開路機壓過。就在我們快走到空地時，她癱軟在我的身旁，我的第一念頭是，是不是她被樹根絆倒了。但她是慢慢倒下去的，而不是突然倒下。她頭垂下來，跪在地上。我彎下腰，試了試她的額頭，又濕又冷。她嘴裡似乎在念著什麼。

我慌忙問她：「你在說什麼？」

「對不起！真是對不起。」

「沒事。」

「我讓你掃興了。」

「沒事的。」

「真是的，我……」

「你病啦？」我關切地問。

「還是先送我回家吧。」

她的反常讓我很擔心，要送她上樓，可是她堅持不讓。她說，上床睡一覺，明早起來就好了。我還聽她說，覺得自己一整天都怪怪的，但這是怎麼回事呢，難道是生日的原因嗎？

我不安地向她道了晚安。我有一種感覺，懷疑她可能懷孕了！沒想到自己快五十了還會做父親！轉念一想，這也沒什麼不妥！她現在已經正式離過婚，所以我們結婚就不會落下什麼笑柄了。不過假如真懷孕的話，我們結婚就要快一點了。我只是擔心她而已，其他什麼都不在乎。

第二天，鎮上唯一的中學發生了暴力事件。更糟的是，我沒有時間給她打電話。這次事件情況嚴重，校長震怒，這也不能怪他。

直到晚上九點鐘，我才忙完，去了她的住處。那兒的燈都沒亮，也許已經睡下了，我想還是不要打擾她了。我有點憂慮，難道她的身體還沒有康復嗎？不然這麼早就上床休息幹嗎？或許明天會好起來的。

我清晨時來到小店，門緊閉著，燈也沒開。我使勁敲了一陣門，沒有回應，又怕鎮上一些人看見，只好抑鬱著走了。

那天，在我和約瑟芬常去的紅磨坊路上，一位老婦人錢財被劫後，又被毆打致死，棄屍於小鎮的路上。這天時間過得真慢，我十分痛苦地駕車行駛在那條路上。我知道，今後我也許再也不會走這條路了，除了有公務的時候。

下班後，回到租住的房子，我收到了約瑟芬的信。

她是這樣寫的：「我現在很難過，希望你一定不要太難過。我離開這裡，不會回來了，這與你無關。在我一生中，你待我最好，但我們是不可能的。我現在說不下去了！冰箱裡還有牛奶、半條大香腸和雞蛋，趁這些食品還沒壞的時候送給窮人吧。送到鎮上的修女院就行了，她們會處理好的。這個請求，希望你不要介意，我永遠愛你。」

我的心被最後一句話打動了，它像一句詩一樣，我相信她，她說的是真話。我說不出話來，哽咽著，反覆念著她的名字。

我到天亮都沒合眼，起來後，我駕車到了那片該詛咒的土地。我登上開路機的駕駛座，在空地上開著它撞來撞去，似乎在挖一個地下室一樣。我瘋狂地來回開著開路機，我自己都沒在意，我竟然一直在數，數我開了多少個來回。開路機前突然出現一樣東西，我想仔細看看，所以把那東西推回坑裡，下車走到它面前。

我看到了一根大腿。它從土裡伸出來，那不是狗的骨頭，也不是馬的骨頭，更不是林中野生動物的骨頭。竟然是比爾的大腿！

我又上了開路機，把坑填平，把土坑邊的泥土全部扒回去，我感覺似乎過了很長時間。接著，在土坑上面鋪上矮樹和樹葉，我很冷靜地做完這些事。我心裡的憐憫之情油然而生，同時還升起一股對比爾的恨意。約瑟芬也許更恨比爾，不然的話，她也不會殺了他，並且埋屍於此處。

我把開路機開上公路，折回去開我的汽車。

我以後估計不會回去看了，雖然野薔薇馬上就會盛開，橡樹也會有落葉的時候。這塊地我怎麼辦呢？當然不能出售，如果賣給別人，他們一樣會挖那地方。鬼知道他們會挖出什麼來，或許會挖出帶子彈洞的頭骨。

自那以後，我一直沒去過那地方。

後來又見到了邁克，我告訴他，我改變主意了，不在那兒造房子了。

「那是個美麗的地方，」他搖頭嘆息說，「不在那兒建房子太遺憾了。」

那地方是美麗，但也是一個不快樂的地方。

藝術謀殺

我——實際上就是一個謀殺者。

近來，我對一段話很感興趣，這是一位著名凶殺小說評論家的話。那位評論家說：「現今最好也是最刺激的偵探小說，是那些重在揭示罪犯原因的小說，即為什麼犯罪的小說。我認為『如何』犯罪、『為什麼』與到底『誰』是兇手是一樣重要的。」

我同意評論家的話。在小說中，我認為謀殺犯的性格與內心有必要進一步分析。以前，誰是罪犯吸引了太多的注意力，然後是罪犯怎麼被抓獲了。我認為找出那些罪犯是怎麼幹的，是在浪費時間。

罪犯能否出名，一般取決於罪犯的手段和方法，不過說穿了，這幫人使用的那些，不過是一種方式罷了。

我有必要說明一下：一些謀殺者一般不會犯錯誤。

當然，有一些不幸的傢伙被逮住，只是因為他們犯了錯，犯錯才引起警察的注意。國家有那麼多對付我們的機構，但總體上，我們還是可以進行犯罪的。如果你看看發生案件的破案率，就知道兇手之中的絕大部分人依然逍遙法外。

普通人總用誇張的詞彙來形容謀殺者，把他們描繪成瘋狂的怪物或者冷血殺手，更有甚者，一些人誤解他們不是正常人。事實上，情況根本不是那麼回事。謀殺者實際上都很正常，與一般人不同的是，他們只遵照一個原則做事：人不為己，天誅地滅。

我決定把我是怎麼幹的寫出來，以便糾正這些誤解，也能幫偵探小說家從這裡找點寫作素材。我很走運，也很聰明，所以不用擔心寫這些東西會被捕，或引起一些不愉快的結果。

我殺掉了蘇珊。就我個人而言，我和她之間沒什麼仇恨。但總有一些人認為，我是出於仇恨殺了她。實際上，我以前很喜歡她，我們差點就結婚了。後來，她看上了布內斯維特，一個愚不可及的人，還嫁給了他。我知道，她的生活也就完了，因為她想和布內斯維特的錢袋子結婚。

我想蘇珊吸引我的，是她的女性氣質，而布內斯維特的所謂男人味則迷住了她。他很會為人處世，但實際上，我認為他只是一個粗野的人。他身上有一些錢，投入風雲莫測的投資行列中，買股票賺了不少錢，並不像有些人，有錢就去賭博。在加納斯股票交易所，人們一片樂觀，因為奧瑞奇弗雷州發現了金礦。他冷靜地抓住市場行情上揚的一切機會，賺進每一筆利潤，財富不斷增加。金融危機時，他和別人一樣，大部分財富化為烏有。但在蕭條時期，他和別人不一樣的是，他會不聲不響地買入那些像草紙一樣便宜的股票，不像其他人那樣，只知道拋出股票。這樣，他的財富在經濟恢復時又快速增長起來。總而言之，這是一個令人惱怒的傢伙。

我記得還是我把布內斯維特介紹給蘇珊的，他的風度和成功吸引了她。後來她隨他去了歐洲。就這樣我和蘇珊解除了婚約，以後我也不想見到她了。

八個月後的一天，有人敲後門。打開門，看見蘇珊，她手拿提箱站在台階上。進屋後，她坐在軟和的長沙發上，講她這八個月以來的故事。正如我先前預料的一樣，先前吸引蘇珊的布內斯維特的男人味，後來變成了自私自利和徹頭徹尾的暴君。他的粗暴令她再也無法忍受，就逃回到我這裡來。她覺得，我看在過去的情分上會幫助她。

她沒有注意到，我對她的到來，已經沒什麼熱情了。我被她拋棄後，一度很難過，我一直努力忘記她，想把她從我的生活中抹去。我用一些機器，全力經營我的農場，終於能自給自足了。我用那些機器單獨管理整個農場，我喜歡農場裡的那些動物，在自己農場上幹活，我一個人會很舒服。

現在蘇珊來了，以前那樣舒服的日子估計不會再有了。把她安頓下來後，我讓她幹些不那麼重要的活，這些活可有可無，只是為了不讓她覺得悶。至此，我以前安穩的生活被打破了。農場裡的三千隻雞，一不小心就會受涼或染上什麼病，現在正是讓人操心的關鍵時候。

不幸的是，對於蘇珊，我無法拒絕幫她，因為我找不到什麼像樣的理由。而且蘇珊很細心，她選擇了這個時候到達，這時候回加納斯堡的火車沒有了，她在村裡也找不到別的住處。只要我把她留下來，我們之間的隔閡就可能消除，那時要再送她走，就沒那麼容易了。不管怎麼說，我曾經愛過她。而且以前我還對她說過，不論我們之間發生什麼事，以後有麻煩，可以來找我。言而有信的我，常讓自己自豪，我真不敢想像，如果她向我的朋友們宣揚，說她在需要幫助時，我竟然言而無信是什麼後果。

蘇珊還在講她的丈夫，講他如何粗魯的對她。我腦子裡，所有的念頭都轉了一遍。看起來，我像是在聽她訴苦，但我的心裡，一直想著那些念頭。她最後自然地認為，我應該幫助她，這讓我很惱火。而令我更加惱火的是，我從她的話裡，知道她希望我如何幫她。

我想到，我要花錢替她請律師，為她辦理離婚手續。我舒服的生活，就這樣被打亂。那些複雜的情感問題將破壞我內心的平靜。總而言之，我生活中的所有美好，都會隨之結束。我越想越惱火，有種想掐住她脖子的衝動。

不過，真的掐死一個人要比想像中難得多。我繞到沙發的後面，因為我不願意面對她的臉，再把手放在她的頸上，收攏後使勁地掐。後來，我發現這樣殺人效果更好。因為我的手可以使勁地壓，壓住她的脖子和頭，就像把她吊死在絞刑架上一樣。這樣的殺人方法，還有一點好處就是，不會被她拼命揮舞踢打的手腳弄傷。慢慢地，她癱軟了下去，我感到並不怎麼累，掐住她，直到確定她斷了氣。

她的舌頭吐出來了，臉也變成了紫黑色，以前油亮的褐色頭髮，現在也變得暗淡無光、毫無生氣。整個人看起來令人毛骨悚然，而她在幾分鐘前，還有著一副漂亮的面孔。看著蘇珊的屍體，我感覺自己心裡很平靜如常。

確定她真的死了，我開始處理屍體，先把她的舌頭塞回她嘴裡。關於處理屍體這一點，在我讀到的一些偵探小說裡，總會出現這樣的場景，謀殺者為怎樣銷毀屍體而傷腦筋。我認為，這很簡單。那天晚上，我很快就做完了。

我其實沒必要這麼急著處理的，因為至少要幾個星期後，也許才會有人關心，蘇珊去了哪兒。但想到我是在實踐自己的主意，就令我異常興奮。第二天，和平時沒什麼兩樣，我早早起床，然後到我的農場忙活開了。

三個星期後，地方警察斯隆在下午登門拜訪，他是來了解一些有關蘇珊的情況。

下了班的約翰．斯隆和上班時的這個約翰．斯隆是不同的兩個人。前者在天氣暖和時，會在維金的酒吧，向我們表演他的西部槍法。他把兩把六響的左輪槍握在腰間，微微下蹲，子彈就被準確無誤地射出，同時他還像電影裡那樣，左右觀察，以防潛在的敵人。在眾人的喝彩聲中，他向槍管上吐口唾沫，這樣可以冷卻他的槍。總而言之，他是個惟妙惟肖的西部牛仔英雄。

從約翰．斯隆警官的問話中，我看出他是個精明、警覺、忠於職守的警察，我還覺察到，他認定我知道蘇珊的事。

我想，蘇珊失蹤的事有人報告了，警察順著線索，找到了我這兒。

我告訴來訪的斯隆警官以下這些事——過去我和蘇珊的關係，三個星期前的晚上，她來看望我，又怎樣在當天晚上離開的。

他當然想知道，關於蘇珊更詳細的事情，便問我有沒有看到報上的尋人啟示，看到啟示為什麼不去向警察報告。我回答，我一般不看報紙，就算看到報上的啟示，我也不去向警方報告，因為我知道，她是從她丈夫那兒逃出來的。

我還告訴斯隆，她曾要我幫助她，但我沒有答應。因此我們吵了起來，她連帽子、箱子和手套也沒拿，就狂怒地跑出屋子。我又告訴他，蘇珊沒和我說她會去哪兒，我也不知道她準備怎麼辦，手提袋我也不知道她帶了沒。

斯隆問完這些之後，說想看看蘇珊的箱子，我告訴他蘇珊的箱子在那兒，他打開沒上鎖的箱子。

有個灰色的手提袋在箱子裡，裡面除了一些零錢，還有鑽石戒指、耳環、珍珠項鏈等一些女人用的物件；另外，還發現幾把鑰匙，有一把鑰匙，就是開這箱子的。箱子裡的東西檢查完後，斯隆問我，當晚布內斯維特夫人——蘇珊所穿的衣服。

我早就預料到他們會問這個問題。

三個星期前，我就想好了。現在我把話告訴他，這些話都含糊其辭，毫無價值，但聽起來完全像真的一樣。三個星期前，我打開蘇珊的箱子，把她的衣服和手提袋放進去。這樣，箱子也沒上鎖，這和鑰匙在箱子裡發現的情況相符合。我都是帶著手套幹完這些事，我不會留下指紋，這種傻事我才不會幹呢？

斯隆仔細地聽完我的敘述，從箱子裡拿出一件衣服，問我這件衣服是不是布內斯維特太太那天晚上穿的。蘇珊的確是穿過那件衣服的，但我當然不能說她穿過。我知道，那晚有人看見蘇珊走進了我的農場，如果他們描述那件衣服的話，聽起來會和我先前描述的一件衣服相似。

斯隆警官帶走了那箱子、帽子還有手套，臨走前，又問了我幾個無足輕重的問題，便向我告辭了。

一連幾天，警察都沒有來找我。我今晚要照常去酒吧，進去喝一杯。我去的就是約翰·斯隆常去的那家酒吧，但他一直沒露面。

因為蘇珊的行蹤是在我這兒中斷的，警察還會找上門來，早晚只是個時間問題。在沒找到其他有價值的地方之前，我這兒會被警察盯住。

斯隆警官一個星期後又來了，這次，有兩個人和他一起來。一個叫康斯坦布·巴利，這個年輕人從不摘下他的帽子，因為他禿頂。但他卻把瑞蕾．奧多追到手了，瑞蕾．奧多是村裡有名的美人。第三個人是班．里布伯格探長，也是他們的頭兒，他是中央情報局的探長，剛從加納斯堡來的。

斯隆警官介紹完後，我打量著這位探長。他個子很高，長相英俊，看起來更像個演員，怎麼看也不像一個警探。

他還是個不錯的調酒師，這是我後來聽說的。發明新的雞尾酒和其他混合酒配方，就是他的愛好。

里布伯格探長先對我表示歉意，他說不該打擾我，然後問我，他們能否在我房子周圍看看。很明顯，沒人在別的地方見到過布內斯維特夫人，卻有人看見她走進我的農場。因此，探長想調查一下，她是不是被藏在我農場裡的什麼地方了。

我說不用客氣，我支持你們的工作，然後帶著他們在農場裡四處看看。在介紹我的農場時，我告訴他們，我一直希望自己能獨立於外部世界。所以，我的房子和農場都弄成盡可能的自成一體。煤倉在廚房裡，我把煤倉指給他們看，它就像一所小房子。一直堆到頂的煤，有一些還掉在外面。有個出煤的口在地板附近，出口一直通向爐子附近。

還有個混凝土的水槽在廚房裡，一般用它來貯存雨水，一個手搖泵連在水槽上邊，出水管與浴室連接。除了生活用水，其他地方用水，都是從屋頂上的大水箱裡弄，水箱上也有一個水泵。

看完這些，我帶他們到雞舍，長三百英尺的雞舍，屬於那種緊湊型的。聽著母雞們愉快的叫聲，你就知道，牠們正在炫耀自己下的蛋。旁邊還有人工孵化室，我向警察們解釋說，人工孵化小雞就是在這裡面試驗的。

接下來，到了那個波紋鐵皮倉庫。裡面是農用機械，有像拖拉機、粉碎機、打穀機這樣的大傢伙，也有像苜蓿收割機這樣的小機具，除此以外，還有我的耙、犁等用具。成排的大型儲存罐擺在倉庫外面，儲存罐裡面是畜禽飼料的原料，有玉米粉、骨粉、花生粉、玉米粒，我能用這些配出不同的混合飼料。

這幾個警察估計著這些罐子的大小尺寸，匆匆地在本子上記下一些什麼。

我指著遠處的耕地，讓他們看。耕地旁邊有個水塘，綠色的苜蓿地、黃褐色的玉米地和其他地。遠處，一群群的公牛、奶牛，還有馬，在草地上吃著草。

整個農場看完後，里布伯格探長向我道了謝，然後帶著兩個人走了。我能看出來，他顯然是十分失望的。

又過了平靜的一個星期，我開始受不了，他們竟然監視我。康斯坦布·巴利不走他平時出門的線路了，而是繞道經過我的大門，從大門處向裡窺望，監視著我周圍的環境。

這齣戲將很快走向高潮，因為我決定出趟門。最好的安排就是，犯個克來頓那樣的錯誤，再逃跑。

在這天很早的時候，我做了些準備，駕車離開了家。我開著車，飛快地行駛了五英里。然後把車停在樹林裡，這片樹林遠離公路，我找了個樹木最密集的地方，把它藏起來。

我的目的地是地下洞穴，那兒離布利切特金礦不遠，洞穴附近的路，我就得自己走了。地下洞穴雖然很大，卻沒什麼遊人，因為實在沒什麼看頭。這地方已經被警察徹底地搜過了，因此，沒有人來打擾我。

我為野營準備了充足的食物，帶了閱讀燈。這樣，我就可以無憂無慮地待在這洞裡了。

我並不擔心我的雞群，我在牠們的飲水器裡加滿了水，在牠們的食槽裡加足了三天的食料。下的雞蛋會自動滾到雞舍前邊的那溜凹槽裡，也不會堆在一起。其他的，那些馬和牛，也不會被餓到，我為牠們準備了充足的吃的和喝的。現在，那些小雞仔，也不需要人工加溫了。晚上牠們會聚到一起，聚在一盞電燈下，這足夠牠們取暖了。

所以，我可以安安穩穩地讀我的偵探小說，我心裡沒什麼要牽掛的。這些偵探故事都挺不錯，裡面有不同類型的偵探，感覺他們並不怎麼厲害，因為他們要向他們的作者求助。

我回到農場，巧得很，下車時第一個碰到的就是斯隆警官。我從他臉上看到了種種表情，諸如興奮、滿足、驚奇、探求、好奇、友誼還有遺憾。上帝也許都做不到，在自己的臉上一次展現這麼多表情，但斯隆警官就做到了。

他臉上的種種表情慢慢恢復了正常，問我去了哪兒。我告訴他，我去了那些岩洞，看看布內斯維特小姐是不是在那兒迷了路，是不是被困在那兒，或者死在那兒了。後來，我自己卻迷路了，直到現在我才轉出來。他使勁捏著自己的手指，我猜，他想不到我就在這麼近的地方，幾乎就在他身邊。他一定以為我跑遠了，把網撒得又遠又大。

他正在想，接下來該問我什麼問題時。我環視一下四周，發現我的農場亂成一團，就像一個打翻的螞蟻窩那樣。很明顯，警察一定動用了二十人以上來搜查，四處一片混亂。

他們在屋內、屋外，連屋頂上各個角落都搜尋了，到處都是人。有些人四處挖坑，有些人低頭彎腰地檢查屋子，看看有沒有地下室，有些人在水塘邊、莊稼地裡，還有水槽旁比畫著什麼。倉庫裡的情形我看不到，但裡面一定也擠滿了人，因為農作物倉庫的外頭，到處都撒著苜蓿、玉米。

最好看的是雞舍裡的景象。雞被他們弄到外頭，他們檢查裡面的混凝土地板。六英寸厚的乾草以前鋪在雞舍的地板上。好長時間沒動過的草，也全被翻了一遍，外面的空地上還有不少草雜亂地堆著。

還有幾個傢伙在外面，準備翻一遍雞舍地基，看他們這架式，估計要挖地三尺了。我剛才用了「準備」這個詞，因為母雞們總在妨礙著他們。母雞們的房間被徵用了，牠們沒別的地方能去。但這幫警察像母雞一樣執著，他們準備繼續翻雞舍的地基。母雞還有蛋要下，所以牠們很想回家。但母雞們現在被圍在雞舍的外牆和一堵柵欄之間，牠們拒絕履行母雞的天職。現在連那堵外牆，都成了搜查的目標。

母雞又一次遭到警察們的騷擾。這群來格豪恩品種的雞像是很容易受驚的，不停地又叫又跳。和牠們在一起，保持安靜是最好的做法。

一個警察抬起頭，他這時正在雞群中挖地基，因為遠處有人在喊他。

他應了一聲，幾千隻母雞立刻跳了起來，整齊劃一地開始叫喚。此外，還伴有一陣陣的扇翅膀聲。所以那個警察的影子立刻消失了，消失在雞毛、塵土、乾草還有飼料混合物裡。

斯隆警官要我去警局，回答一些問題，因此我沒能繼續看下去。在警局，我先被交給康斯坦布．巴利看管，我向他點點頭，和他打了個招呼。

過了一會兒，斯隆過來問我，他努力做出已經掌握真相的樣子，問我問題時也裝作例行公事的無所謂神情。我第三支煙抽到一半，「找到屍體了。」一陣叫聲傳進房間。

我立刻跳了起來，叫道：「真的嗎？在哪兒？」我的語調，正好能顯示出我與布內斯維特夫人的確是好友，卻沒有顯露出罪行被發現的那種恐慌。

我轉過頭，看著斯隆。他眼睛裡滿是懷疑，正目不轉睛地盯著我。我很安全，這種把戲對我構不成什麼威脅，無論他們還用什麼方法騙我，我也不會露出馬腳。這時，我如果被看出一點點問心有愧的樣子，斯隆就會確定無疑地把我當做殺人嫌疑犯，死盯住我不放。我必須避免這樣，看來，在酒吧裡以後再碰見他，可能會有些尷尬。作為工作，他的懷疑，我不介意。但如果他個人非要把我當謀殺犯，這就是另一回事了。

斯隆問進來的手下，屍體是在哪兒發現的，他繼續表演他的把戲。

他的手下毫無信心地講述著，他說在某塊未耕種的土地上發現了屍體。他們兩個抱著最後的希望，一起都盯著我，希望我能露出什麼破綻。我叫道：「這樣看來，蘇珊是被謀殺的。我從沒想過，那塊地竟然能埋屍體。真是奇怪啊！是不是？」

當然，在我的農場裡或者別的什麼地方，他們永遠不會找到她的屍體。他們檢查了爐子，找到燒過的人骨碎片，還弄了不少爐灰，拿去作化學分析。他們還挖開地溝，看看我是不是用了什麼化學藥品，把屍體在浴池裡溶化掉了。總之，每個地方，他們都找遍了。來自喬納斯堡的中央情報局專家，化驗了每一點可疑的東西。最後依然是毫無進展。

最後，他們撤走了，不得不放棄了。他們甚至不能證明，蘇珊是不是被謀殺。雖然搜遍了我農場的每寸土地，他們卻找不到蘇珊的屍體。所以，他們懷疑我是謀殺犯這件事，慢慢也就煙消雲散了。

為了表明我問心無愧，聖誕節的時候，我還送了一對小公雞作為聖誕禮物給斯隆警官。

九個月的平靜生活過去了，一切仍像過去那樣。但我的好心情稍有損壞，因為我聽說斯隆警官被調到魯德森警察局了。

為了給他送別，我們舉行了一個熱鬧的晚會。當然，由我來出雞肉，喝的由比爾．維金提供。在晚會上，可憐的約翰沒有為我們表演最後一次西部牛仔射擊。因為我們走到院子裡時，他受外面新鮮空氣的不良影響，一直也沒能站直。他只好晃晃悠悠地靠著，靠在晾衣服的那排木桿上。

後來，我的全部精力被新建孵化室的事佔據了。這事兒我是自己幹的，新建孵化室使我的房子又亂又髒。我只好請了一個女管家，她金髮高個子，皮膚很白。她很能幹，不過她給人的印象就是像孩子一樣胖乎乎的。她是個心地善良的人，看她熱情的笑容就知道了。

我的房子被新管家收拾得井井有條，所以，在晚上的時候，我可以坐下來，優閒地把我的成就寫下來了。

我很希望我的作品能出版。我感興趣的是，如果斯隆警官看到這些東西，他會作何反應。我還想知道，當他讀完這些東西時，會怎麼想自己一直喜歡吃的肥雞。

如果他知道蘇珊的屍體去了哪裡，我想他會噁心至極。蘇珊的屍體全部餵了那些雞，不過，仔細想一下，他也大可不必噁心。

那些雞並不是直接在蘇珊的屍體上啄來啄去，恰恰相反，牠們所吃的蘇珊的屍體，被我放進飼料裡，然後與飼料一起精心配製成新的飼料。屍體的每一部分，都被粉碎機磨成了粉末，成了良好的肉粉和骨粉。至於她的血，通過另外一道工序的處理，變成了乾血粉。

我做起這些活來一點也不難，因為我以前就讀過《農夫雜誌》。上面介紹了處理動物屍體的方法。人的屍體就更容易處理了，因為骨骼比動物還小些，所以用粉碎機處理更合適。屍體上的每一個小塊都要磨成粉，這需要特別的注意。比如，牙就得多磨兩次，直到和骨粉一樣不能分辨為止。我把她的頭髮燒成了焦炭。

這些處理好後，我用綠苜蓿徹底清掃那個地方。接著，我把動物屍體，還有綠苜蓿、玉米粒，都放進粉碎機裡，一起加工成飼料。這樣，人體細胞的痕跡，就徹底清除了。

混合飼料是肉粉、骨粉還有血粉混上別的什麼粉搭配而成。我試驗孵出的小雞們，就以此為美食。這些小雞長大了，就成為了斯隆警官吃到的那些肥雞。而且，這些小雞和長大後牠們產出的雞肉，為我的農場帶來了不小的聲譽。其他的一些農場主，還問我怎麼配製混合飼料。

也許，里布伯格會再次注意到我的農場，也會知道，在哪兒能找出證據，證明有一具屍體曾經在我的農場裡。但我保證，他不會成功。就算解剖完這裡的肉雞，他也不會在牠們的身體裡發現什麼，更看不出裡面有半點人的細胞。因為，所有吃過蘇珊屍體做成飼料的雞，早已經進了人的肚子裡。

但雞骨頭不會被人們吞下去。所以，我想出了一個好主意，就是把雞殺好、清洗好。然後賣給或送給我的顧客們，但要他們答應我一個條件，吃完後要把雞骨頭送回來。我的理由是，農場短缺骨粉。這樣，雞骨頭和別的骨頭，又一起進入粉碎機裡，這是一個無限循環的過程。此外，相當多的一部分人，有的還在很遠的地方，吃了這頓人肉大餐。因為那些母雞下的蛋，他們也吃了。

如果我是里布伯格探長，也不會有興趣去研究那些肥料的，白費這個勁幹嘛。這些不能出售的東西，像雞的頭、爪、內臟還有羽毛之類的，經過焚燒後，牠們到了一個地方，就是那個無窮無盡的粉碎機裡。作為優質肥料，牠們四散在我的農場裡。

這位好探長看到我寫的故事後，千萬別想用它來使我認罪。

假如一個醉心偵探小說寫作的學生，被逮捕於自己的作品發表後，其罪名就是，在作品裡寫下了解釋一位婦女失蹤的理由，那可是太令人遺憾了。我想要是讓村裡人讀了我的書的話，我就得面臨一些不友好的人了。一些心胸狹窄的居民，會用恐懼的眼光來看我。不過這事的後果會令我適得其所，我再也不會受那些來訪者的打擾了。

一些新的事情又發生了，我的管家——安．麗絲女士最後可能會失望，因為，她已經愛上了我。她對我的行蹤非常關心，到了不給我留下隱私的地步。而且，她對我還過分關心，為的是要讓我更舒服一點。

我開始厭煩她了。

我不會直接讓她停止對我的照料，對我的種種過分照料只是出於她的善良，我不想傷害她。我也不會解雇她，然後讓她重新找一份工作。她沒什麼本事，這麼幹的話，我自己都會感到羞恥。

我建議她，應該多出去交際，尤其是晚上更應該出去交際。但她說一個人出去，實在沒什麼意思。我的女管家沒有親戚，也沒有朋友。

沒人掛念她，是個可憐的人。而我開始盤算著，下個季節用的特種混合飼料，怎樣才能搞到。國家禽類委員會的主席已經表示要來參觀我的農場，參觀那些為我帶來名譽的雞。

白癡證詞

海倫坐在床邊，聽著雨打窗戶的「啪啪」聲。就在她準備關掉床邊的台燈時，突然聽見，風吹開車庫門的聲音。門隨著飄搖的風一開一合，「砰砰」地響著……

車庫門再這樣響的話，她就不可能睡得下去。她嘆了口氣，披了件睡袍，站起身來，她身上薄薄的睡衣被繃得緊緊的。她身材勻稱，三十多歲，是個漂亮的女人。

她出了臥室，走過廚房，虛掩著房門。到門廊時，她看到外面下著瓢潑大雨，不禁猶豫起來。這時候要是丈夫在家多好，就不會讓她來做這些了！

她鼓足勇氣跑向車庫的狹窄過道。她薄薄的睡袍被冰冷的雨點打濕了，她全身凍得發抖，她摸索著開關，想要開燈。她轉過身，想找一個可以依靠的東西。突然，她想尖叫，但還沒等她叫出聲，就倒在地上了……

史蒂夫在小鎮擔任警長職務，快三十年了，這樣重大的凶殺案，還是第一次遇見。

現在他正在考慮辦案方針，他站在車庫的工作枱邊思索著。這類案子他沒有經驗，只在早年上學時聽過一些知識，那還是在警察學校學習的時候。也許，他應該移交這個案子，交給其他人辦。他是這樣想的，可以先從別處借調人員，從城裡警察局凶殺組借人。然後，儘量利用自己所裡的七個人手，萬一凶殺組的人調查失敗，這七個人再行動。

他靠著工作枱，憑著兩扇天窗露出的光線，打量著一根沾滿血跡的鐵管。兩英尺長的鐵管，一端沾有血跡，另一端被硬生生地切掉了。站在工作枱末端的一位警官，正細心地用刷子、藥粉和噴霧器在案發現場忙碌著，史蒂夫警長轉向那人道：「衛恩，你幹完活後，把這個鐵管送到城裡，請化驗室的人化驗上面的血型。」

衛恩向他點點頭。警長轉過身，走向門外。

被害人名叫海倫，是一位家庭主婦，她丈夫叫班傑明。目前，他還在G市，那地方遠在南方一百里外。史蒂夫吩咐手下，給G市警察局打電話，請他們聯繫班傑明先生，並告訴他這個不幸的消息。跟隨而來的攝影人員走過來，拍了一些照片就走了。死者已經被隨救護車而來的醫生送進醫院的停屍房。

這時，從對面房屋的台階上，走下來一位手拿記事簿的年輕警察，史蒂夫警長朝著他招招手。他不待警長詢問，直接報告：「警長，我問遍了這半條街兩旁的人家。一直到現在，仍沒發現可疑的人。」

警長皺皺眉說：「情況和我猜的差不多，但是，搜查還是要繼續。迪克，再去住在後面的人家，查問一下。然後向我報告，我就在辦公室裡。」

車庫的隔壁有一對男女走出來，兩人聽到身後的響聲，同時回頭看，只見那女人的手裡牽著一條狗。

史蒂夫警長和迪克走過去，與那對夫婦打招呼，那男人用低沈的音調說：「我叫艾德加，這位是我妻子。我看到了你們的警車，還有救護車，一定出了什麼事吧？」

史蒂夫警長先介紹了一下自己，又介紹了迪克。然後對他們道：「是這樣，昨晚班傑明太太死了，你們昨晚有沒有發現一些反常的事情？」

艾德加吹了聲口哨，然後說：「她死啦？那太可怕了！這真是令人遺憾，她的死是我們的損失。她是這兒的一道風景，我的意思你該知道吧！她真是美麗極了。」他的聲音像是在品嚐她的美麗，警長似乎能看見他在舔著嘴。

「她是被謀殺的。你們和她熟悉嗎？」史蒂夫警長說。

艾德加吃了一驚，重複了一次警長的話：「被謀殺！」

艾德加的太太不悅地道：「她和我們不是一路人，所以我們根本不熟悉。她丈夫老是出外旅行，至於她，對附近的每個男人都投懷送抱，每天都幾乎不穿衣服地到處跑。我還奇怪，她為什麼沒有早點死呢！」

「艾德加太太，『每個男人』？你知道他們是誰嗎？」

「史蒂夫警長，說實話，我並沒親眼看見過她和哪個男人在一起。但我知道，只要她在這兒，就沒有男人是清白的。當然，我們也沒聽見特別的聲音。」

艾德加補充道：「假如沒有別的事，我們去遛狗了，比利每天都要散步，還堅持走固定的路線。」

警長沒說什麼，他們轉身就離開了。臨走時，艾德加說：「警長，我太太對她剛才的評價也許是對的，雖然我個人和她沒什麼，但她丈夫經常罵她，也許他丈夫知道些什麼。」

史蒂夫警長看著這對夫婦的背影，他們兩個的身材極不相稱。男人長相英俊，但個子矮小，從頭到腳都可以看出，他在刻意修飾著自己。他的妻子，比他還要高出幾英寸，頭髮沒有光澤，臉上皺紋很多，穿著也很邋遢。

回到警所後，值班員通知史蒂夫，G城的警察，已經聯繫到遇害者的丈夫班傑明，並通知了他這個不幸的消息，班傑明已經在回家的途中。

史蒂夫警長心想，自己當時能在G城就好了，這樣就能親眼看到當時班傑明的反應。

他在辦公室裡，翻閱一些文件。他這裡人手不夠，所以要親自處理這些文件。這時，迪克進來了，向他報告道：「住後面的鄰居都說沒聽見什麼，也沒有看見什麼。對死者的評價都還好，說她總愛穿超短褲，但只是在自己家裡穿過。也許，只有艾德加夫婦看見她幾乎不穿……我還帶來兩個人，一位母親和他的兒子舒伯特。有關舒伯特的事，我是聽他們鄰居說的。他並不聰明，每天都逗留在班傑明家的車庫。我去了他家住的另一條街，把他找來了，他的母親也要跟來。現在，讓他們進來嗎？」

史蒂夫警長點點頭。

一對母子被迪克帶進來。女人面帶菜色，看上去瘦小枯乾。他的兒子卻又高又胖，兩位警官都沒他高。他的一對小眼睛長在那肥胖的臉上，此時正不安地眨動著，左顧右盼地望著兩位警察。

年輕人對著警長咧嘴就笑，說：「你好。」

他手裡有一頂帽子，像拿不穩一樣，老是掉在地上。

警長打量著他。如此高大的年輕人，發出的聲音卻像孩子的聲音，很細的嗓音，充滿了信賴和友善。

迪克第一次用溫和平靜的聲音：「舒伯特怕我們傷害他，有點兒緊張，我和他說不會出現這種事。」

「請坐下，我們當然不會傷害你。」警長對年輕人微笑著說，「我只需要問你一些問題，我保證沒人會傷害你。太太，我希望舒伯特能自己回答問題。」

警長臉上掛著微笑，坐在寫字枱前，他暗想，這個年輕人頭腦有點不健全，怎樣才能讓他說出我們想要的線索呢？

「舒伯特，認識班傑明太太嗎？」

舒伯特臉上露出幼稚的微笑，搖搖頭。

「舒伯特，她家離你家只隔一條街，你應該認識啊，你還經常去她那兒。」

「那是海倫，我喜歡她。她讓我叫她海倫，還讓我待在她的車庫裡，做些東西。有時候，我們還會一起喝熱可可。」

「舒伯特，昨晚去過她的車庫嗎？」

「我不記得了，反正有時候會去。」他的帽子又掉到地上，迪克為他撿起來放在桌子上了，他伸手取過桌子上的帽子。

史蒂夫警長往前靠了靠。他問：「舒伯特，你手怎麼破了？什麼時候破的？」

舒伯特低頭看了下自己的雙手，集中精神思考著這個問題，思考令他臉上的笑容消失了，他繃著臉道：「我不知道，也許是我在公園爬樹時弄傷的。」

警長溫和而堅定地說：「舒伯特，聽著，仔細聽我說。你喜歡海倫，但她昨晚受到了傷害，你傷害她了嗎？」

舒伯特沒有說話，他轉動著兩隻小眼睛，他的帽子被他巨大的手玩弄著。

警長又問了一遍：「舒伯特，昨晚你是不是傷害了海倫？」

舒伯特的嗓音變成了成人的嗓音，回答道：「我沒傷害她，沒傷害任何人。我不喜歡這裡。」接著他提高嗓音，「我要回家！」

「舒伯特，等一會兒。」警長說，「現在，你和迪克先到外面去吧，我想和你的母親談一下話。」

迪克帶著年輕人出去了。

警長轉向舒伯特的母親說：「我知道你兒子智力不健全，但請你告訴我一些他的事，他的這情況是不是很嚴重，嚴重到什麼程度？順便問一下，他多大了？」

「警長，舒伯特今年十九歲，但是智力只相當於五、六歲孩子的水平。」她疲憊地說，「我丈夫早就去世了，我本想把他送到福利院的，但又不忍心。他沒什麼壞心眼，人很善良。他曾進過幾家學校，那些學校專門收殘疾孩子，學校的人也說他性格友善。迪克已經告訴我，我知道發生了什麼事。說實話，警長，他絕不可能做出這樣的事。」

她用手帕擦著流下的眼淚，史蒂夫警長默默看著她，等著她平靜下來。「昨晚舒伯特出去了嗎？」

她淚水重新滾落下來，嘆了一口氣道：「昨晚他冒著大雨，很晚了還出去，我不好阻止他，他去哪兒我也不知道。」

史蒂夫警長站起來說：「關於你兒子的具體情況，我一無所知。我知道，你相信自己的兒子。但我必須先把他留在這兒，為他找一位合適的醫生，同他談談。一段時間後，看他是否能回憶出什麼。當然，我們一定會照顧好他，你什麼時候都可以見他，你同意嗎？」

送走那位可憐的母親，史蒂夫警長走回辦公室，仔細地想著舒伯特。這個人雖然已經十九歲，但智力水平只有五、六歲。他會抓起鐵管當武器，然後打人，直到把人打死嗎？

史蒂夫警長以前也見過孩子突然的大怒，突然的發脾氣。

這以後，和舒伯特談話仍與先前一樣，不得要領。從有禮貌的舒伯特那裡，史蒂夫警長問不出什麼有關命案的話來。

這時有人找他。

「我是班傑明，告訴我是怎麼回事？史蒂夫警長，這是怎麼發生的？我現在還不敢相信！」他毫不掩飾他緊張而痛苦的神色。他用發抖的雙手捧著腦袋，坐在沙發上，在史蒂夫的辦公室裡，聽他敘述事情的經過。

聽完警長的敘述，班傑明僵坐了許久，他突然跳起來，臉脹得通紅，兩眼閃閃發著光。他高聲喊道：「是他幹的！我剛剛看到他還在外面！一定是那個傻孩子幹的！我不止一千次地叮囑海倫，不要招惹那孩子，更不要讓他到我們家附近。你們為什麼早不把他抓起來！」班傑明指著外面的舒伯特。

史蒂夫警長注意到他的手，上面有傷。

「你的手怎麼傷的？」

班傑明翻過自己的手，看了看。

他回答道：「這沒什麼，」他現在平靜多了，「口香糖黏在鞋上了，我往下刮的時候，碰傷了手。我必須做些什麼？海倫的屍體現在在哪兒？」

「你現在不用做什麼，班傑明先生，回去照顧好你自己吧！」史蒂夫警長繼續說，「你夫人已經被送到醫院了，你去安排一下後事，去醫院看看吧。我本來有一些問題要問你，還是等等再說吧。」

警長看著這個深受打擊的人，看著他緩緩站起來，痛苦地走出辦公室。又叫住他說：「班傑明先生，有件事，如果你不反對的話，為了儘量排除嫌疑，我們想留下你的指紋。」

他領著班傑明到衛恩那兒，衛恩留下了他的指紋，然後送他回家。

重新坐回寫字枱前的史蒂夫警長，腦海裡充滿了班傑明這個人。

這人臉上清楚地出現了痛苦與震驚，但說不定是裝出來的。他脾氣壞，來得快，走得更快。或許他有個情人在外面，所以想除掉自己的太太。

這天晚些時候，史蒂夫警長接到了G市警察局凶殺組組長打來的電話，醫院已經做出了檢查，證實了晚上十一、二點是死者的死亡時間。

「史蒂夫，很抱歉，拖這麼長時間才給你打電話，我們找到了班傑明住的那家汽車旅館，詢問過夜間經理和服務生。班傑明剛聽到這個消息時，看上去很痛苦。不過，他有一個疑點很難擺脫。從G市到你那兒，並不算遠，經理和服務生都說，他晚上九點出去過，凌晨兩點才回來。班傑明也許有殺人動機。據旅館的人講，在G市，經常有女人打電話找他，他的太太也打電話找過班傑明。夜班經理說，他能聽出她的聲音，假如現實中看見她的話，他或許能認得出來。我們這裡的情況就這麼多。」

在衛恩辦公室史蒂夫警長問：「指紋的事，驗得怎麼樣了？」

「今晚就能弄出個頭緒來，但要再等一小時。」

衛恩的工作進展很快，他在快十點時出現在警長辦公室。

「警長，門框、汽車上有班傑明太太的指紋。班傑明的指紋哪裡都有，當然，還有舒伯特的指紋。還有一種指紋，是陌生人的。這個指紋的標本要寄到華盛頓去，看看他們檔案裡有沒有和這個指紋符合的。遺憾的是，沒有清晰的指紋留在鐵管上。」

警長皺著眉，看著衛恩留下的報告，認不出的指紋？是誰的呢？

他想和班傑明再談談，於是就到了班傑明家。

燈光通明的班傑明家裡，汽車被班傑明停在院子裡。史蒂夫警長明白他不願把車開進車庫的心理，便開著自己的車過了車道，在隔壁的房前停下了。

下車時，正好看到一個男人正牽著一條狗下台階。那人猶豫著在台階上站了一會兒。

那人認出了警長：「又回來了？史蒂夫警長，找到線索沒有？能幫什麼忙嗎？我是帶比利出來溜達的。」

「艾德加先生，晚安。」警長蹲下來摸摸狗耳朵，「謝謝，我沒什麼事，你請便。我想找班傑明先生談一會兒。」

「好吧。」小狗正扯著皮帶，艾德加轉身離開時說，「比利散步時不喜歡被打擾，我想我得走了。不過，警長先生，假如有什麼新情況，請告訴我一下。晚安。」

看著他牽著狗離去，史蒂夫警長突然僵住了。因為小狗正努力地掙脫皮帶，向班傑明家的車道衝去，艾德加則使勁地拉著皮帶。

「艾德加先生！」史蒂夫警長喊了一聲，艾德加停下腳步，警長朝他走去，接著說道，「你的小狗，好像很想衝進這條車道，牠以前散步不會走這個路線吧！」

「也許有什麼東西在那兒吸引著牠。」艾德加用刺耳的嗓音說，「難道牠嗅到了昨夜出事的氣味？」

「也許吧。」史蒂夫警長從他手裡接過狗皮帶說道，「我們跟著牠看看。」

他跟在小狗後面，任牠隨意往前走，牠堅定地跑進車庫裡。小狗領著他們繞過汽車，來到那道牆。那道牆離班傑明的房屋最近，牠立起後腿，把前爪伸向工作枱。

史蒂夫警長把狗抱起來，放到工作枱上，牠立刻蜷成一團，滿意地躺在那兒。警長盯著窗外，從他站立的地方，正好可以看見對面的臥室。

史蒂夫迅速走到自己的車前，開了車門後拿起裡面的麥克風，呼叫夜間值班人員，讓值班員趕快找到衛恩，找到後，讓衛恩去警所。

他轉頭向小狗的主人喊道：「艾德加，上車。」然後抱起了小狗。

那人邁著機械的步伐，僵直地向汽車走來，他不解地問：「警長，你剛才說什麼？」

「你應該知道我在說什麼。我先送你的狗回家，你在車上等著。千萬不要溜走，否則我就視你為逃犯，逮捕你！」

艾德加只好老老實實地坐在車裡。警長抱著狗，走到街上，對剛停在他汽車旁邊的一個人說：「把狗還給艾德加太太，迪克。告訴她，她丈夫在所裡，我在問他丈夫話。你只要讓她知道，他的丈夫在所裡就行了。」

「艾德加是嫌疑犯？」迪克急忙問。

「他現在還只是涉嫌，但我相信他是這個案子的關鍵人物。」

回到警所，夜間值班員對史蒂夫說：「警長，衛恩到了。」

「我等一下叫他。」史蒂夫警長領著那個嫌疑犯，在去自己辦公室的路上，碰到了舒伯特的母親，警長對她說，「這個案子就要結束了！」

史蒂夫指著辦公室裡的一把椅子說：「艾德加，坐那兒。」接著，警長向他不客氣地問道，「說吧，你和班傑明太太是什麼關係？」

艾德加不停地清嗓子，兩眼不安地轉動著。警長指著那邊的飲水器，艾德加狼狽地走過去，倒一滿杯水，一口氣喝乾了。

他回到座位後，尖叫著說：「警長，我幾乎不認識那女人，我發誓！我們之間沒有一點關係。」

史蒂夫警長提高聲音喊：「衛恩！」衛恩立刻就出現在辦公室門前，「他剛才喝水的玻璃杯上有指紋，核對一下是不是那個陌生指紋，要快！」

警長默默打量著艾德加，五分鐘後，他對僵坐在椅子上的男人說：「現在，我告訴你我的推測！每天晚上，你都會牽著狗散步。班傑明不在家的時候，你就牽著狗，到班傑明家的車庫，從窗戶那兒，窺視班傑明太太。你曾說過，她『漂亮極了』。但你和她，確實沒有關係，你只是通過偷窺，來滿足你的慾望。你進車庫的聲音，被班傑明太太聽見了。可能是你不小心，碰到工作枱上的扳手，扳手掉在地上，發出了聲音。她來到車庫時，驚訝地發現你在偷看。於是，你在慌亂中殺了她！現在，你還想說你和班傑明太太沒有關係嗎？」

艾德加急了，出了一腦門子汗，他正要說話。

衛恩進來說：「警長，有一個指紋和艾德加的指紋完全一樣，我正在繼續核對。」

史蒂夫警長向他點點頭，然後轉向艾德加：「你想解釋一下嗎？為什麼在班傑明家的車庫，發現了你的指紋。」

艾德加低聲道：「警長，我承認，我偷看過她。我在一次無意中發現，在車庫能偷看到她，後來偷看竟然成了習慣，這個壞習慣我一直也沒有改掉。但是，我沒有殺她！警長，我發誓！我碰都沒有碰過她！」

史蒂夫警長隔著桌子，抓住他的手，翻轉過來看了一下，手腕和手掌都沒有傷痕。

「艾德加！你怎麼樣啦？」艾德加太太趿拉著拖鞋，闖進來嚷道。

「沒事。」他不自然地說道，「我現在沒事，你來這兒幹嗎？」

史蒂夫警長說：「艾德加太太，我們正在傳訊你丈夫，你先去外面等著。」

這個厲害的女人，用尖銳的嗓門兒喊道：「我要陪伴我丈夫，我不去外面。我不能躲在外面，讓他在這兒受你的折磨！」她拉出一把椅子，坐在丈夫的面前，眼睛裡充滿挑戰的目光，望著史蒂夫警長。

史蒂夫猶豫了，不知該不該讓她留下。他站起來，看見門外有人影晃動，就走了出去。史蒂夫看到班傑明正在和舒伯特母子談話。班傑明看到他後，就向他走過來。

班傑明說道：「我一個人不想在家裡，就到這裡來看看。警長，我回去仔細想了想，我認為你找錯了人，不是舒伯特，他永遠不會傷害海倫。」

史蒂夫警長看著班傑明，心想難道他又是在演戲嗎？

他不耐煩地對班傑明說：「先不管舒伯特，讓我們先說說你。昨天晚上，你離開旅館好幾個小時，那段時間，你在哪兒？你在旅館認識的一個女人，又是誰？」

班傑明兩眼瞪得溜圓，驚訝道：「你胡說些什麼呀，警長？昨天晚上，我去看住在G市的母親和妹妹了。對了，你為什麼這麼問我？」

班傑明的解釋，很容易查清楚是真是假。現在，艾德加作為嫌疑人，既有機會，又有動機，卻找不到證據。

「班傑明先生，算了，你回家去吧，現在沒有問題了。有什麼事，我會聯繫你。」

「謝謝，警長，有個請求，我能不能送舒伯特和他母親回家？」

「可以。」史蒂夫警長提高聲音說。

他邁著沈重的步子，回到辦公桌前，坐了下來。他看著垂頭喪氣的艾德加和他那位怒髮衝冠的太太。

他說：「艾德加太太，你暫時可以留下來。艾德加，現在我們開始談話。你從頭開始說，你是怎樣殺了班傑明太太的？」

「警長，我已經說過，我沒有殺她。我再說一遍，我真的沒殺班傑明太太。」

一個孩子的聲音從對面傳來，「晚安，警長。」

警長抬起頭，看見舒伯特和班傑明在門邊。

舒伯特走進來道：「媽媽說，我現在能回家了，我想，應該來和你打個招呼。」他孩子般地笑著，對警長和艾德加夫婦點點頭。

「你好，艾德加太太。」他討好似的說，「艾德加先生的感冒好些了嗎？」

艾德加不耐煩地說：「我沒感冒，孩子。」

「昨晚，艾德加太太說，你感冒了！」舒伯特臉上一副善良的表情，「我只是想問問，是不是好點了。」

「快讓這孩子走開，警長，不然我要找律師了。」艾德加太太慌亂地道。

警長舉起手說：「艾德加太太，先別急。」他轉過頭，問那小夥子。「舒伯特，好好想想，艾德加太太是在什麼時候告訴你，她丈夫感冒了？」

聽著孩子清晰地敘述，艾德加太太不禁用手捂住自己的臉。

舒伯特說：「昨天晚上，艾德加太太從海倫的車庫裡出來。她對我說，她不得不牽狗散步，因為艾德加先生感冒了，所以他自己不能出來遛狗。而且我還注意到她的手，也被什麼東西碰傷了，我還以為她和我一樣，也是爬樹弄傷了手呢！」

艾德加太太平靜了下來，臉色蒼白地承認，是她殺害了那個女人，因為她受不了她丈夫每晚都要去偷窺那個女人。

將計就計

幾乎所有的報紙都沒有刊登「雙石」事件。我想可能因為它不是轟動新聞，不像電影明星挨槍擊那樣能引起轟動。但這是一樁巧妙的槍擊案，巧妙到甚至連警方都不知道，它其實是謀殺案。

我知道這事，是因為薩雷是我的情人。當然，有一段時間，我不清楚他在準備什麼。但他常對我說：「寶貝，假如老雷蒙被幹掉多好，是吧！這樣的話，店鋪就完全屬於我了，不用和他分帳了。」

薩雷總是稱雷蒙為「老雷蒙」。雷蒙——雙石店的股東之一，「老雷蒙」的叫法使我有個印象，以為他年紀應該很大了。

第一次遇見雷蒙，我相當驚奇，因為他的年紀與薩雷差不多，看起來很年輕。他有一雙烏溜溜的黑眼睛，明亮的如同兩汪秋水。第一次見到我的時候，他就細心地注意到我金色的頭髮，並誇它非常漂亮。

薩雷卻從不注意這些，甚至我剪掉頭髮換了髮型，他也不會在意。頭腦簡單的薩雷很瘦弱，還有點神經質。他經常賭馬，但總是輸。不過，和他在一起，出入豪華餐廳、夜總會和跑馬場是很不錯的感覺。

我和薩雷在一塊的時候，他給我買衣服，買一些珠寶。認識他之前，我什麼都沒有，但一個女孩子總得有一些首飾和衣服，所以我和他……後來，他租了一幢高級公寓給我，然後，幾乎每晚都在我公寓過夜。

他情緒有時候很壞，他會告訴我，自己心中的苦惱，這些苦惱多半是因為雷蒙。薩雷想要擴展業務，但保守的雷蒙總約束著他。他一直堅持，有多少資本，就做多大生意。

他們的店經營的很成功，店裡有兩位店員，還有一大堆存貨。店後面是兩間辦公室和一間儲藏室，還有一道從不上鎖的後門。這個後門是鐵的，薩雷向我說過，如果從裡面用門閂關住，就沒人能從小巷裡進去，他們只是卸貨的時候才用後門。

我有幾次到店裡的時候，正看見薩雷和雷蒙在吵架，薩雷說雷蒙把錢看得太緊，雷蒙說這樣做是好事。

雷蒙看到我的時候，總誇我的衣服漂亮，我也知道他在看著我，欣賞著我的雙腿。我真不明白，為什麼薩雷叫他老雷蒙。

我有時候會問薩雷，即然這樣，你為什麼不和雷蒙分開。他回答，如果分開的話，會損失大筆稅金。但兩人不和是顯而易見的，每當薩雷喝酒的時候，他會一直不停地講著兩人不和的事，不停地講假如能撇開老雷蒙……

經常聽他這樣說，我都聽厭了。

有一次，他在嘮叨時，我說：「我覺得雷蒙不壞……」

薩雷一聽，立刻跳了起來，向我怒吼著說，每天早上，雷蒙總是同一時間到店裡，用同樣的表情拆信件，如果有人把他的鉛筆放錯了地方，或是離開一會兒，他都會發現。

他經常大聲說，雷蒙……但有一天晚上，他沒有大吼大叫，我知道那是個例外，他在一張紙上做著記號。我問他，他只是說：「星期五晚上，老雷蒙總是在辦公室裡整理帳簿，做到很晚。」別的就什麼也不告訴我了。

這件事他都告訴我一千次了，所以我早就知道。他還說過，雷蒙總是在清點店裡的每樣貨品。

薩雷經常抱怨，說雷蒙吝嗇，但他自己也並不慷慨。我跟他之後連一塊錢都沒存到，住的和穿的他都給我，但我就是沒法從他那拿錢。他給我錢，只是用來支付租金的。還給我酒喝，給我飯吃，就是這樣。他還對一些常用物品的價格非常清楚，所以我多花一分錢他都知道。像遊戲一樣，他經常把錢放在一隻中國花瓶裡，說：「房租在這裡。」他一離開，我就查看著花瓶，看他留多少給我，正好夠交房租，從來沒有多過。

有好幾個月，薩雷一直在說：「真想幹掉老雷蒙！」有一次，我覺得，這句話他有一星期沒說了。這真是奇怪，因此我觀察他，他好像有心事，一副心不在焉的樣子。

我在幾天以後碰巧發現，有支槍在他大衣口袋裡，那是一把槍身鍍鎳、槍柄嵌珍珠的小手槍。我沒有向薩雷說，我曾看見過它，當然，我也沒有碰它。

所以當薩雷要我舉行舞會，準備在星期五晚上宴客時，我一點兒也不奇怪。我問他，雷蒙來不來，他大聲地笑著說：「雷蒙喜歡的只是他自己的宴會。」

我認為他把城中的每一位酒徒都請到了，把自己也列入了邀請名單。因為他在那隻中國花瓶裡，放了一些額外的錢。我不禁想到，宴會也許只是為了掩飾，做一個他不在槍擊現場的假象。乘車十分鐘就能到店裡。

狡猾的薩雷做出一個很精細的計畫，這個計畫，可以讓警方認為，歹徒是從後門進入的。後門不用的時候是上閂的，用一個楔子楔住橫閂。星期五晚上，他在下班前取下楔子。小巷裡停著薩雷的汽車，引擎正在發動著，我是在警方拍攝的照片中看到這些的。

最後，他把刀尖插進門縫，挑開門閂，店鋪後門就被打開了。

這個時候，雷蒙開槍，正中薩雷的心臟。

警方在兩天後告訴我，薩雷在謀害他的股東雷蒙時被殺。

我和雷蒙在我的公寓裡，我們喝著薩雷留下來的酒。他用烏溜溜的黑眼睛看著我。

「我和警方說，我聽到後門有聲音，以為是賊。那裡黑如地獄，什麼也看不見，誰知道那竟然是薩雷？」

我說：「聽起來很糟糕。」

他接著說：「警方發現薩雷在門口那地方，手中還拿著一把槍。所有的人都和警方說，薩雷曾四處揚言，他想除掉我。」

「事情就是這樣。」我同意他的說法。

「如果不是你事先告訴我，薩雷星期五要殺我，說不定我現在已經在地獄了。」雷蒙說了一句。

「沒什麼，公司現在是我們的了。」我微笑著道，「希望你能比薩雷對我好。」

肇事的司機

警官喬治下班後，在鄰居的房子前站著，看著蒲公英叢生、高低不平的草坪，落地窗上的條紋，走廊上一地廢紙。他嘆了口氣，一個人因為悲傷會改變這麼多，這讓他感到吃驚。

過去，邁爾斯修剪草坪，比任何一個鄰居都細心。鄰居們為避免草坪長得太難看，一般在週末或假日的時候，才整理一下草坪。而邁爾斯則拿著小剪刀和鏟子，天天早上蹲在那裡，剪草、剪枝和除掉雜草。他每年春天都要把房子重新漆一遍。本來就乾淨得發亮的車，他一樣經常沖洗。鄰居的一些家庭主婦，常拿邁爾斯教育她們的丈夫，責怪他們不想幹活。

但這一切都變了。

三個月前，邁爾斯的妻子被汽車撞死，肇事者逃跑了。

自此以後，喬治就再也沒看過邁爾斯，也看不到他在草坪上忙碌的樣子了。不幸的事發生後，喬治和一些鄰居都曾勸邁爾斯不要太傷心。他堅強地說，雖然很悲傷，但自己一定會挺得住的，希望大家不用為他擔心。

鄰居們都很佩服他。

邁爾斯和他的妻子結婚，已有二十餘年，雖沒有子女，但他們相互深愛著對方。

喬治猶豫著自己要做的事，這事雖然不太符合規定，但從道義上來講他還是應該做。他大步走到邁爾斯的屋前，深吸一口氣，按響門鈴。

沒有回應。喬治又按了一次，這次他多按了一會兒。門慢慢地開了，門邊陰暗的過道裡有個男人。喬治對著他，眨了眨眼睛，定了定心神，心想這人就是邁爾斯嗎？就是和他做了十三年的老鄰居！

那人面帶倦容地寒暄：「嘿，喬治，你好嗎？」草坪變了，但想不到的是人變得更厲害。他現在穿著髒兮兮的T恤和污漬斑斑的寬大褲子，以前他是個衣冠整潔的人。一頭灰白的蓬亂頭髮，結在一起蓋住了前額，鬍子密密匝匝的，看上去臉更黑了。

「邁爾斯，我很好，」喬治說，「你呢？最近一段時間，我們都看不到你。」

「也許時間能沖淡一切吧。找我有什麼事嗎？」

「我可以進來嗎？想和你聊聊天。」喬治說。

「當然可以。」邁爾斯聳了聳肩。

喬治到了屋裡，屋裡的一切著實讓他吃了一驚，但他臉上並沒表現出來。邁爾斯太太生前，家裡總是被收拾得一塵不染。以前，每次來這兒串門，總能看到發亮的家具，井然有序地擺放著各種小飾品。而如今，屋裡像住著野人一樣，到處都是空啤酒罐、髒衣服、報紙，油膩膩的地毯上還有紙屑和麵包屑，天花板上，蜘蛛網晃晃悠悠地向下垂著，屋角的電視發出刺耳的聲音，裡面正播放著一場足球賽。

邁爾斯先調低了電視的音量，然後道：「請坐吧。」他把沙發上的一堆報紙推到地板上，接著問喬治，「喝罐啤酒嗎？」

「不用，謝謝。」喬治以前從未見到過這位鄰居喝帶有酒精的飲料。

邁爾斯斜躺在長沙發上，一隻腳蹺在旁邊的小凳子上。

「你準備和我說點什麼？」他問。

「我們今天上午逮到了那位肇事的司機。」喬治脫口而出。

邁爾斯揚了一下雙眉，一臉的驚訝之色。「你們抓到他了？」他輕輕地說。

喬治點了點頭，「他現在還沒招供，但肇事者一定是他。他是一個無賴，今年二十三歲了，到處惹是生非。他的汽車與目擊證人描述的一模一樣，車牌、車型、顏色都吻合，而且他車子前面的保險槓有些彎曲。他也沒有不在現場的證明。他現在單身，以前離過婚，我們接到他鄰居的報告，然後抓住他了。過去三個月裡，他一直把車停在車庫裡。」

「現在，他在哪兒？」

喬治憤怒地說：「邁爾斯，我本不該告訴你這個，不過他找了一個很厲害的律師，目前被保釋在外，這對您有點不公平。但你不用擔心，我們證據確鑿，他無法逃脫。」

「他叫什麼名字？」

「邁爾斯，原則上，我是不該告訴你，我們已經抓住他了。但我知道，自從那次車禍後，你的情緒很低落。如果我讓你知道，我們已抓到了那個肇事者，也許你會好過點。不過，其餘的法律會處理的！你想知道他的名字，這是什麼意思呢？」

「有點好奇，喬治。」邁爾斯焦急地說。

「馬上就在報紙登出了，你很快就會知道的。他是個愚蠢的傢伙，我們去抓他的時候，他和他的一些狐朋狗友，正在他那小木屋裡賭博。」

「他現在保釋在外？」邁爾斯若有所思，停頓一會兒問。

「保釋到開庭，我可以向你保證，他肯定會坐牢。」

邁爾斯抓起沙發扶手上的一罐啤酒，一仰脖就喝完了，然後摸摸嘴巴：「喬治，謝謝，謝謝你告訴我這些，我感覺好多了，終於抓住了那可惡的傢伙。」

「我知道這會讓你好過些，」喬治說，「像這種不幸的事的確很折磨人，所以我才過來告訴你。邁爾斯，這件事讓你吃夠了苦，我們也不知道怎麼安慰你才好。但是，你應該重新振作起來，未來的日子還長，你可以考慮回去工作，或者外出散散心。有什麼事儘管說，不要忘了，我就住在你隔壁。」

「當然，謝謝你，喬治。」邁爾斯點了點頭，望著手中的空啤酒罐。

喬治離開了，邁爾斯立刻關掉電視。一股熟悉的悸動湧在頭部，像兩根金屬鑽進肉裡一樣。這三個月裡，他幾乎忘記了那感覺，但是，現在那種悸動又回來了，而且比以前的壓迫感更強烈。他閉上雙眼，一下子倒在沙發上。

然而，當他剛進入熟悉的黑暗夢鄉時，他的腦海裡，立刻湧現出一個熟悉的身影。他看見他的妻子，從超級市場裡走出來，手抱一個購物袋。她是一個很謹慎的女人，在路邊停下，小心地看著左右的車輛，然後才走上馬路。這時，她聽見一陣猛烈的引擎聲音，她驚恐地看到，右邊有一部茶色的汽車向自己衝來，她非常恐懼，顫抖地僵在那兒。汽車將她拋入幾尺高的空中，然後急遁而去，撇下血流如注、血肉模糊的她躺在馬路中央。購物袋裡的家具擦亮劑、空氣清新劑、殺蟲劑……散落了一地。

邁爾斯躺在沙發上，心跳加快，不一會兒，額頭上冒出汗來。他知道，現在自己必須採取行動，不然的話自己的生活永遠無法繼續下去。這個讓他無力的想法，差不多使他病倒，但是，他逃避不了。這個問題很迫切，他必須在法庭做出正確的判決前有所行動，要不一切都晚了。

他試著平靜了一下心緒，從沙發上站起來，走過通道，進入臥室。他拉開五斗櫃，最下面的抽屜裡有一大堆亂七八糟的雜物，他在裡面搜索一會兒，摸出一把左輪手槍。他上了子彈，然後小心地檢查一番。他沒有登記這把槍，也從沒有用過。他回憶著喬治告訴他的話，小木屋……想起來了，那傢伙曾揚揚得意地告訴他，在安東尼奧街一九三號，有這樣一個小木屋。真沒想到，那傢伙能躲到那兒去了，怪不得他以前這麼辛苦也沒找到。他看了一下手錶，現在是六點三十八分，離天黑還有一段時間，做準備的時間還很充裕。

十一點鐘過後，邁爾斯開始了他的行動。他悄悄地溜進汽車，坐在駕駛座上，像三個月前一樣，壓迫感又來了，讓他既緊張又難受。他原本優柔寡斷，但這種新發現的感情，讓他不得不行動。

那個傢伙的住址不難找，因為他住的房子在那兒很顯眼。屋裡有一盞燈，發出昏暗的光。邁爾斯在街頭停好汽車，戴好手套，走向那幢房子。他感覺口袋裡的槍很沈重，他知道，這是在冒險，卻毫無辦法。

邁爾斯慢慢來到側門邊，輕輕地試了試門柄，門竟然開了，這很讓他意外。這是一個安靜的住宅區，也許在這兒住的人，心理上有一種虛偽的安全感。要不就是那傢伙太粗心，忘記了鎖門。

他掏出左輪手槍，進了房間，靜靜地站了一會兒，謝天謝地，裡面沒有狗。然後，邁爾斯慢慢地進入廚房，裡面一切如常。

他穿過廚房，進入走道，看見從後面房間裡射出來一線燈光。他小心翼翼，慢慢朝燈光走去，他聽見有人在打鼾。

這是一間書房，裡面一個高高瘦瘦的男人，坐在一把椅子上。裡面的人正張著嘴、仰著頭，睡得很熟。有一瓶酒和一隻裝有半杯酒的酒杯在他身旁的一張桌子上。

邁爾斯心頭暗喜。他向房間裡的那傢伙走去，把左輪手槍小心地放在那傢伙手中，他的指尖壓在槍的扳機上。睡夢中的那傢伙還訥訥地，並扭動了一下兩腿。邁爾斯抬手用槍指著那傢伙的太陽穴，突然，那傢伙睜開了眼睛。就在這一瞬間，他們互相看到了對方！那傢伙的臉上，在那短暫的一瞬間，露出了理解的表情。

就在這時，槍響了！

屋裡還迴蕩著槍聲，邁爾斯迅速扔掉槍，逃離了屋子，關門後走向自己的汽車。一上駕駛座他就扯掉了手套，扔在旁邊的座位上，發抖的手發動著汽車，一溜煙地跑了。

他告訴自己一切順利，現在安全了。對一位即將出庭受審、被指控重罪的人，沒有人會懷疑他是被殺的。即使有人懷疑，也很難把自己和那傢伙的死聯繫起來。因為那傢伙的名字和住址他都不知道，喬治可以在這點上為自己作證。並且那支槍也沒有登記過，幸運之神又一次降臨到自己頭上。

但這些想法，並沒有使他緊張的心緒減輕。

到了自己的家門口，看著房前雜亂無章的草坪，邁爾斯終於鬆了一口氣。他想，假如太太還在的話，草坪一定是整齊的，但是，那種日子再也不會有了。

他把手套塞進夾克的口袋裡，停好車後開門進屋。一股灰塵的怪氣味鑽進他的鼻孔。他看著零亂的屋裡，心想，妻子在時的檸檬香味再也聞不到，再也聽不見妻子對自己的指手畫腳。他似乎又聽見妻子對自己說：「椅子放這裡，鞋子放那裡。」

邁爾斯大步走入臥室，換上了舒適的髒衣服，心裡越想越舒暢。他把脫下的衣服扔到床腳的一堆雜物裡。然後，轉身來到廚房，取出冰箱裡的一罐啤酒，打開之後，猛灌了一口。妻子在時，家中絕不允許有含酒精的飲料。邁爾斯大腦也清醒了許多，無聲地笑了起來。

他帶著啤酒，走進臥室。他想，我不該花錢請那個沒用的東西，我應該親自殺死她，現在，為了怕他供出自己，還得親自動手除掉他。

高速公路上

有一個人站在路旁，伸出拇指，這時來了一輛車，司機讓那人搭了便車，司機發現自己很難解釋這樣做是為什麼，可能是由於司機太孤單吧！經常會聽到這樣的事：開車時，好心搭載路邊的陌生人，沒想到，搭車的是一個危險的恐怖分子，終於釀成慘劇。幸運的話，只是丟掉私人財物和汽車，不幸的話，就只能去太平間做客了。有的人身上只中了一顆子彈，看上去感覺還不怎麼樣，有的人則被凶殘地殺害，死狀甚是恐怖。

那天，他從下午五點一直開到晚上九點。他開的是一部新車，光亮的外殼被一層薄薄的灰塵遮蓋了。當他打開汽車上的收音機開關時，只聽見發出哧哧啪啪的聲音，好像出了什麼小毛病。所以一路上沒有人說話，他一路上也有著無法解除的寂寞。如同緞帶般連綿不絕的水泥公路，就在車燈前頭，這一里一里的水泥路，在車輪下慢慢地消逝不見。

他也許是想到，自己年輕時也曾站立在路旁，伸出拇指，在全國不同的地方向人搭便車。一般情況下，人們對他很友好，停車讓他搭便車。他清楚地記得，天黑後如果自己仍未到達目的地，將會是很困難。

他現在正經過一個叫「春谷」的收費站，那裡的收費員告訴他，從這裡一直到阿以巴鎮的路上，都沒有什麼車輛和行人。在阿以巴鎮和尤迪卡之間，天氣預報說會有小雨，但他感覺這沒有什麼可擔心的。他接過票子，塞在反面遮陽板裡，然後驅車穿行在黑暗裡。路旁除了遇到反光的里程碑有一點光線外，其他地方一點光線也沒有，里程碑每十分之一里豎一根，像貓眼的那些里程碑，嗖嗖地閃爍著從他身旁閃過。他不用在這後面四百里路裡擔心，會有來往的車輛或十字路口阻礙他的行程，剩下的路程裡，每十分之一里只有一根里程碑陪伴著他。

收費站過去之後，往前的高速公路越來越窄。他從車頭燈的燈光裡看到，一個男人站在路旁，一個廉價的行李袋放在那人旁邊。汽車經過他身邊，那人臉帶疑問地揮了揮拇指。

司機內心一動，剎住車。那人在他重新啟動汽車之前，跑到他身旁，從打開的車窗探頭問：「先生，能否讓我搭一程？」那人略帶點害羞地向他微笑。

司機打開車燈，打量那人。他打著領帶，身穿一件夾克，他頭髮需要理一理，但看起來不像壞人，不像那些肩背行李的流氓。

「上車吧。」司機回答。

那人打開車門，在車中的地板上放上自己的行李，輕鬆地坐在椅子上，非常疲倦地鬆了一口氣。司機關掉車內燈，繼續往北，行駛在三線車道的中線。很快，汽車速度計上的指針爬到六十碼處。

「你要去哪？」司機問。

「阿以巴鎮。麻煩你在未到阿以巴鎮之前，不要拐出公路。我在鎮上有份工作，所以我明天八點以前必須趕到。」

「我要一直開到塞紐鎮，不過，我會在阿以巴鎮出口的坡道處停車，讓你下去。放心吧，我們會趕到的。」

「太好了，相信在那兒，我可以搭便車進城。」

他們在夜色中默默地行駛了幾分鐘後，司機問道：「年輕人，你叫什麼名字？」

「邁克，邁克．傑瑞，我已經二十五歲，不年輕了。」

「對我來說，二十五歲是很年輕的。邁克，你知道，我很高興幫助你，假如你在阿以巴鎮有工作的話；但是，你不知道在高速路上搭便車，是犯法的嗎？」他聽見邁克在助手座上局促不安地動來動去。

「你不會把我送到警察局吧？」邁克小聲問道。

「放心，不會的。我也不知道，我怎麼會這樣說。事實上，我年輕的時候，有許多次舉起拇指，搭人家的便車。那時候人們相互信任，我要去哪裡都可以，一般開車者是不會拒絕你的。」

「天黑以後，我就站在你接我的那個地方等著。」邁克說，「今晚必須避開警察，我不能讓交警逮到。假如我看到有像警車的汽車開來，我就躲進樹林裡。」

黑暗中汽車快速向前開，他們正向一個村子靠近，因為他們看到前面有點點的燈光。司機道：「告訴你，那是賽芬出口，從這兒過去，那裡有個餐廳。我們到那兒鬆口氣，歇一會兒，喝一杯咖啡。」

「我不要咖啡。」邁克道。

「沒關係，不方便的話，我請客怎樣？」

「我不要咖啡，」邁克又重複一遍，「我什麼都不要。」

「哦，不介意的話，我喝咖啡的時候，請你在這等著。時間不會很長，通常我喝咖啡都很快。」司機聽見衣服的抖動聲，接著是，拉鏈被拉開的聲音，司機心想，也許邁克在掏錢請我喝咖啡，也許……

「先生，我們不停。」邁克滾動著喉嚨裡的聲音。

「這是我的汽車，聽著，我想怎樣就怎樣，你有什麼權利命令我……」

「我有這個權利，先生。就憑這個。」

司機發現自己的肋骨處，被手槍的槍口用力抵住，一陣刺痛從那裡傳來，疼痛使他不受控制地轉動了一下方向盤，汽車滑向中間的分界線。

「開好你的車！」邁克不屑地說。

司機輕輕觸了一下剎車，將車駛回車道中間。

「不要停車，」邁克繼續說，「繼續開，不要太慢，也不要太快，就像平時一樣開，明白嗎？」

他們進入空曠的村郊，餐廳早已過去。在到哈里曼交流道的十五里路程的這段時間裡，他們都沈默著，一句話都沒有說。

「在這兒，高速公路縮小成雙線道。」司機終於用又乾又燥的聲音開口了。

「那又如何，一路上，我們見到的車很少。假如碰到警車的話，最好別打什麼鬼主意。別想用燈光打求救信號，或是做別的什麼事，我手中握的傢伙，隨時能要你的命。」邁克在司機眼前晃了晃手槍。

「你要劫持我到哪？」司機一手握住方向盤，另一隻手鬆了鬆安全帶，和緊套在身上的肩帶。他覺得自己現在很害怕，胃裡很不舒服，甚至懷疑自己是不是會嘔吐。

「越遠越好，警察越不可能發現我。我可是真喜歡那地方，真是遺憾。」說著，用槍柄重重地敲著儀器板，輕輕補充道，「那老太婆真該死。」

「老太婆，是你的母親嗎？」

「當然不是，我說的那老太婆，住在靠近春谷的那幢房子裡。我親眼看見，那家的男人和女人出門了，還是帶著孩子出去的。我以為他們家沒人了，可以進去大肆搜刮一下，後門也沒有鎖，偷起來更方便！我怎麼知道，房子裡竟然還有個老太太？在底層搜刮時，我偷了不少東西，大把的現金、手提電腦、打字機，還從那裡弄來了這把槍。就在我要離開時，老太婆出現了。她穿著睡袍，站在樓梯口，我看她那樣子，好像早就該死了一樣。可惜的是，她並沒有死。她的肺部更是健康得很，這點從她的叫聲可以知道，看到我後，她聲嘶力竭地叫了起來，她的叫聲吵醒了全鎮的人。」

「你——你把她怎麼樣啦？」司機問。

邁克思索著，用雙手搓搓手槍，對我道：「可以肯定，她以後都不會再叫了。」

「這麼說，你是殺了她後才逃到我車上的，你現在準備做什麼？」

「我想幹什麼主要看你。冷靜下來，也許你能安然無恙地活著；如果你動什麼歪心思的話，我可以保證你的屍體，以後會被從臭水溝裡撈起來。你怎麼選擇和我無關。」

「我不會動歪腦筋，我不想死。」

「大多數人都不想死，先生。」

雖然汽車行駛了很多里，但司機全身顫抖，他無法控制自己。他還不想死，邁克也不想死，所以邁克持槍對著他。

一輛帶有拖車的卡車在新堡交流道，突然從入口的坡道裡衝出來，司機急忙踩剎車。邁克倒吸一口冷氣，雙腳踩在地板上，好像他可以單獨用力，剎住汽車一樣。

「笨蛋！」邁克惡狠狠地罵道，這時卡車正以每小時八十碼的速度，隆隆駛入黑暗中，汽車慢慢恢復過來，繼續上路行駛。

司機窺視著車頭燈在前面公路上投下的燈影，他緊張地思索著。他扭動開關，儀器板上的燈亮了起來。他瞥了邁克一眼，看見他正在擺弄車上的肩帶，車門和那安全帶是連著的。

「別碰它！」司機大叫一聲，邁克被嚇一大跳，他的命令語氣使邁克本能地抽開手。邁克不禁愣了一下，然後慢慢地笑起來道：「你錯了，現在我說了算，而不是你。」

「聽我說，小心地聽我說。如果不聽我說完，我們兩個就不用爭論誰來發號施令了；因為公路警察，會從一棵樹或公路的路基下，抬走我們的屍體。」

「繼續，我的先生，這樣可以幫助我們，消磨掉旅途的漫長時間。」

「首先，你的手別碰安全帶和肩帶，更別想扣上那東西。」

「我離那兩樣東西很遠了，怎麼會碰它們呢。」邁克無奈地聳聳肩。

「好，現在，雙手放在我能看到的地方，如果你不這樣做的話，我會把車撞到我發現的第一個堅硬物體上。」

邁克道：「在車速七十碼的情況下，那樣一撞，你我會同歸於盡。安全帶也沒有什麼作用，你難道不怕死嗎？」

「那正是我和你的不同之處，我反正最後也得死，對嗎，邁克？」

「我早就說過，假如你不動歪腦筋的話，我會放了你。我只是為了這輛車。」

司機緩緩搖了搖頭：「你已經殺了一個人，你以為我還會信你那一套！你唯一逃脫的機會，就是躲到警察找不到的地方。假如你放了我的話，我可能會為警方提供證據，讓他們去追捕你。再說，對你來講，多殺一兩個人已經無所謂了。」

「該死的，你就不能開慢點嗎？車速快八十碼了。」

「飆車，是我的武器。時速八十碼的情況下，邁克，你是不敢開槍的。」司機腳踏油門，汽車更快了。

「你還是小心一點，假如你的輪胎掉進路旁的低窪處時，如果你控制不住的話，我們就會翻下去。」

「邁克，你不要擔心我的駕駛技術，你看過關於賽車專欄的體育報導沒有？」

「對賽車那玩意兒，我不感興趣。」

「很遺憾，你也許聽說過我的名字——歐·史密斯，兩次全國賽車冠軍。今晚你有幸和我同乘一輛車，我開車一生都沒有翻過，當然，現在也不準備那樣做。」

「小心，你打算幹什麼，你剛才差點撞到了對面的卡車。」

「槍，邁克！」

「槍怎麼樣？」

「扔到窗戶外面去，只有這樣，我才會把車速減下來。」

邁克哈哈大笑起來，然後道：「你不會以為我瘋了吧！如果我現在扔掉這把槍的話，你會把我送到警察局，然後說我謀財害命，那我就完了。假如你選擇撞車的話，我也許還有逃走的希望，所以我要留下槍。」

「賽車之外，」司機說，「我還是一家汽車製造公司的安全顧問，你一定也不知道這一點吧！」

「那又怎樣？」

「你可以想一想，試想在時速八十碼的情況下，兩車相撞後的活命機會。如果你不知道，我也許可以幫助你。在試驗跑道上，我們做過一些試驗。但試驗車的最快速度不超過五十公里，不過，那會告訴你，將要發生什麼事。」

「汽車撞車後，第一秒內，冷卻器、前緩衝板和各種機械都會壓碎成一團金屬。第二秒時，後輪跳離地面，車頭蓋會粉碎，在擋風玻璃前爆炸。那時汽車的前半部，早已停下。但是後半部，依然向前推進，你本能的會坐直。就像那輛卡車，斜刺裡衝出來時，你的反應就是坐直，你的腿骨會在膝蓋處齊齊折斷。」

「老東西，別胡說八道了。」邁克惱怒地道。

「難道你不想知道，你是怎麼走向死亡的嗎？第三秒，你的身體由於慣性會急速前衝，你的膝蓋會被儀器板搗碎。第四秒和第五秒的時候，你和汽車後半部，每小時仍會以三十五公里的速度前進，你的頭，會撞在儀器板上，儀器板壓碎了你的頭殼。」

「第六秒，汽車車身開始彎曲。你的腳會『嘎吱』有聲，在地板上滑過，突然停止的慣性，將你的鞋子猛拔離你的腳。大概就是這樣了。」司機停了一下說，「最後，扯掉螺絲，車門彈開，前座被扯開，後座向前擠來，你的身體被壓扁。不過，你不用擔心會痛，因為那時你已經是個死人了。」

「這種事，你親眼見過？」邁克問。

司機點點頭：「在試車場看過車隊的慢動作電影。邁克，在我多年的賽車生涯中，我經常見到一些慘不忍睹的意外事件，那真是慘不忍睹。」

邁克很勉強地微笑著，用乾燥的喉嚨說：「有一會兒，你說的話使我聽得入了神。不過，除非你走投無路，不然你不會去撞車的。假如我比你更有辦法，事情就不會是你想的那樣了，老傢伙，車裡的汽油遲早會耗完的。」

「我是個賽車冠軍，記得嗎？所以我勝你一籌。汽車上的各個零件，就像我的父母和朋友一樣熟悉，想想看，我不准你繫安全帶是為什麼。」

「你這是什麼意思？」

「在一種不是很快的特定車速下，我開車撞向某個堅硬的東西，就算這一撞，使我的胸部出現淤血，但因為我繫了安全帶，不會有生命危險，我仍可以控制汽車。而你呢，你會向前衝，這一衝，有多種情況可能發生。也許會將你的腦袋撞出玻璃，也許你會碰到儀器板而失去知覺。那一下，也許會割壞喉管，或者撞破腦袋。不管你怎麼樣，我都會沒事，至於你……請別碰安全帶。」

邁克雙手扶在儀器板上面，用力抓得很緊，汽車繼續示威似地前進。

「邁克，現在扔掉槍。」

邁克把槍指向司機，他緊緊抓住手槍道：「我要……」兩個男人在這種情況下沈默著，只聽到車窗外呼呼的風聲和輪胎碾壓公路的聲音。

司機似乎感覺到邁克的腦袋在思考著什麼。邁克正在衡量輕重得失，如果自己被逮捕的話，證明自己是兇手很容易，自己只能在牢中度過下半生了；一個老婦人的一聲尖叫，就會讓他半輩子坐牢！邁克拉開了保險發出「咔嚓」一聲響，司機緊握住方向盤，他的雙手汗津津的。

在時速接近一百碼的情況下開槍，是十分危險的。結果是你無法想像的，也許骨肉裡會紮進鋸齒形和扭曲的金屬，這讓好好的一個人看起來不像人樣，血肉模糊。

邁克搖下車窗，咒罵了一聲，扔掉手槍。司機的臉被窗外一陣強風吹過，從反光鏡裡，司機看到手槍落地時閃出的火花，司機這才放下心來，把車速降到了六十碼。

過了金圖頓鎮後，司機在一個地下通道裡看見一輛警車，紅色的圓燈轉著，車門開著。為了不讓邁克開門逃走，他開車到警車旁，在離警車很近的地方停了下來。

當邁克被警察用手銬銬住的時候，邁克不屑地吐口唾沫說：「歐．史密斯，我搭上你——一位賽車冠軍的車真是倒了大楣，你看起來又小又瘦，一點兒也不像賽車冠軍。」

「賽車只要反應快，不需要太多力氣的，邁克。」

「假如你不是一位職業賽車者，怎麼會知道撞車的種種後果，不是因為你說的這些後果，我現在已經在外面逍遙快活了。」邁克懊惱地說，「警察永遠不會找到我，也找不到你，因為我會把你殺了。」

警察把殺人犯塞進警車，然後在車門前對司機說：「我在電視上看到過歐．史密斯幾次。先生，你看起來和他一點也不像。」

「是的，我不是，」他溫和地道，「我在費城經營一家小書店，我叫強森，我的女兒和外孫們在水牛城，我是去看他們的。我事實上正帶著一本書，準備作為禮物送給外孫。我覺得那本書很有趣，值得一讀，邁克可能更有興趣。」司機說著，把一本厚厚的平裝書從口袋裡掏了出來。

警察接過書，瞥了一眼書名──《駕車安全須知》──作者歐·史密斯。封面上，有一位英俊年輕人的照片，照片上的人戴著賽車用的護目鏡。「我把書上是怎麼寫的說了出來。那傢伙就被嚇住了。」然後，他又補充道，「書中有許多解決問題的辦法，多看看書還是有好處的。」

香水有毒

哈里遜儲蓄公司坐落在下條街中間，假如你從第一國家銀行出發，朝西向州立街方向走，就能到下條街中間。如果繼續向西，你會看到一個很大的購物中心──摩爾公司。這是城裡最繁華的地段，三家金融機構都在這兩條街上。此外，這裡還有七十一家店，大眾信託公司的北區分行也在這裡。

在一個陰雨天裡，塞爾就是在這兒，只用了十五分鐘就搶劫了三家銀行。如果不是那兩個女人的話，他就可以帶著一些零鈔和搶劫來的四萬三千元逃走。

塞爾的搶劫計畫十分巧妙。計畫中有一個部分，就是到莫寧薩百貨店去看格英。格英在這個店做專櫃小姐，主要賣化妝品。

像現在許多高大、英俊、無所顧忌的年輕人一樣，塞爾十一點四十分來到店裡，想買粉盒子或口紅，送給母親和女友，或類似可以做生日禮物的東西。他的表情有點尷尬，也有點急切。

那份尷尬不安純粹是裝出來的，而那份急切是格英引起的。站在櫃台後面的格英，她美麗的身體凹凸有致，處處散發著誘人的魅力。

格英一頭金色的長髮，被她捲成了大波浪型，一對藍眼睛裡露出貪婪的神情，她美麗的表面和天真的樣子，被從她眼神裡流露出的東西掩蓋了。她不滿足於拿很少的薪水，野心勃勃的想賺大錢，而用什麼方式賺，她一點不在乎，所以她同意塞爾的搶劫計畫。

格英從各方面都沒有找到塞爾的缺點，什麼女人能夠抗拒他那樣的外表？她告訴自己，塞爾一旦把搶來的錢交給她，她就做他的情人。

格英的櫃台前現在沒有顧客，塞爾來到她那裡，他們正好可以自由交談。格英偶爾會從香水的樣品中，拿出一個有栓的小玻璃瓶，在塞爾的鼻下職業性地搖晃幾次。這樣，讓看見的人認為，她只是在幫助顧客，幫顧客選擇一種合適的香水送給女友或母親。

「寶貝，」塞爾對她說，「今天的午飯時候，天下著雨，街上都是人。我今天就要試試我的計畫。」

「好！」她說，「我早就等得不耐煩了。」

「我也一樣。」他往後推了一下防水夾克的帽子。他穿的夾克很大，往下拉一下拉鏈，夾克差不多長到膝蓋。

「你說過，要先偷一輛車？」

「不用，我用梅麗的車。」

「梅麗的車！」

「是啊！」他看著她驚訝的表情，嘲諷地問她，「難道不行嗎？」

「那她知不知道，你用她的車幹什麼？」他把香水瓶移開，對她點點頭。

格英皺了皺眉頭：「這不是很危險嗎？」

「格英，這一點也不危險。梅麗的事，我不對你隱瞞了。她是個真正的笨蛋，笨到連下雨都不知道打傘。不過，她愛我，你知道嗎？她只想和我結婚，為我赴湯蹈火也心甘情願。她認為我會看上她！」他大笑著道，「怎麼樣？格英，但連我的真實姓名她都不知道，卻想讓我娶她！兩個月前，我和她在酒吧相遇，我對她來說，完全是個陌生人，她卻要死心塌地地愛我。格英，你知道為什麼嗎？梅麗很寂寞，就算是鸚鵡向她說句好話，她也會愛上一隻鸚鵡的！」

說完後，他倆都放聲大笑。格英隨後正色道：「不論她怎麼樣，塞爾，她假如發現你走了，告發你怎麼辦？」

「星期日晚上之前，她是不會說的，因為星期日，她要在費城和我結婚。寶貝！但我們星期日晚上之前，已經在賭城逍遙了。」

格英忍不住笑道：「塞爾！那樣對她真不應該！」

「去她的吧！我在認識你之前，感覺她還不錯。但認識你之後，我發現她一無是處，只不過是個會嫉妒的女人，但這個呆頭呆腦的女人，卻有一部汽車，這樣能方便我逃走。」

「她知道不知道我？」格英問，「知道的話，她會怎麼看待我？」

「她那麼能吃醋，我再笨在她面前也不會提起你的。她根本就不知道我還喜歡你。」

格英對他點點頭。她問塞爾：「梅麗被你這樣拋棄在費城，我怎麼敢保證，你不會把我丟在賭城呢？也許你會丟下我，跑到蒙特利的某個女孩那呢！」

塞爾不屑地說：「你吃醋了？我是受夠了梅麗的善妒。我給你的機票錢，還在嗎？」

「在這兒呢！」她摸著自己豐滿的胸部說。塞爾滿意地看著她的手勢。

「這就證明，我行動完了以後，會去找你，不然我給你機票錢幹嘛。但梅麗，我一分錢也沒給，她去費城是用自己的錢。」

「我們在哪兒見面？」

「大約是週六晚上，在賭城的藍天汽車旅店。即使我路上還要花費時間，拋掉梅麗的汽車，但我週六下午會提前趕到。你到了旅館就說是我太太，好嗎？我已經和旅館說好了。」

「好。」格英說，「今天中午我就買票。」她拿出另一瓶香水，給他聞，他仍然裝作顧客，低下頭嗅了嗅。正在這時，店鋪前面傳來一個聲音叫她：「格英！」

「什麼事了？」格英嚇了一跳。

「有人問我們有沒有康魯出的香水？」
「沒有。」格英大聲道。
塞爾鬆開她的手，告別道：「寶貝，祝我好運吧！星期六晚上，賭城見，好嗎？」
「嗯。」格英興奮地說，「塞爾，能多搞點就多搞點。」
他微笑著對她點頭，用很響的聲音說：「我也不知道她最喜歡哪一種香水，我想，我得去問問她。」他帶著沾沾自喜的神情離開店鋪，格英看著躊躇滿志的他離去的背影。
塞爾淋著雨，穿過龐特阿西街走向梅麗破舊的住所。
梅麗是個滿頭褐髮的女子，說話時帶著西班牙腔，這使得最簡單的一句話經她說出來，似乎都暗含魔力。塞爾覺得她很像墨西哥人。她是一家電話公司的夜班接線員，就像剛才塞爾告訴格英的那樣，全市最寂寞的女子可能就是她。有一天上班前，她在一家酒吧裡，遇見了塞爾。她現在差不多是近乎瘋狂地快樂，因為她找到了她愛的人。
即使他坦率地告訴過她，如果結婚，必須建立在有點非正統的方式上——搶銀行，她還是期待著嫁給他。和塞爾去費城結婚，對梅麗來說，仍然難以抗拒。塞爾十一點五十五按她的門鈴，她剛化好妝，穿好衣服，準備好一切的她，看起來光彩煥發。
她一看到他便叫了起來：「塞爾！」
她把他拉進臥室，掀開他的頭罩，張開雙臂，摟住他的脖頸，在他肩上依偎著。「昨晚到現在好像過了很長時間一樣！」說著她移開頭，向後看著他，「你在想什麼，塞爾？今天午間，是不是？」塞爾一陣厭煩，她總是這樣愚蠢地發問，「車子準備好了，塞爾，油箱滿滿的，我昨天送去檢查過，準備當喜車，你開到費城後去接我。」

喜車！塞爾暗自好笑。哄她道：「梅麗，好極了！就是今天。雨下個不停，街上滿是罩有雨罩和打傘的人，購物中心的停車場，一定很空。」

「我要把車停在什麼地方？你什麼時候要車？」梅麗對塞爾說話時的樣子，就像一位唯命是從的小婦人在面對丈夫一樣。她再次向塞爾依偎過去。

塞爾看了看錶：「十二點二十五分以前。車盡可能停靠在寢具店附近，將車頭向外，倒放在路旁，這樣我就不用花時間掉轉車頭了，不要關引擎，好嗎？」

「塞爾，放心，你要小心一點，我會留在那兒的。你就要去搶銀行了，我感覺氣都喘不過來了。」

「沒事的，只是一次很容易的搶劫，放心吧，寶貝。我星期日晚上之前回到費城，我們結婚，開啟我人生中的高潮階段。」

梅麗突然不快地說：「我不知道，每個女孩都想不擇手段地得到你，我怎能相信，你肯定會和我結婚。」

塞爾拍拍她的手道：「我不喜歡你那樣，梅麗，又說自己不好。我愛你，所以你要忘掉其他的女人。明天晚上，在費城等我，好嗎？」

「以前你去過費城嗎？」

「從未去過。」

「你確定？」

「確定。怎麼這麼問？」

「我只是懷疑你在那兒是不是有熟識的女孩，也許她會把你搶去。」

「沒有人能從你這裡搶走我的。」他攬她入懷，熱烈地吻著。

她用純情的西班牙腔說：「塞爾，我愛你。如果你愛上別人，我怎麼辦？」

塞爾看了看錶說：「你有沒有袋子，我得走了。」

「當然有，」她從抽屜裡取出三個紙袋，「求求你，塞爾，小心！」

「我會小心的。記住週日晚上，在費城，地點你知道吧？」

「市線大道格林威治旅店，你到的時候我肯定在那兒，我今晚就搭車過去。」

「好。」塞爾再次親吻她。

她抬起頭，盯著他的眼睛，對他道：「汽車的事，你放心，」她又訥訥地說，「你需要的時候，它會出現在那兒。」

他折疊起三個紙袋，塞進腋下，拉起夾克的拉鏈，走出她的住所。他用忠誠和真摯的手勢向目送他的梅麗揮了揮手。

送走他後，梅麗披上雨衣，走到停車場，發動她那部已經開了三年的車子。她駛向購物中心的北側，希望可以在寢具店前，找到一個停車的地方。距塞爾需要車的時間，還有二十分鐘，時間充足。

搶劫銀行進行得很順利。

在第一國家銀行，塞爾冷靜地走到一個沒有顧客等候的出納窗口。從小洞口塞進去他事先寫好的一張字條。因為帶著頭罩，只能看見他小半張臉，小半張臉微笑著。出納接過紙條，看著紙條上的字——用錢裝滿袋子，不然就宰了你！

突然的恐懼感使出納員的兩眼瞪大，不過，出納的雙手還算平穩，他將錢從抽屜裡取出來，塞進他的袋子裡。

塞爾知道，銀行方面對職員做過遇到劫匪該怎麼做的指示。職員們得到的指示全部一樣——冷靜地照搶劫者的吩咐做，直到歹徒離開你的櫃台。如果你願意的話，這個時候可以選擇做個英雄。但是銀行要職員們記住，他們是保過險的。塞爾也知道，只要出納碰一下那個有偽裝的按鈕，就可以觸動照相機，自動拍下他的照片。但一張只拍下頭罩和一點臉部的照片，誰能認出他是誰？

出納把紙袋和字條推給他，接過後，他客氣地說了句：「謝謝你，小姐。」

他出了銀行門後上了人行道，出納這時才會按盜警鈴。成百上千的人在州立街行走，有穿著雨衣的，有的打著傘，有的提著購物袋和背著包，擠進人流中的塞爾，就如同大海中的一滴水。第一銀行的警衛跑上街道，看看能否追得上歹徒，這時的塞爾，已經來到哈里遜儲蓄公司。

在哈里遜儲蓄公司，他重複了在第一國家銀行的那一套程序，一直到最後說了句「謝謝你，小姐」。他覺得非常高興，當報紙報導這樁搶劫案時，他會被說成是一個很紳士的「禮貌強盜」。

哈里遜儲蓄公司的盜警鈴響起，但塞爾這時已鎮定如常地進入大眾銀行北區分行。

他如法泡製完成了搶劫，這次計畫很完美。他漫步進入購物中心，在事先說好的地方——寢具店鋪前，他看到了梅麗的汽車，引擎還發動著。在迷濛的雨中，他看見車尾的排氣管冒出淡淡的尾氣。

他再次注意到，購物中心附近的街道很擁擠，人們穿著雨衣，打著雨傘。他兩分鐘後大步走出購物中心，盛滿了錢的三個紙袋，藏在特別縫製的大夾克口袋裡。

上了梅麗的汽車，他連一個懷疑的眼光也沒碰到。當他駕車上了州立街，才聽到警笛聲「嗚嗚」地響。他覺得驕傲、興奮和快樂。

他駕車向西來到了州際，從這兒就可以出城了。州立的法令，下雨時要亮車頭燈，他打開車頭燈。他的雨刷器一絲不苟地來回刮著。

他保持著限制內的車速，很安詳地開著車，一點沒有匆忙的樣子。

他就像一位守法的好公民，要去做合法的生意一樣。

他等紅燈時，在州立街和安伯遜街的十字路口發現一輛警車，停在他後面，這令他很驚訝。這令他不安，雖然也許這是巧合。令他更為不安的是，這時另一輛巡邏車，從安伯遜街駛出。這車停在他汽車前面的十字路中間，他的心被巨大的驚恐擠壓著。

他立刻明白，自己可能被包圍了。他想猛踩油門撞向前面的警車，可是梅麗的車，是不經撞的。硬要撞的話，這車會散架的，他想跳下車逃跑，但沒時間了。

兩部警車裡，各跳下兩個警察，持槍向他圍過來。他們嚴厲地命令他，下車後把雙手擱在車頂上，他照辦了。不照辦也沒辦法？

梅麗在法庭上作證說——她當時正在大眾銀行北區分行，在寫存款條時，看到這個帶頭罩、穿著防雨夾克的人，那人往出納的窗口推進一隻紙袋。出納接到紙袋後神情慌亂，臉色慘白，好奇心驅使她留心觀察這個人。她起初不敢相信，自己正看到一樁搶劫案發生，所以她在銀行盜警鈴響起之前，跟蹤他一起出去。那人查看了停在附近的汽車，在寢具店鋪前竟上了她的車，開走了，這令她很驚恐！她也因此確定，這是搶劫！

她還說，因為粗心，進銀行前她忘了關引擎。可她只準備進去一小會兒就出來的，因為那天下著雨。她在看到自己的汽車被歹徒開走後，馬上跑回銀行。然後，她做了這些：告訴銀行立刻打電話報警，剛剛四號窗口的出納員被一個歹徒搶了，她停在外面的汽車也被偷走，現在正向西行駛在州立街上。她報告牌照號碼以及車型，強盜不久就被抓到了。就是現在正坐在被告席上的那個人，她還說在此之前從沒有見過他。

這樣一來，塞爾肯定會坐牢。也許他外套口袋的玩具槍，和夾克下面的三袋鈔票就足以讓他坐牢，她的證詞並不是很重要。就這樣，他進入聯邦監獄。梅麗在第一個探訪日就去看了他，對他傻傻地笑著，隔著兩人間的鐵絲網，她撫摸著他的手。

她說：「好久不見，親愛的，你在這兒好嗎？我會等你，你要明白，我們依然可以在你出來後結婚。」

塞爾全身發抖地說道：「梅麗，你不用等我，不過，有一件事情我必須搞清楚。」

「什麼事？」雖然她知道他要問什麼，但還是問他要問什麼事。

「你為什麼報警？你說你願意嫁給我，你愛我，甚至連搶銀行的事你都同意，況且這事你早就知道啊！」

「現在，塞爾，我仍然愛你。」

「愛我為什麼會出賣我？」

「我的未婚夫去愛別的女人，這讓我受不了！」她用天真的西班牙語調說。

「天呢！我愛別的女人，你怎麼會這樣認為！」

「還記得那天你吻我的時候嗎？有香水味在你的夾克肩胛處，那是不是香奈爾五號香水？」塞爾點頭，他想，原來是這樣，「所以，我決定讓你吃點苦頭。」梅麗繼續道。然後，她焦急地問，「在你來找我之前，那天上午你去看了另一個女人，是不是？」

「是的。」塞爾承認，「她在龐特阿西街上的一家百貨店做事，叫格英，化妝品櫃台的售貨員。我曾答應過她，成功後帶著錢去賭城和她碰頭。」

梅麗絕望了，她的雙眼立刻呆滯無光，像生病一樣。過一會兒，怒火開始燃燒她，嫉妒加憤怒使她變了一個人似的。她聲音哽咽地咒罵：「你是個沒有良心的，你真是偽君子！」

塞爾想，偽君子！也許是吧。現在，他只想弄清一個問題，希望知道這個問題的答案。在他肩上噴香水，是不是格英故意做的，就是為了讓梅麗知道他另有女人？

因為，梅麗喜歡吃醋格英是知道的，這樣做，一定會使梅麗想辦法整他？為什麼格英要這麼做？除非她也妒忌，也不相信他，一定是這樣，塞爾不禁嘆了口氣。他覺得自己愚不可及，怎麼會給她錢，但他當時是這樣想的，在搶劫後避開梅麗和格英幾天。

「塞爾！我必須知道！你真正想見我們倆哪一個？」

可憐的梅麗因為孤寂又善妒竟然這樣整他，自己為什麼還要告訴她？讓她一個人苦悶吧。透過鐵絲網孔，塞爾直視著她：「寶貝，我永遠不會告訴你，讓它傷透你的心吧！」

也許這樣的結局，對梅麗來說反而是好的。

實際上，塞爾打算在劫款出城以後，他既不去費城和她結婚，也不去賭城和格英會面；他真正要去的地方是德州的拉里諾。他有了錢，就可以帶著愛人回鄉，他的愛人是他的中學同學貝娜，現在是夜總會的女招待。

嫁禍

巴利太太死後的一個早晨，滿臉不悅的巴利單獨坐在客廳裡，望著掛在對面的他太太的畫像，那是一幅油畫。

他的太太在畫上非常漂亮，並不是畫家刻意修飾，海倫實際上就是位非常漂亮的女人。

巴利喝完咖啡，抑制住自己的衝動，把杯子放在桌子上。這時，電話響了。

電話是米勒警官打來的。

米勒警官告訴巴利：「先生，我們沒有發現什麼新的情況。坦白地說，我們一點辦法也沒有了。如果兇手不自首招供，我想我們破不了你太太這案子。」

巴利抿了一下薄薄的嘴唇，道：「警官，我很忙，我準備今天從這棟房子搬走，暫時住到城中的俱樂部，是不是下次再聊？」

「是的，先生。我打電話只是想知道，你看過你的信件沒有？」

巴利扭頭瞥了一眼門邊，眨眨眼睛，看著門旁桌上的那堆信件和明信片。

自從上星期海倫去世後，那堆信件他翻閱過兩次，看看有沒有忽略生意上的重要函件。一些信件他懶得拆，他知道那些差不多都是安慰他的信件。

他說：「這和我看不看有關係嗎？」

「可以確定的是，兇手是你的一位朋友，如果他不寄慰問卡的話，別人會懷疑，當然兇手也知道這一點；因此兇手也許會寄張慰問卡或信。」

「我不這樣認為，難道他還會寄一封懺悔書給我。」

「當然不會，先生。可是，他可能會不自覺地流露出一些疑慮，以前發生過這種事。不管怎麼說，今天早晨，我希望你查一下信件，我回頭來親自查看。」

「好吧。但我仍然不相信，海倫會被參加宴會的朋友殺害。我認識他們很多年了，只是一些生意上的朋友。」無精打采的巴利道。

警官停了一會兒，才小心地說：「關鍵是，參加宴會的人都承認酒喝得太多了，你自己也這樣說。」

巴利笑了一下。事實上，上星期六的那次雞尾酒會，最後完全失控。

那次宴會是在海濱舉行，不這樣的話，鄰居一定會抗議。

警官繼續說：「那時候後院燈火通明，有位客人暫時離開了，在樹林中的空地上，看到你太太獨自一人在那裡，你家離那地方有段距離。或許，他是跟蹤她去的。不管怎樣，那位客人借酒裝瘋，想調戲她。你太太拼死抵抗，那人隨手拿起一塊石頭砸向她，想不到下手卻太重，失手殺了她。我認為就是這樣。」

那天晚上的事，巴利不願回憶，但他說：「你確定不是過路人幹的嗎？」

「巴利先生，別這麼想。你的房屋周圍都有圍欄，巡邏車不斷在你家四周的路上……」警官頓了一下，又補充道，「我知道，你不願承認兇手是你的一位朋友，但我擔心，事實也許就是你朋友。」

「警官，我懂了。我願意照你的意思做，去看一下信件。」

巴利放下電話，他走到房間角落裡。在一個吧台上，為自己倒一杯威士忌，向海倫的畫像舉杯致意，畫像裡的人死板地微笑著。

海倫的屍體在宴會那天晚上被發現，那時候的她並沒有微笑。她躺在屋後，藉著林中的月光，能看見她的頭浸在血泊中，她的衣服被撕裂。

巴利擊中她腦袋後，離開時就是那個樣子……現在，他對自己搖搖頭，想要忘掉這一切。到現在為止，沒有人知道是他幹的，這正是他想要的。作為一名成功的推銷部主任，他早就知道推銷的祕訣，首先是要相信自己。這表示在這種情況下，他要先說服自己，太太的死和他毫無關係。

現在沒有人懷疑他。他本來是想嫁禍於卡曼，這一點卻沒有成功。他私下裡想到這點，總覺有些遺憾。

他沒有料到，卡曼在客人們到林中尋找海倫之前，恢復了知覺，逃跑了！

門鈴響起，陌生而遙遠的門鈴，嚇得巴利跳了起來。

他忽然想起，前門的鈴聲不是這樣的，這是有人在按廚房那邊的後門門鈴。

他低聲咒罵著穿過屋子，打開後門。

卡曼站在門外，讓他大吃一驚。卡曼肥胖的臉上全是汗水，沒有一絲血色，看起來，好像隨時都要哭的樣子。他啞著嗓音問：「你看到了沒有？」

「看到什麼，卡曼？為什麼走後門？你怎麼搞的！」

卡曼輕鬆了一點。他不管巴利的反對，徑自穿過廚房，走到客廳，在一張靠背椅上坐下。跟在他身後的巴利，低頭望著他：「告訴我，卡曼，這是怎麼回事？」

卡曼用手抹了一把臉，說：「我殺死了海倫。」

「你？」

「告訴你，我昨晚寄了一封信給你。我知道，這說起來讓人難以置信。我自己也無法解釋，為什麼會發生這樣的事。那時我醉了，巴利，但那不是藉口。我看見美麗的海倫，看見她單獨在樹林裡，她是那麼——」卡曼用手捂住臉。

他沒有料到，卡曼竟相信是自己殺了海倫，巴利沒有說話。當時，卡曼喝醉了酒，昏了過去，醒來後，發現自己手中，還握著沾有血漬的石頭，身邊是已經死亡的海倫。這樣想來，卡曼是會懷疑自己殺人了！

巴利差點要笑了。他這件事做得比自己想像的還要好。

卡曼嗚咽地說道：「我記得不那麼清了。我和海倫說話，她也說了些什麼，然後，我向她走去。隨後，什麼都不記得了。不知道過了多久，我醒來了。我幾乎可以十分確定，是我殺了她。」

「信又是怎麼回事？」巴利不悅地問。

「我再也無法忍受了，葬禮結束後，我昨天晚上寫了一封信。在我勇氣尚存的時候，匆忙地寄出去。知道嗎？我想自殺。可是，我又做不到，巴利，我真的做不到。」

在卡曼的粗呢外衣口袋裡，他摸出一把手槍，疑慮地看著它。

巴利咽了口唾沫，對他道：「卡曼，我還沒有看你的信，今天早上來的信件，我根本還沒有看過。你身後的桌子上都是信。」

卡曼哀嘆道：「我不想殺害她，我發誓，我真的不想殺害她，這件事讓我一直受盡折磨。但就在今天早晨，我突然領悟到，我有家庭，我有太太，我要為他們考慮。所以巴利，我想取回那封信。」

巴利根本不在乎卡曼手裡有槍，他不像是會用槍的人。他不懷好意地對卡曼道：「取信，取後馬上毀掉它，是吧！我不會還給你的。」

卡曼冷笑道：「別傻了，巴利，你一定會給我的。但很抱歉，我還是必須殺死你。」

剎那間，巴利既像哭泣又像呻吟地說：「卡曼，你不能！聽我說。海倫不是你殺的！我確定不是你。」

卡曼猶豫地問：「你在說什麼？」

「我看見你們倆……所以我把她殺了！」

卡曼說：「你胡說，我只是想佔點便宜。但海倫拒絕我，所以我失手殺了她。」

「問題是，當時她並沒有拒絕，」巴利尖叫道，回憶的憤怒和眼前的恐懼，逼著他說出了真相，「你們倆擁抱在草地上，然後，因為你喝醉了，所以你昏倒過去了。我打海倫的時候，她正跪著，低頭看著你。我殺了她之後，重新佈置了現場。」

卡曼皺起眉頭道：「我非常想相信你的話，但那不可能，我不信，石頭就在我手裡。」

「巴利，我不怪你，我知道你想幹什麼。但我已經到了這個地步，我無法選擇。」卡曼舉起手槍，向他瞄準。又對他說，「我也想用別的辦法，但沒有。」

「聽我說，你——」

在巴利生命的最後時刻，他也渴望有別的辦法……

第四隻手

在假日飯店的豪華休息室裡，我正在翻閱一本雜誌。抬起頭的時候，恰巧看到一個穿暗色粗格子呢衣服的女子，她正在偷史東的東西。毋庸置疑，她的動作很是乾淨利落。史東手持拐杖，是一位老年紳士，在加州，他有一億五千萬的資產。我對面有一個豪華電梯，史東那時候剛從那裡出來。那女子急急地從大理石樓梯那邊，向史東走去，裝出一副急事在身的樣子，和史東撞在一起。她向史東道歉時，臉上露出美麗的酒窩，史東彬彬有禮地說沒有關係，還向她鞠了個躬。她偷了他領帶上的鑽石夾子和皮夾，而史東則一點也不知道。她把偷來的東西放進手提包裡，匆匆向出口走去。我離開座位，謹慎又迅速地跟著她。她穿過一盆盆的植物，快到玻璃門了。

我抓著她的肩膀，微笑著說：「對不起，能等一下嗎？」

她怔住了。然後轉過身，看著我，好像我是從哪裡冒出來的一樣。她冷冷地說道：「你想說什麼？」

「我們最好談談。」

「我不和陌生男人談話。」

「也許我是個例外。」

她憤怒地閃了一下棕色的眼睛，惱火地說：「你最好放開我，如果你再不放開，我就要喊經理了。」

「我就是，是假日旅館的保安主任。」我看著她道。

她臉刷地白了。

我領著她，穿過拱形入口的餐廳，餐廳就在我們左側不遠的地方。她一點也不反抗地跟著我。進餐廳後，我讓她坐在一張牛皮椅子上，我坐在她對面。一個服務生過來了，我對他搖搖頭，他便離開了。

我隔著桌子，打量著對面的女人，她有一張古典的臉，這讓她看起來顯得純潔、無辜，有點鬈曲的褐色頭髮，大概二十五歲的樣子。

我冷靜地說：「不可否認，我遇見的『三隻手』中，你是最漂亮的。」

「不知道你在說什麼。」

「『三隻手』就是小偷。」

她露出憤怒的表情：「你不是在說我吧？」

我道：「別裝了，沒有必要再裝了。剛才我就坐在電梯的正對面，離你十五英尺遠。我已經看見，你扒史東先生的鑽石領帶夾和他的皮夾。」

她手指擺弄著手提包的帶子，不再說什麼。慢慢地，她痛苦地嘆了口氣說：「不錯，你說的對，我是偷了那些東西。」

我伸手輕輕地從她那裡取過提包，打開後，看到袋子裡有史東的皮夾和領帶夾，還有各種女性用品。在包裡面，我翻到了她的身分證，並默記下名字和地址，然後，取出她偷的東西，還回她的提包。

她輕聲說：「請你相信，我不是小偷，我不是一個真正的小偷。」她顫抖地咬著下唇，「但我控制不住，我有很強烈的偷竊癖。」

「偷竊癖？」

「是的，我去年已經找了三個精神病醫生，精神病醫生也沒法治療我。」

我同情地搖搖頭：「這很可怕。」

「是很可怕，我父親會把我送進精神病院的，如果他知道這件事！」她聲音發抖地接著道，「他說過，只要我再偷任何東西，就送我進醫院。」

我輕鬆地說：「今天這裡發生的事，你父親不會知道。」

「他不會知道？」

「是的。等一下，我會把皮夾和領帶夾還給史東先生，如果這件事張揚出去，對飯店來說也不利。」

「你準備放了我？」她的臉露出了笑容。

我嘆了口氣：「是的，我準備放你走，我想我是心太軟了！但你得答應我，以後不再進假日飯店。」

「我答應。」

「我以後如果在這裡看見你，我就會報警。」

「不會的！我明天早晨要去看另一位精神病醫生，我想，他一定可以幫助我。」她急切地向我保證。

我點點頭：「好，那就──」我轉過頭，看看拱形餐廳門外的客人。當我再轉回頭時，那個女人不見了，餐廳通往街道的門剛好關上。

我坐在那裡，思考了一會兒有關她的事。我認為，她是一個很熟練的職業小偷，這一點從她的手法上就可以看出來。還有，撒謊也是她的專長。

我站起身，對自己一笑，又走進休息室。但我沒有坐回原來的座位，我穿過玻璃門，不經意間上了街。

在我走進人群時，我發現自己有點為那女人難過。我的右手輕輕地放在外套口袋裡，那是厚厚的皮夾和領帶夾。

自從史東進入假日飯店之後，他一直就是我的目標。

那天，我苦等了三個小時，我正準備下手偷的時候，她竟然出現了。

細心的銀行員

那天下午，雷馬克在辦公室。雖然有空調，但他接過電話之後，還是急得滿頭大汗。全是那個電話引起的，這是銀行總行督察室主任尼爾森打給他的電話。

「你好嗎？雷馬克，一切都好嗎？」尼爾森很輕鬆地問。

「很好，主任，」雷馬克困難地咽了一口唾沫，「這兒一切都好。」他儘量使自己的聲音聽起來是正常的。

「你這麼說我很高興，我知道，在電話裡通知你有點不合規矩。但我得加快速度，因為我們的工作，比預計的慢了些，所以才用電話。大概明後天，我的人會到你那兒。希望你能給他們方便，我很感激。如果你那裡把帳準備好，他們當天就能查完，也省去不少時間。你看怎麼樣？」

「當然可以。」雷馬克希望自己的聲音不要沙啞，但感覺到兩邊太陽穴怦怦直跳。

「沒有問題了？」

「沒有問題。」

「好，很感謝，再見。」

「再見，謝謝你的電話。」雷馬克說。

事實上，雷馬克才不會感謝他呢！銀行少了五千元，原因就在於他這位經理。事情是這樣的：他開始只是「借」了幾百元，彌補一些生意上的損失。但做生意上的損失，一旦有了開頭，就不可能彌補起來。於是越補窟窿越大。現在總部派了查帳人員，明後天就要來了。

雷馬克悶悶不樂地盯著辦公桌，靠在扶手椅上。他頭也不抬，就連他的祕書小姐送信件進來了，他也不知道。祕書小姐是個開朗的人，有著開朗的笑容，她的笑容在看到經理的神情之後，立刻消失了。

「你身體不舒服嗎，經理？」

他在抽屜裡伸手摸出一包薄荷片，吃力地說：「只是有點不舒服，沒關係。」

他在祕書離開後，放進嘴裡一片薄荷片，然後，又放了第二片，第三片。他一定得想個辦法，不然在銀行界，他的前途就要完了，更何況還要面對法律的指控……他的辦公室走進來另一位職員。這是一個做事非常仔細，但卻拘泥形式的年輕人。他叫哈維，是剛調過來的出納員，一門心思，想往上爬。

「你有空嗎，經理？」

雷馬克連思考的時間都沒有，他呻吟了一聲。但他這個銀行經理在上班時間裡，有責任處理任何相關的事。他和氣地看著哈維，吸了口氣道：「有空，什麼事？」

「經理，我可能多慮了，但我認為你應該知道這件事。」

「什麼事，你說吧。」

「經理，是那位珍妮小姐的事，她戶頭上有七千元，剛剛她過來，要取五千元。」

雷馬克眨眨眼，他知道哈維所說的珍妮，是一位老小姐，已經退休了，她曾經是小學教師，現在她的收入很有限，在一家圖書館做兼職。

「她要開本行支票？」雷馬克問。

哈維搖搖頭道：「我認為你也許應該和她談談，她要現金。」

「她是不是很激動？或者顯得心煩意亂？」

「沒有。」

嚴格說來，珍妮小姐這件事與銀行本身根本無關。但雷馬克想，這事也有點不對的地方。珍妮小姐也許想投資……目前自己身處困境，但他還是做出決定。他對哈維道：「你做得對，哈維。」

「舉手之勞而已。」

「好吧，請珍妮小姐進來吧。」

哈維去外面叫珍妮小姐，很快她到了。她進來後坐在椅子上，那雙淡藍色的眼睛躲在厚鏡片後面，看著雷馬克問：「雷馬克先生，是不是關於錢的事？」

「是的，聽說那些存款是你一生的積蓄，珍妮小姐。銀行只是很關心你以後的問題，沒別的意思。」

「這點你大可放心，我的退休金和社會福利金，足夠生活用。實際上，錢存在這兒只能提點利息，沒什麼大的用處。」

「你說的對。但我的意思是說，是不是有什麼人要挾持你？你是不是被脅迫的？」

「不是的，」然後微笑著補充說，「你的關心，我很感謝。但那沒有必要，真的。事實上，我提錢是給我的侄兒比爾。他現在急需現金，因為他在祕密投資一項新能源計畫。」

雷馬克不禁一驚。比爾在這裡很有名，雖說他不住這裡。鎮上人都知道，那個年輕人經常與警察發生矛盾，是個讓人頭痛的傢伙。

珍妮小姐說：「你在想什麼我知道，但你錯了，比爾向我保證過，他會改邪歸正。」

雷馬克不禁猶豫起來：「請你原諒，但這讓人難以置信。」

「也許你不信，不過，事實就是這樣。」

「這個新能源計畫到底是什麼？」雷馬克改變戰術問。

「我沒法說得很詳細，比爾對此事非常熱中，聽說和發展太陽能有關。」

雷馬克猶豫了一下，最後道：「身為一個銀行經理，珍妮小姐，我必須說你做的事，也許會釀成大禍。」

珍妮小姐輕鬆地點點頭，說：「總之，我很感謝你。但今天我恐怕得提走我的錢了！」

「我們不談投資了。你知道，我們這裡最近發生很多搶劫案，攜帶那麼多現金是一件很危險的事。」

「我會把它只留在家裡，所以我並不擔心，晚上比爾下班後，就會從城裡開車過來，把錢取走了。」她站起身，「再次感謝你的關心，雷馬克先生。」

雷馬克陪著珍妮小姐，到哈維的櫃台提錢，不再與她爭論。他回到辦公室，覺得這事非常可笑，心想她這不是把錢扔進水裡了，五千元也許就這樣……他突然坐起來，用指頭敲著桌面。他突然想到，珍妮小姐孤身一人，住在鎮郊一棟白色的平房裡。那裡只開發了一小部分，也就是說，如果去那裡，天黑後被人看見的機會就很有限了。

雷馬克在一棵楓樹下把車停住，這兒距珍妮小姐的那棟平房，還有一條街的距離。天黑前，他深信珍妮小姐的侄子不會出現。因為珍妮小姐曾說過，他不是在黃昏而是在今晚開車來。她還說，是在他下班後，這說明，比爾現在有工作。如果是這樣，那他不可能從城裡提前趕來。

雷馬克很不舒服地坐在車裡，不斷地扭來扭去。他的身體和良心，在進行著搏鬥。真不應該啊，他有生以來還沒有做過這種傷天害理的事，但也不能坐失良機。巧的是比爾要的現金，跟雷馬克拿銀行的數目相同，這五千元能救他的命。這事對珍妮小姐沒有什麼傷害，因為她說過自己不靠這筆錢活。

雷馬克手摸著大腿上的襪子，眼望著夕陽，天再過半小時就要黑了……他突然看到一輛黃色小汽車，開過來拐進小路。不！他輕輕地咒罵著。是比爾！他現在留著長髮，相當時髦，雷馬克已經好久沒見他了。他拎著手提箱，大步邁向珍妮小姐的屋裡。

雷馬克心想：比爾拿到錢後不會逗留多久，天還沒有黑，現在動手太冒險了。就算用絲襪蒙面，鄰居也可能看見。這樣一來，就會引起不必要的麻煩……雷馬克希望比爾在他姑媽家能多待一會兒，待到天黑最好。

可是，比爾十五分鐘不到就出來了。滿臉笑容的他走到車前，放好箱子後開車走了。

雷馬克無精打采地跟在比爾車後，心涼了半截。他曾想跟著比爾到郊外，把他逼到路邊後再動手。為什麼要這樣幻想呢？現在看來這很荒唐，整個計畫，本來就是不可能的。

奇蹟就在這時出現了。比爾突然拐進一家小酒吧，在門口停了車。雷馬克大喜，跟著也停了車。比爾應該會在這兒耽擱很長時間，顯然他想喝點酒。他下了車，拎著手提箱……比爾三十分鐘後從酒吧出來，天那時黑了。一個人影突然竄出，一棒打在他左太陽穴上，搶走他手中的提箱，比爾昏倒在地。

第二天上午雷馬克精神抖擻，邊哼著歌邊穿衣服，早飯時，胃口也特別好。比平常早半個小時，就從家裡出發去上班了。幾分鐘後他就能把錢放回金庫。

他沒有如期達到銀行，因為有位不速之客——加德警長在銀行外面等候。當雷馬克走到銀行門口時，警長抱歉地笑了笑說：「早安，雷馬克，我可能來早了。但在你上班忙碌之前，我應該見到你。」

雷馬克很快就鎮定下來，雖然他有點擔心。警長一臉笑容，態度優閒，再說，這人並不聰明。雷馬克勉強一笑，和他一起進入銀行。領他進自己的辦公室後請他坐下，不經意間，他把手提箱放在文件櫃上。

「什麼事，警長？」他問，說著他也在辦公桌後面坐下。

警長蹺起二郎腿道：「你知道，珍妮小姐有個侄子——比爾吧，是關於他的事。」

雷馬克皺起眉頭說：「你是說他回鎮上來了？」

「昨晚他纏了我好幾個小時，他說自己在酒吧停車場時，被歹徒打昏。身上五千元現金也不見了。」

「五千元！」雷馬克眉頭皺得更緊了。

「是的，」警長說，「比爾發誓說，那錢是他姑媽給的，給他做什麼特別生意用的，並且是一筆現金，珍妮也證實了他的話。」他停了一下，「你知道，雷馬克，現在的年輕人都是這樣的。他們遇到了什麼困難，就會變著法兒騙人，他姑媽覺得也許應該幫助他。我是想來和你聊聊，珍妮小姐最近取了一大筆款，或者借了一大筆款？這事你知不知道？」

雷馬克輕鬆起來。他告訴警長：「她取了，昨天下午取了五千元整。」

「你沒有勸她不要取？」

「當然，我勸了，一聽到她要取那麼多現金我就勸她。」他攤開雙手，「她一定要取，我無能為力。我有什麼辦法？」

警長表示理解，他沈思著說：「這件事可能是真的，我是說她侄子，最近這裡發生過好幾起被搶的事。」

「我想是的。」

警長手指托著下巴，重新蹺起二郎腿，沒有一點要走的意思。

辦公室外面一陣響聲，表明一天的工作已經開始了。雷馬克很是焦急，他暗暗嘆了一口氣，瞥了手提箱一眼。重要的是，得盡快把錢弄到辦公室外，送回金庫。留在文件櫃上，讓他覺得很冒險。這時，他心頭湧上一個大膽的主意。雷馬克站起來道：「失陪一下，我有點事。」他取出手提箱裡的現金，走到辦公室門口。

哈維立刻出現在辦公室門口，他問：「什麼事，經理？」

「我怕窗口櫃台現金不夠，決定多給各位出納一些現金，這是金庫裡的錢，你平均分到各窗口。」

哈維離開了，雷馬克看到警長仍然在沈思，他清了一下嗓子道：「怎麼啦，警長？」

警長愣了一下，站起身後搖搖頭說：「對不起，我正在想這個問題，覺得整個事情很奇怪，好像有點——」他停了下來，因為他看見哈維表情古怪地走進經理辦公室，雷馬克交給他的鈔票，仍然在他手中。

雷馬克皺著眉頭問：「什麼事，哈維？」

「經理，這些鈔票有問題，昨天下午我交給珍妮小姐的，就是這些鈔票。」他停了一下，「我認為珍妮小姐還是會提現款，你的忠告不會對她起作用。所以她在你辦公室的時候，我抄下了那些鈔票上的號碼。這麼做是因為情況特殊，錢的數目多。」他走過去在經理辦公桌上把錢放下，「我什麼事都儘量仔細而精確，這點你是知道的。」

天哪！雷馬克清楚地明白發生了什麼，也許警長還沒弄明白。

可是，警長的理解力比雷馬克想像得要高，因為他的眼睛突然一亮。

這時，笑容滿面的祕書小姐把頭探進辦公室：「經理，查帳的來了。」

拳擊高手

一個高大的陌生人，在我正要關體育館門的時候向我走來。

他手裡拎著一個手提袋，戴著黑帽子，穿著黑西裝、黑外套和黑皮鞋。

他連眼睛也是黑的。「你為人安排拳擊比賽嗎？」他問。

「我只是當過幾位優秀拳擊手的經紀人。」

我是當過幾位好手的經紀人，但那些人並不是一流高手。最好的是史東，名列輕量級第十名，曾經上過拳擊雜誌，但也只上過一次而已。他遇見納諾後連輸了四場。所以，我只能讓他離開了。

陌生人說：「我打算進入拳擊界，想請你當我的經紀人。」

我注視著他，身材魁梧，身高可能是六尺一寸，體重大概有一百九十磅。但他好像很久沒見過陽光一樣，臉色很蒼白。他的年齡很難猜測，但應該不會很年輕。

「你多大年紀？」我問。

「拳擊手的最佳年齡是多少？」

「先生，本州任何四十歲以上的男人，參加拳擊比賽，都屬非法。」

「我三十，我可以給你出生證明。」他趕緊說。

「朋友，拳擊這一行，一些人三十歲剛好過了巔峰期，你怎麼會想從三十歲開始？」我微微一笑。

「但我很強壯，令人難以置信的強壯。」他兩眼閃動。

「像一位詩人所說，因為你心地純潔，所以你十歲得到神力？」我開起玩笑來。

「我十歲時的確是有這份力量，卻不是因為心地純潔。我知道自己擁有的這份巨大的力量後，我意識到，我必須合法地使用這份力量。」

他擱下手提袋，走到槓鈴那兒，玩起了槓鈴，像玩兒童玩具一樣。

那個槓鈴有多重，我不知道，我對於舉重是外行。但我記得，溫尼在兩小時前，汗流浹背地舉起那個槓鈴時，嘴裡不停地埋怨著。溫尼曾得過州舉重冠軍，現在是一位重量級拳擊手。我興趣仍然不大，雖然這位陌生人給我留下的印象很深。「也許我可以，為你介紹幾位本地的舉重人士，他們都有自己的俱樂部，因為你力氣很大，進去一定不難。」

他很惱怒：「舉重賺錢不多，我需要大筆的錢。」繼而嘆了口氣接著說，「以前，我從來不擔心錢的事，但有天晚上我醒來，突然發現身無分文，所以現在，我最需要的就是錢，偏偏卻沒有錢。」

我看他的衣著很昂貴，但他的衣服又髒又皺，應該穿很長的一段時間了，可能睡覺的時候也穿著。

他道：「我看過許多報紙，當然也看了體育新聞。我了解，在拳擊界只要稍微努力一下，就能賺大錢。」他指指手提袋，「我花錢買了拳擊用的鞋子和短褲，那時候我快一貧如洗了，沒買手套，看來手套必須向您借了。」

「你是說，你現在就上場和人比試一番？」

「是的。」

現在體育館空無一人，只有一個叫鮑比的小夥子，他還在打沙袋。

鮑比是個聽話的孩子，很上進也很有前途，他拳打得不錯。到現在為止，他贏了六場比賽，三場裁判判他勝利，三場擊昏對方。但我認為，他成為頂尖高手的可能性不大。

我心想：那就讓鮑比和這位黑衣紳士試試也好，這事辦完，我就可以上床睡覺了。我的床就在辦公室，是一張便床。

我叫過來鮑比，對他道：「這位先生，想上場和你比試一下。」

鮑比同意後，陌生人進入更衣室，出來時，身上穿著黑短褲。

我為他試戴手套後，他就和鮑比上場，各佔一邊。

我敲響銅鑼，取出一支新雪茄，準備點上。

鮑比與陌生人在場中四分之三的地方相逢，鮑比像平常一樣主動進攻，他一記左鉤拳，接著一記右拳，陌生人靈巧地閃過了。接著，陌生人用快得你根本看不清的速度，揮出一記左鉤拳。一拳打在鮑比的下巴上，鮑比仰面摔倒後昏了過去。

我發現我的手指有點痛，原來被火柴燒到了，連忙吹滅它。我爬進場中，看到鮑比還有呼吸，但他醒過來還需要一段時間。

在拳擊界混的時間稍長一點的人，只要看到那一記左鉤拳，就會和我一樣心跳加速。

我四處望去，想再找個人和他比試一下，但現在體育館裡沒有人。我舐舐嘴唇道：「好樣的，你的右拳是不是和左鉤拳一樣好？」

「我的右拳比左拳更好。」

聽了這話後我嚇得流了汗。「我承認，你打得很棒。但在拳擊賽中，不僅要揮拳打對方，你還要能挨打，你能不能挨打？」

「當然，你可以試試。」他微微一笑。

我確定打一下試試，最好現在就弄個明白，他能不能挨拳。

我脫下鮑比右手上的手套，給自己戴上。

我在三十年前巔峰狀態時，右拳很有威力，現在也還好。我用盡全力擊打他的下顎。

我的手擊在他的下顎上，痛得像斷裂了一樣，然後，我痛得含淚跳到了一邊。而這位陌生人微笑著站在那裡，面不改色。

鮑比在我檢查右手是否受傷時醒了過來，我很高興，自己的手指沒有斷裂。

鮑比呻吟著，站起來準備再和他打。「他這是運氣好。」鮑比說，他很勇敢但沒腦子。

「鮑比，今晚不打了，以後再說吧。」我說，我讓鮑比去淋浴。

「你叫什麼名字？」我帶陌生人到辦公室後問。

「我叫嘉里。」

他好像是從外國來的，聽他說話的口音能聽出來。我說：「那好，以後，我就叫你嘉里，你叫我華倫。」我點著雪茄，「嘉里，在一切合法的前提下，我也許可以使你成功。我們明天一早就去律師那裡，我們要簽個合同，它可以讓我們一起更好地合作。」

神色不安的嘉里道：「明天上午或下午都不行，可能任何一天的上午或下午都不行。」

我皺起眉頭，不明白他是什麼意思，便問：「為什麼？」

「我有人們所說的畏光症。」

「那是什麼病？」

「不能忍受陽光。」

「會不會中暑？」

「不止是中暑，還有別的。」

「畏光症會影響你打拳擊嗎？」我咬了咬雪茄。

「不管我參加什麼賽程，都必須安排在晚上。實際上，畏光症可能與我的體力有關。」

「這很容易，現在的拳擊比賽，都在晚上舉行。」我想了一會兒，「嘉里，畏光症這事別向衛生局提起。我們最好不要冒險，因為我不知道衛生局會有什麼看法。這種畏光症，不會傳染吧？」

「一般不會。」這一次，他說話時嘴巴張得很大，我看出先前他為什麼老抿嘴了。他上牙床上，有兩顆像虎牙一樣的大牙齒，分別長在兩個嘴角。這看上去很難看，要是長在我嘴裡，我就會拔掉它們。

他清清嗓子說：「華倫，我能不能先預支一點錢？」

「當然可以，嘉里，是不是沒錢吃飯了？」假如任何平時剛認識的人，開口向我借錢，我絕對不會借。但嘉里是個很有前途的人，我決定破例，借錢給他。

「不是。但我的房東說，如果再不付租金他就不讓我住了。」

第二天上午，大概十一點的時候我接到納什的一個電話，他說星期六晚上，麥加羅和伯克預定比賽。

麥加羅是重量級拳手，速度快，而且很年輕，他是納什的驕傲，也可以說，是納什快樂的源泉。麥加羅也許不是頂尖人物，但納什在精心培養他，因為麥加羅退休前是可以賺不少錢的。

「華倫，我們星期六的比賽，出了點意外。伯克在體重檢查時發現有病，因此不能參加這場比賽了。你手上有人嗎？我需要找個人，填補他的位置。」納什說。

伯克輸過十場，贏過十八場，這種記錄報紙上對他仍然看好。只是報上沒有提到他輸的十場中，被擊昏的有六場，而且是勝了十八場後連敗六場。因此，納什需要用來代替伯克的拳擊手，我知道是什麼樣的。

我想了一下。目前有幾位退休的拳擊手，他們在體育館為了賺錢，可以上場比賽。忽然，我想到了嘉里。

你得到一個新人後，一般來說需要慢慢培養他。但我想，對於嘉里應該可以走捷徑。

我對著電話道：「納什，目前我這邊還真找不出什麼人手。倒是昨晚來了一個名叫嘉里的新人。」

「他的輸贏記錄怎麼樣？我沒聽說過他。」

「他是國外來的，我也不知道他的記錄。」

「那你見過他打拳嗎？」納什小心翼翼地問。

「我見過他用左手出拳速度很快，可是，沒有見過他用右手，因此我還不知道他右手的情況。」

納什感興趣地問：「還有別的嗎？」

「他告訴我他身無分文，他穿著一套破西裝來到這裡。假如他能成功的話，三十五歲，他就會成為一流高手，我相信，會有那一天的。」

「好吧，但你要給我找個最起碼能挨兩個回合的，別到時候不堪一擊。」納什笑起來。

「我會盡力而為的，不過，我無法向你保證什麼。」

那天黃昏嘉里出現在體育館，我急忙帶他去見律師。然後，又做賽前身體檢查。每場比賽裡，我們抽取門票的百分之十。

我給嘉里一件背面什麼也沒寫的長袍，但顏色是他喜歡的黑色。隨後，我們進入賽場。來看比賽的人特別多，因為麥加羅是本地人。他的鄰居，大多都來了。

我們在賽場一切準備就緒，麥加羅在鈴聲響起後，在胸口畫了個十字，從他的角落裡跳將出來。

嘉里驚恐地轉過頭，一動不動地問我：「麥加羅一定要那樣做嗎？」

「做什麼?告訴你，嘉里，趕緊出場打吧！現在沒有時間害怕了。」

嘉里深吸一口氣，望了一眼站在賽場中央的裁判和麥加羅，向他們跑過去。他猛地揮出左手，擊在麥加羅的下顎上，只一下，遊戲就結束了。

乾淨利落的一拳，就這麼簡單，麥加羅躺在地上，和鮑比昨晚一樣。裁判也目瞪口呆了好幾秒鐘，清醒過來後開始倒計時。數與不數關係不大，那場比賽包括裁判數數的時間只有十九秒。現場發出不滿的噓聲，拳迷認為錢花得不值。不是因為麥加羅的失敗，而是因為，這個陌生人讓激烈精彩的比賽過早地結束了。

氣得滿臉通紅的納什，氣喘吁吁地跟著我衝進更衣室。他把我拉到一邊，瞪著嘉里。對我道：「華倫，你在玩我嗎？」

「我發誓，納什，這是偶然。」我裝作無辜地樣子。

「我們再賽一場！」

「再來一場？也許可以。」我搓搓下巴，「但我們分門票的百分之十，我覺得有點少了，在這種情況下，為了保護嘉里的利益，我們應該分百分之六十的門票。」

納什極為生氣，這是他拳擊手記錄上的污點，越快洗掉這個污點越好。吵了半天，我們最後決定對半分。

兩天後一個晚上，我從體育館回到辦公室，發現嘉里坐在電視機前，正在看吸血鬼片。看我進去了，他換了一個頻道。

我點點頭道：「這種吸血鬼電影令我不能忍受。我也喜歡合乎邏輯的電影，吸血鬼電影不合邏輯。」

「不合邏輯？」

「嗯。比方說，開始有一個吸血鬼，他溜出去吸了某個人的血，使那人也變成吸血鬼，是不是？因此，現在有兩個吸血鬼，一星期後，他們倆又出去覓食，又吸了兩個人的血，就變成四個吸血鬼。一星期後，四個再出去覓食，然後成為八個……」

「在二十一個星期後，應該有一百零四萬八千五百七十六個吸血鬼，是嗎？」

「就是這樣，地球表面上所有的人，在三十個星期後都成了吸血鬼。再過兩個星期，因為找不到食物吸血鬼們會全部餓死。」

嘉里咧嘴一笑，露出一對大虎牙。「你倒是挺能算的，華倫。但這些吸血鬼不能明白，吸乾人血會讓受害人也變成吸血鬼，並成為他的競爭對手。他們如果對吸血進行限制，比如，他們吸血時只吸一點點。這樣的話，受害人只是有幾天輕微的貧血和疲倦感，如能這樣，就沒問題了。」

我點頭表示贊同他的話，並調低了電視的聲音，我準備和他談比賽的事。「嘉里，我知道，你幾秒鐘內，就可以擊倒麥加羅。但我們要知道，拳擊比賽，也是一種表演。如果比賽只有二十秒鐘的話，觀眾誰還願意花錢看比賽？為了讓觀眾過過癮，我們必須表演一會兒。因此，如果下次碰到麥加羅的時候，你和他要多打一會兒。開始不要打得太重，使比賽看上去，懸殊不大，到第五回合一舉打倒他。」我點著一支煙，「如果你太厲害，以後哪個對手還敢和你打？所以，為未來著想，你可以打昏對方，但要顯得你也用了不少力氣。」

那幾個星期裡，我們在等待與麥加羅重新比賽，同時我也在想法子，使嘉里參加正式的訓練，但他根本不願意訓練。

我最後就隨他了，也不過問。他不肯告訴我，他住哪裡，我想大概他是自尊心太強，不想讓我看見，他住處的破落。他雖沒有電話，但他每隔一兩天，就會到體育館來，看看有什麼事沒有。

第二次比賽開始了，打得很熱鬧，嘉里和麥加羅你來我往，打了四個回合。到了第五個回合，嘉里一拳才打倒了麥加羅。

以後的日子裡，我們是來者不拒，我們簽了很多場比賽。

我和嘉里商量他每場要被擊倒兩三次。這個策略運用後，觀眾以為嘉里能打，但嘉里不能挨打。慢慢地，每一位拳擊經紀人都認為，自己的拳擊手可以擊倒嘉里。

我們一年裡參加正式比賽七場，每場比賽，都能擊倒對手。慢慢地，其他州人也開始注意我們。我們現在掙了不少錢，嘉里也興奮了半年。但後來，我發現他心事重重。我問他，到底是怎麼回事，他搖著頭不肯說。

他的出名也引起女孩子的注意，女孩們崇拜他、仰慕他。但他始終以禮相待，連那些女孩的住址都沒問。當然，就更別提去看望她們了。

我們就這樣贏到第十場比賽，那之後的一天早晨，我正在辦公室憧憬著未來的美好生活，有人敲門了。

來了一位女人。她中等個子，黑髮，長相一般，鼻子稍大，衣著講究，看起來她沒有什麼特殊之處。她有些神色緊張地站在那裡。

她咽了一口唾沫，「嘉里先生是不是在這裡？」

「他偶爾來一下，但我並不知道他什麼時候來。」

「你沒有他的地址？」

「沒有，他喜歡保密。」

她愣了一會兒，然後決定告訴我來這裡的原因——

「我在兩個星期前，開車去外州看姑媽，在回來的時候天已經黑了。那天下著雨，我方向感又很差。我轉來轉去，看看能不能找到一條熟悉的路。車開到一條泥濘的小路時，滑進一條溝裡。我努力想弄出汽車，汽車卻紋絲不動，最後只好放棄。我坐在那裡，等著看看有沒有經過的汽車，可是那條路，根本沒有車輛經過，四周毫無人煙，精疲力盡的我終於睡著了。我像是做了一個怪夢，但現在想來，也不知道是不是做夢。醒來時，有個高大的男人在我的汽車門邊，低頭注視著我。開始我真被他嚇得不輕，恢復鎮靜後我請他送我一程，把我送到有電話的地方，我打個電話給父親，讓他派人來接我。他的車，正好停在路邊；所以他送我到一個十字路口，那裡有個加油站。」我注意到她的喉部，有兩點如蚊蟲咬過的紅疤。

她繼續道：「他在我打電話的時候駕車離去，我不知道他的姓名，他也沒有接受我的謝意。不過，我一直在想他……」她臉紅了，「我昨晚看晚間新聞時，嘉里先生的照片，出現在屏幕上。我才知道，那晚幫助我的陌生人就是他。我到處打聽，就來到了這裡。你是他的經紀人，我來體育館，就是想拜訪一下，親自道謝。」

「見到嘉里我會告訴他的。」

她仍站在那裡，思索著，她突然開朗起來。對我道：「我還有一個錢包要還給他，當時掉在我汽車旁，拖車司機在拖我汽車時發現了，裡面有一千元。」

我心想：那個拖車司機真了不起，真是個誠實的人，但誰撿到一千元會還回去？心裡雖然這麼想，但我還是點點頭道：「好吧，我替你把一千元轉交給他。」

「很不巧，我忘了把錢包帶來。」她從皮包裡掏出一支圓珠筆和一張紙，「我叫黛芬，請把我寫下的地址轉交給嘉里先生，他必須親自來認領。」

嘉里第二天來的時候，我把條子交給他，並告訴他黛芬找他的事。

「我從來不用錢包，怎麼會遺失一千元。」嘉里皺起眉頭說。

我咧嘴笑道：「我知道，但人家願意花一千元認識你，她說的都是假話嗎？」

「嗯……我……我發現，她在車中熟睡，就送她到加油站。」

「我不知道，你什麼時候有車子了？」

「我上星期買的，有些地方，沒有車子不方便。」

「什麼牌的？」

「七四年的馬達，不錯的大眾汽車，但車身需要修理，她開的是林肯豪華型。」他眼睛中顯出沈思之色，坐在我的辦公桌邊。

「嘉里，別發愁，你不久就可以開那種車了。」

我們不用像過去那樣求別人了，我們的拳擊事業欣欣向榮。之後，我們又贏了兩場，電視台還現場轉播了那兩場比賽。可嘉里悶悶不樂，一點也不高興。

他一天晚上到我辦公室，對我宣布說：「華倫，我要結婚。」

我吃了一驚，但之後又覺得，這並沒有什麼可大驚小怪的。很多拳擊手，都結了婚。我問：「跟誰啊？」

「黛芬。」

我想了一會兒才想起，「你是說上次來的那個黛芬？」

他點點頭。

我盯著他說：「嘉里，我希望你沒有搞錯。那位小姐，可是不怎麼漂亮啊！」

嘉里一揚脖子道：「但她很有個性。」

我對此表示懷疑。我說：「別騙自己了，嘉里，她跟你不配的。」

「以後就配了。」

我腦筋一轉，吃驚地問：「你該不是為了錢和她結婚的吧，嘉里？」

他紅著臉道：「這種事以前也有過。為什麼我不可以呢？」

「嘉里，但你不必為別人的錢而結婚。你很快就會有大筆大筆的錢，上百萬……」

他扭過臉道：「我接到許多親友的來信，尤其關心我的是親戚，他們似乎聽說了我在拳擊界拋頭露面的事。他們都說為錢去比賽，不應該出現在像我這樣背景的人身上。關於這事，我已經考慮了很久。我認為他們說得對，當職業拳擊手不適合我。我的所有親戚和朋友，都強烈反對我做這件事。華倫，一個人在這個世界上必須有他的自尊，才能過得快活，才能得到同輩貴族的贊同。」

「貴族？你是說皇室嗎？難道你還是個公爵？你的血管裡，還有貴族血液？」

他嘆了口氣道：「可以這麼說，我的親戚為挽救我脫離貧困，已經開始為我捐款，但親戚們的救濟，我不能接受。」

「但你不在乎為了錢，而和那女人結婚？」

「為錢而結婚並沒有什麼不好。此外，我婚後就要停止拳擊。」

我請他重新考慮，我們爭了半天。我告訴他，拳擊將給我們帶來龐大的財富。

他最後好像軟化了一點，在他離開時答應再好好想想。

我急得快要精神崩潰了，因為一個星期都沒有他的一點消息。

一天晚上十點半左右，鮑比帶著一封信，來到我辦公室。我見到那封信立刻感到不妙，兩手發抖地拆著信。果然，是嘉里的信。

親愛的華倫：

我對事情發生的變化深感抱歉，但我已決定退出拳擊界。我知道你對我的未來寄予了厚望，我也相信，我真的可以賺到你所說的數百萬元。但還是再見了，祝你好運！當然，我不會讓你人財兩空。

嘉里拜上

不使我人財兩空？難道給我留支票什麼的嗎？我抖抖信封，信封裡沒有什麼東西掉出來啊。他不使我人財兩空是什麼意思呢？我怒氣沖天！

我看到還站在那裡的鮑比。

他咧嘴笑道：「打我！」

我看到鮑比嘴裡長出兩個從未見過的大虎牙，他的喉嚨上還有兩個像蚊子咬過的大紅點。

「打我吧！」他重複著。

我也許不應該打他，但我一個星期等來的還是一場空。我要發泄在他身上，所以我用盡全力打了他一拳。

那一拳打得我手腕骨折。

我微笑地看著醫生為我上石膏。

因為一個能代替嘉里的人出現了。

鄰家殺手

信封上沒有寄信人的地址，可能只是一封廣告信，瑪麗無精打采地拆開這信封。但當她讀完信，並了解了裡面的內容時，不禁驚奇地瞪大了雙眼。

「天哪！真不敢相信。」她說。

她的丈夫吉米，從早報上抬起頭，皺著眉頭問：「怎麼了？」

「信裡寫的是關於我們鄰居赫溫的。裡面說——反正裡面寫的與赫溫有關，還是你自己看吧。」她把信遞給吉米。

瑪麗由於不加節制地貪吃，變得很胖，過去，她是個苗條、迷人的女人。現在，四十歲的她看上去比實際年齡要老。

吉米保養得很好，身材依然健壯修長，五十歲的他看起來像個體育明星。

他放下報紙，昨天晚上在鄉村俱樂部喝多了，腦子現在仍然昏昏沈沈的。他接過信，想搞清楚那信到底是怎麼回事。

一行手寫的大字出現在信紙的最上面：「你願意讓這個畜生生活在你們中間嗎？」

下面是一張三年前的芝加哥影印剪報。

〔本報訊〕一名叫哈利的男子今天被警方逮捕，他今年四十九歲，做一些與黑社會有關的買賣，他被指控爲職業殺手作介紹人。假如有人要害死對手，只要付錢給他，他就可以爲你介紹殺手。

哈利與一位年輕女子住在湖濱公寓，兩人被帶到警察總局。過去四年中，有九件凶殺案與他有關。一些受害人，是以黑社會的方式被殺害的，但還有一些人的死亡，則被故意佈置成意外事件。和哈利一起的那個年輕女子叫珍妮，經過審問後她被釋放了。

對案子的細節，警方沒有正式發表任何看法。但據一位警方高層人士透露，凶殺案的仲介人就是哈利。

多年來，警方一直在調查哈利，但他被控犯罪尚屬首次。

剪報旁邊，還配有一張照片，照片裡一位白髮男人挽著一位黑髮女郎，男的衣著整齊，女的穿著超短裙，兩人正準備從電梯裡出來，警察從兩邊衝上去。

從這張模糊的照片中，仍能看清那兩人就是赫溫和赫溫太太。

還有一張影印，夾在下面的剪報裡，日期比第一份剪報晚幾個星期。標題是：「謀殺案嫌疑人因證據不足被釋。」

〔本報訊〕在一連串商人謀殺案中，涉嫌爲兇手做仲介的哈利，今日竟獲得釋放。關於此案，首席檢察官拒絕發表評論，有消息透露，本案的關鍵證人失蹤……

驚恐的吉米扔掉剪報，他感到自己的胃極不舒服。赫溫是個好好先生，怎麼會是黑社會人物？如果上面寫的是真的……

「我早就感覺赫溫家有點怪，他那個太太年齡比他小多了，幾乎可以做他的女兒。還有，他在外面做神祕的買賣……」瑪麗幾乎是高興地說。

「我喜歡赫溫這個人，但我總有一種感覺，覺得他身上有股流氓氣。我相信，在一些情況下，他什麼事都做得出來。但為謀殺牽線？這一點我可不相信。」

「你還瞎吹自己有知人之明。」她點著一支煙，皺起眉頭，「從他們搬來開始我就不喜歡赫溫。是你介紹他進鄉村俱樂部，還把他介紹給大家，還——」電話鈴響了。

瑪麗搖擺著肥胖的身軀走過去，拿起電話。「是羅克啊！你也收到了一份？亨利也收到了？史密斯也有？我同意，是啊！太可怕了。我知道。他在這兒，稍等。」

她轉過身，喊他丈夫來接電話：「羅克打來的。」

羅克是銀行的高級職員，本郡的前任郡長，現在是鄉村俱樂部委員會主席。

「吉米，早上好。」羅克說得很慢，但吉米聽出聲音中包含著強硬的意味，「好像住在這裡的每個人，都收到了剪報，我認為我們最好採取行動。」

「我想，現在採取一些行動是不是早了，我們需要得到更多的信息。」吉米小心翼翼地說，「也許是某個缺德鬼所開的玩笑；或是某個無聊的人捏造的。對政治的看法，赫溫是很激進，所以這裡的一些人——」

「我知道，」羅克打斷他的話，「正因如此，今天晚上，我們才要找些人開會討論。太太們也要來，在雞尾酒會後，我們到俱樂部用餐，六點的時候見。」

羅克突然掛了電話，等於告訴吉米，如果他和瑪麗不去的話，吉米在這兒未來的社交生活就結束了。他是專門負責證券業務的經理，未來還是很重要的，他的工作，需要仰仗這些富豪的幫忙。

吉米和瑪麗來到達羅克家的大廈。有十二對夫婦先他們來到，他們是郡裡有頭有臉的人物，社交界的精英。

吉米溜到一個角落，拿起一杯酒。他要儘量避過這事，這渾水他怎麼能蹚呢？他覺得剪報上對赫溫的說法是不可信的。

從開始，他和赫溫夫婦處得就很好。赫溫在吉米看來，是個什麼事都不在乎的人。他希望自己成為演員，但他妻子一直不同意，所以，他過著一種呆板的生活。

赫溫太太是個很好相處的女人。她和一般的女人不一樣，年輕、艷麗的她，經常高談闊論，話題一般圍繞股票和債券的投資。在吉米的證券行，赫溫夫婦曾開過一個戶頭，赫溫的投資，似乎都是由他太太做出決定。赫溫夫婦一定是遵紀守法的良民……

羅克讓大家安靜。他說：「為了保護我們自己，我們必須召集一下委員會。我們不能和這種人住在一起。如果消息傳出去，本郡的名譽就毀了，我們絕不能忍受這件事。這對我們這裡的房地產，會產生巨大的影響。」

一位太太說：「更別提對孩子們的影響了，我們和那種下流卑鄙的人生活在一起。他們也許——」

「現在請聽我說，」吉米道，他喝酒後管不住自己，話一出口就後悔了。但又不能不說下去，只得吸了口氣，繼續道，「如果赫溫真像剪報上說的那樣。那麼，我比任何人更急於採取行動。剪報可能是假的，所以我們要慎重。」

羅克道：「你說的也許對，但我認為可能性不大。如果赫溫能夠輕易地證明那些信是假的，那寄信人為什麼還要造假呢?還是讓我們面對事實吧!赫溫從來不提過去，這令人奇怪，即使提了，也非常含糊。他靠什麼為生，沒有人知道。」

有人說：「他跟常人不一樣，有一次他竟然說，我們這兒需要一家黃色書店，這是什麼荒唐的想法啊！」

一個女人插話道：「還有他太太，瞧她在游泳池邊，穿比基尼的樣子，就像——」

「好了，諸位，」羅克打斷說，「我想大家都同意應該派人當面問赫溫。如果他不承認，我們就出面請這兒的警察，讓芝加哥的警察局去調查吧。」

一個男人面色沈重地說：「如果他承認信中所說是真的，應立刻讓他搬走。」

羅克公正地說：「誰也沒法在這麼短的時間裡搬走。就算運氣好，這樣昂貴的一個家，也得好幾個星期，甚至好幾個月才能找到買主。現在，恐怕更困難了。我來安排一下，我們今晚參加會議的人，一起買那棟房子。可以先向銀行貸款，不夠的話，我們自己出錢墊上。我們可以先把房子交給律師。等碰到合適的買家，再給買家過戶。這樣的話，趕走他們只需一個星期左右。」

「就這麼辦吧。但誰去跟他談呢？」

「當然是吉米啦，」羅克道，「吉米，怎麼樣？你跟他比較熟悉，我們也是通過你認識他的。還記得推薦他入會的，也是你。如果他真的和黑社會有牽連，不會有人怪你，如果事情是真的，我們也會原諒你的。」

羅克說話的語氣裡，暗示吉米應該受到責備。

羅克又道：「明天，去他那兒坦白地說，讓他知道如果事情是真的，就把房子賣給我們，然後盡快搬走。如果他不搬的話……」

第二天上午，吉米穿過街道，來到赫溫家門前。

他和瑪麗昨晚為這件事吵了半夜，現在他情緒壞透了。吉米昨晚回家後，抱怨羅克逼他去見赫溫，瑪麗說，誰讓他這麼容易就被騙了，這是報應。還沒吵完這個話題，他們又吵到別的事上來，比如爭吵他們之間是否還有愛情，直至兩人互相指責，破口大罵。

現在，憂心忡忡的吉米在冷冷的陽光下，急得胃都痛起來了。

他剛走近赫溫家，大門就開了，赫溫太太走出來。見到艷麗的赫溫太太，本來吉米心情不好，這時心裡不禁又開始嫉妒起赫溫來，這麼大年紀的人，還有這樣年輕美麗的太太。

她穿著一件迷人的短套裝，手裡拎著皮包。她身材苗條，有著一頭烏黑亮麗的頭髮，大概三十歲左右，輕熟亮麗。

她在他走近時微笑著問：「嘿，星期天還起這麼早啊？」

「是啊，」他和氣地說，「我來是想和赫溫談談。」

「他在後門享受陽光呢，我要開車進城去看我哥哥，哥哥剛坐飛機過來，我和哥哥已經多年未見了。今晚你和瑪麗過來吧，一起吃頓便飯，我們好長時間沒有聚聚了。」

「謝謝，但我們還有其他事要做。」

他看著赫溫太太婀娜多姿地走過車道，上了汽車。看著她，他覺得挺刺激的。

他握緊拳頭走進赫溫家，準備和老傢伙談談。赫溫身邊放著一個酒杯，他正在看電視。

赫溫抬起頭，咧嘴一笑對他道：「一起喝一杯吧，怎麼樣？你的臉色不好，我覺得你應該喝一杯。」

「不用，謝謝。」吉米很不自在地坐在椅子裡。

「這件讓我煩心的事，希望你能為我澄清一下。還有，誰會寄這東西給我。瞧——」他從口袋裡，掏出剪報的影印件，扔給赫溫。

赫溫關掉電視，皺起眉頭，開始看影印件。讀完後，他動也不動地坐了好久。

「真該死，」他用疲憊的聲音說，先前的愉快不見了，「看來他們發現了。」

「他們？」

「芝加哥的一些警察一直盯著我不放，住在佛羅里達州的時候，也發生過這種事。住在佛羅里達州之前，在加州也發生過。在法庭上，他們沒有辦法整倒我，就用這種方式整我。一旦我們在某個地方安頓下來，他們就——」

「你的意思是說，這報導是真的？你是黑幫的外圍人物？你真名叫哈利？」

「我明白，從剪報上看上去是很可怕——」

吉米火冒三丈地說：「那的確很可怕，知不知道你現在害了我，你還讓我介紹你進鄉村俱樂部。昨天我還為你辯護，說你是被別人誣告的——算了，我不說了。現在，你和太太必須賣掉房子，馬上搬走。」

「是你個人的意思嗎？」

「不是，羅克召集了委員會，他們派我向你查證，剪報上所說的是不是真的。假如是真的，你必須搬走，否則我們會讓你無法住下去，這是最後通牒。」

「我還真不想搬走，」赫溫慢吞吞地說，「這一次，我不搬了。我被他們趕出加州，趕出佛羅里達州。但這一次，我拒絕被趕走，堅持到底。」

「自己會陷入什麼樣的困境，你不知道嗎？別傻了！」

「說出來聽聽！什麼樣的困境？」赫溫坐直後盯著吉米，「你們不想讓我參加俱樂部，我就退出，坦白說我一直不喜歡那個俱樂部。你們在街上，見到我時會不理不睬。我晚上也許會接到一兩個匿名電話，但是，過一陣之後——」

「不會再給你時間了，你低估了我們。」吉米打斷他說，「羅克說這涉及房地產價格，他已經說的很明白了。所以我們會想盡辦法趕你走。也許對你不斷有電話騷擾，或惡意的破壞，等等；此外，還有官方的壓力；警方在你請求保護時，不但不會理你，還會跟蹤你們夫婦，你們駕車稍有違規，立即開罰單；市府人員會來找你麻煩，他們能找出加蓋的棚屋什麼的一些可有可無的缺陷，加重你的稅金；你家的垃圾，清潔工人不收。如果這些對你還是不起作用的話——嗯，也許我們會在某一個晚上放火，把你們燒出來，把這裡夷平。看著你被燒，我們幸災樂禍。消防人員，會在你們全死了之後才趕來。上面的方法，也許我不贊成，不過——」赫溫在考慮。

他說：「如果這樣的話，我妻子會成為眾矢之的，我不能這樣做。我這地方很大，房地產最近又一直跌，因此賣掉這房子很麻煩。」

「委員會的人出價不低，他們要一起買你這房子。」

「這樣再好不過了。你願不願意，為我們找個新住所？最好不要讓人知道那個地方。」吉米不得不回答說：「在你為黑社會兇手牽線之前，就應該考慮到這種事。」說著，站起身要走，「對不起，我得走了。」

「等一下，」赫溫的聲音中，突然帶有命令的腔調，「當你回到委員會時，向那些自以為是的委員傳達我的意思。我還沒做那種事的時候，我第一位太太還活著。她需要不停地治療，因為她是個殘廢。她的醫藥費，拖垮了我，讓我一貧如洗。我只好向黑社會借錢，因為當時銀行不再貸款給我。在我無力償還他們錢時，黑社會建議讓我為他們效力，這樣我欠他們的帳，就一筆勾銷。為太太治病，我需要錢，便同意了。等到她去世後，我已經陷入泥潭，不能控制自己了。」

「我能理解，」吉米說，「但你為兇手做仲介——」

「等我明白『效力』的意思時，已經晚了，我別無選擇。如果我不遵守我們的約定，他們會殺了我。再說，那些請殺手的人也是迫不得已。」

「這是為自己辯護嗎？」

「我只想告訴你，當一個人很絕望的時候，他想到要請殺手，他的理由絕對充分。忘了告訴你，剪報上那些消息並不全對，警方想把破不了的案子，全往我身上推。被害者在我涉及的每個案子裡，都是死有餘辜，他們做生意的方式太殘酷了，如果不殺掉他們，別人就活不下去。當然，有一個例外。」

赫溫停了一下，然後繼續說：「我希望，這件事你不要告訴委員會的人，咱們私下聊聊。有一個女人像母老虎一樣，她丈夫不能再忍受她，就找到了我，我告訴我的經紀人。」

「經紀人？」

「就是殺手，我就是這樣稱呼的，當然，我從來沒有見過他。我撥打他的電話號碼，告訴他顧客的姓名，然後，掛上電話。從這時候開始，經紀人會著手和顧客聯繫、商量價格、收款、最後安排怎麼動手。一般情況下的價格，是一萬五到兩萬元之間，但要想弄成意外死亡的話，得額外加五千元左右的費用。現在費用也許更高一點，因為正在通貨膨脹。」

有一張赫溫太太的照片，在赫溫身後的一張桌子上，照片中，身穿比基尼的她站在游泳池邊，極為誘人。

透過照片後面的窗戶，他看到對面自己的家，吉米看到，瑪麗正笨拙地走出來，一件緊身衣裹著她肥胖的身體，看上去非常醜陋。

「我想，」吉米慢悠悠地問，「那個電話號碼，你身邊還有沒有？」

那天晚上，赫溫太太回到了家，放下皮包，坐下來說：「羅克召集了一個委員會？難怪今天早晨，吉米看上去怪怪的，」她搖頭說，「就像佛羅里達和加州一樣。」

「當然。」

赫溫給太太倒了杯酒，他們碰了杯。

赫溫道：「這些假剪報的效果非常好。一方面這些嚇壞了的鄰居願意出高價，購買我們的房子；另一方面那些容易欺騙的傻瓜紛紛把鈔票往我這裡送，要我幫他們找殺手，安排殺人的事情。他們怎麼知道，我一生中沒見過一個歹徒，更別提介紹殺人了。」

「到現在為止，一共有多少人送錢？」

「包括羅克和吉米在內有五個。羅克要除掉他的上司，以便爬上最高的職位，吉米要除掉他妻子。我想，等我們搬走的時候，起碼可以撈二、三十萬。你哥哥願意扮成經紀人跟他們談價錢，為這不可能實現的殺人勾當收錢嗎？」

「他當然願意，」赫溫太太喝了口酒，深思著道，「這主意太妙了，等那些傻瓜知道自己上當時，也不敢聲張，更不敢告發。如果告我們，就得先承認自己雇凶殺人。我們那時候早已改名換姓，在千里之外了。說實話，羅克和其他人買凶殺人，並沒讓我感到我奇怪，但吉米是個老好人——」

赫溫回答道：「我和他說，我曾安排過除掉一個潑婦，他就上鈎了，我知道他對妻子不滿，一定會上鈎。我一直對你說過，我對人性有很強的判斷力。」

污點證人

華生警長簡直不敢相信自己的眼睛，他看到一瘸一拐的馬丁竟然來到警察局。馬丁是一個黑幫集團的首要分子之一。多年前曾發生過一件勒索案，華生警長當時想以此案為由起訴他，但最終他被無罪釋放，原因是黑幫分子請了一位著名的律師，那個律師幫他打贏了官司。警方從那以後，一直沒能找到有關馬丁犯罪的有力證據。現在，馬丁竟然要求警方扣押自己，這令華生警長百思不得其解。

「只要你把我關起來，」馬丁壓低聲音說，「我馬上就可以提供證據，提供你們所需的任何證據。」

「這不行！」華生警長不動聲色地說。他辦案冷靜，一直為人稱道，「你把警察局當旅館了嗎？這裡不會無故留人。再說，我怎麼知道你所說的證據，是不是我們需要的？」

「在我面前，別來這一套，華生警長。」馬丁雖然極力想裝出平時凶狠冷酷的樣子，但他那帶有哭腔的聲音出賣了他，「金斯先生犯罪的證據，你們想不想知道。我可以幫你們把他抓起來，甚至送他上法庭。但我有個要求，你們得保護我。」

「金斯先生？」華生警長故意裝成漠不關心的樣子。

舊金山各種不法集團的幕後主持人就是金斯。在舊金山，任何一樣非法行動，多多少少都與金斯有關聯。可是，警方卻一直找不到任何可以指控金斯犯罪的證據。不但如此，金斯還混入了上流社會，還在裡面混得有頭有臉。像馬丁這樣的手下，只能替他去幹違法勾當。前些時候，本城舉行了一個城市紀念遊行活動，金斯出席了這個活動不說，竟然還坐上了主席台。這讓華生警長很懊悔，也很無奈。

華生警長對金斯一直沒有辦法，現在，馬丁居然說能夠幫警方逮捕金斯。如果是這樣的話，馬丁的證詞足以把金斯送上法庭，那將是一份有力的證據。但華生警長表現出一副無所謂的樣子，他竭力壓住自己興奮的情緒。

「好吧，馬丁。」華生淡淡地道，「關於金斯，你有什麼情報。還有，就算我們對金斯先生有興趣，但我聽說，你是金斯最得力的手下之一。你讓我們憑什麼相信你的話呢？」

「警長，如果你答應保護我，我願意向你坦白一切。」

華生看著馬丁急切而絕望的表情，他想，馬丁這次應該是真的出事了。「馬丁，我暫時不會向你保證什麼。如果你想說的話，可以先告訴我，你怎麼會到這兒來的。聽完你的話之後，我們再決定是不是應該相信你。」

馬丁深吸一口氣道：「好吧，我先把事情的原委說出來。我最近三年一直替金斯先生處理一些事，這些事是關於收保護費的。城北一帶的收保護費業務由我負責，我出面談價，負責收錢，有誰不服的話，我們就會教訓他。」

華生警長點點頭。他知道，黑社會歷來有收保護費的慣例。各區的店主，都被金斯先生的幫派威脅，交給他們保護費。不交的話馬上就會遭到報復，而且他們報復的手段乾淨毒辣，一點證據都不會留下。因此店主們人心惶惶、人人自危，因為懼怕也沒有人敢出面控告和指證他們。所以，對金斯和馬丁之流，警方毫無辦法。

馬丁繼續道：「我在過去兩年裡把保護費加高了一些，我私吞了超出往年的那部分。金斯對這事毫不知情。所有的錢都經我一手處理，我把收來的保護費給他，超收的那部分給自己。金斯和店主兩方面都不知道。」

華生警長很是吃驚，顯然，警方事先並不知道這一情況。

「我只留下我多收的那百分之十，並不像有些人很貪心。」馬丁補充說，「我很聰明，我把錢存入外地的銀行，沒有胡亂揮霍。我打算再幹一段時間，等存夠了錢就到南方買個加油站。從此金盆洗手，脫離黑道，老實做人。」

華生警長竟然聽到馬丁說自己會老老實實做人！這不禁讓他笑了出來。「如果你能做個老實人，太陽就打西邊出來了。」

看得出來，馬丁這時已經惱羞成怒，但他居然把火氣壓了下去，並沒有發作。看來這次，他的確需要警方的幫助。

「可惜的是，有些事偏不向你所想的方向發展。」馬丁接著道，「有一次，在一間酒吧裡，我認識了一位極為漂亮的小姐。她黑黑的頭髮、一對藍眼睛、曲線玲瓏的身材，上雜誌封面的模特都沒她美麗。她在我們一起聊天時告訴我，她叫艾琳。她說自己是個教師，我也能看出來，她和其他進酒吧的女子不一樣，她特別有修養。她說她有個女友現在極為傷心，因為她的女友剛和男朋友分手了，所以她們約在酒吧見面，打算在這裡好好談談。」

馬丁頓了一下，點上一支煙。「警長先生，我一般從不和女人瞎混，但艾琳和一般的女人不一樣。開始我根本沒指望能和她約會，我就隨便試了一下，結果，她竟然答應和我約會了。那一刻，我——馬丁怎麼也想不到，自己能與一位漂亮的教師一起約會。」

華生警長也不禁笑了，「這一定很有趣。」

馬丁嘆了口氣道：「就這樣，一個月來，我們倆不斷約會。這種交往的頻繁，必然會產生一個結果——愛情。我從心裡對自己說，『馬丁，她聰明、美麗，有文化，又能容忍你的毛病，關鍵是她也喜歡你，你要找的終生伴侶就是她啊！』」

「華生警探，她看起來是真的喜歡我了。」馬丁有些傷感地說，「我們在交往的那幾個月中從未爭吵過，我們相處的時間裡，連意見不同的時候都沒出現過。我們性格也合得來，她更是溫柔可人。但是，只有一件事，我不能告訴她。我不能告訴她，我是黑社會。如果我說出來，作為一個教師她不可能理解我。她的男友，應該有一份體面的工作，所以，我對她撒謊了，我說自己是推銷員。但她並不相信我，為此，我們倆之間幾乎吵了第一次架。」

在椅子上的華生警長伸了個懶腰。「馬丁，這個愛情故事挺吸引人的。」他揶揄著說，「但我對你的愛情生活並沒有太大的興趣，你能不能簡明扼要一些，盡快說出重點。」

「你聽我說完，」馬丁打斷他道，「我準備和艾琳結婚，我認為，如果我向她求婚她會答應的。答應之後我們立刻結婚，婚後，如果她想繼續工作也行。以後我會帶著她，在南方買個加油站，一起過平靜的生活。我們婚後準備到南方度蜜月，順便打聽一下，什麼地方有人轉讓加油站。金斯先生很尊重我，只要我說去結婚，他一定會讓我走的，雖然他可能有點不情願。我提高保護費的事，他根本不會知道。」

「你知道嗎，華生警長，昨天，在市裡最大的金飾店，我花了兩千多元為艾琳買了一枚戒指。」馬丁停了一下，看看華生。馬丁見華生毫無表情，只得獨自繼續，「她今晚到了我的住處，我買了一瓶香檳酒，她做得一手好菜，我們一起吃了飯，晚上很盡興。晚上吃完甜點後我向她求婚了。」

「她沒有答應但也沒有拒絕。她說她喜歡我，但她覺得，我現在還不夠坦誠，婚後不可能幸福。她總是和我說，相愛的人要坦誠，她那雙藍汪汪的大眼睛盯著我，『馬丁，如果我連一個人是幹什麼的都不知道，我怎麼能和他結婚呢？』」

馬丁用手摸了一下下巴。「警長，『女人是禍水』這話一點都不錯。離女人遠一點就不會惹麻煩了，女人沒一個好東西。」馬丁突然頓住了，不往下說了。

「後來怎樣？」華生只得問他下面發生了什麼。

「我到這裡來的原因也是因為這事。我把一切都告訴了那個女人，現在想來，我就像個傻瓜。我告訴了她一切——我為金斯先生工作，做些什麼，甚至告訴了她，我暗中扣留百分之十保護費的事。她的眼睛裡好像有一樣東西，那就是說服力，在她的注視下，我老老實實地說出了全部。我還和她說，我準備金盆洗手了，以後好好做人。我怎麼能認為一個女人會理解我呢？我當時太傻了！」

「艾琳聽完我的話之後號啕大哭，她說她很失望，不知道自己該怎麼辦，還說她也不知道，自己是不是要離開我。那時候，我覺得我像一個熱鍋上的螞蟻，驚慌失措。她哭得淚流滿面，然後，她打開皮包，我以為她在找紙巾擦眼淚呢。但她竟從皮包裡掏出一支手槍，用槍指著我。」

「華生警長，我當時徹底驚呆了，就像當頭被澆了一桶冷水。她舉槍就要殺掉我時，我說，看在我們一起這麼長時間的分上，能不能告訴我為什麼要殺我。她說，有人花錢雇了她，讓她來監視我，目的就是看我有沒有玩詭計。我知道一定是金斯先生雇她的，雖然她沒有說是誰。我居然不打自招，自投羅網，十足十的蠢蛋一個！試想有哪個女教師會去那種酒吧，我早該看透她不是什麼好東西，她和我約會更是不可能。我還認為，是自己男性的魅力吸引了她。」

「我當時認為自己死定了，但電話鈴聲突然響了起來。她轉頭向電話那看去，剎那間，我乘機從窗口跳出去，她在後面開了槍。但為時已晚，我已經跳了出去。幸運的是，我住在一樓，但我的腳當時還是扭了。我沒命地跑，顧不上疼痛。我在跑的時候慢慢冷靜了一點，我想到，職業殺手明天早晨甚至今天晚上就能找到我。」

馬丁揉了揉腳踝，顯然他的腳現在還在疼痛。

「華生警長，」馬丁說，「我為金斯做了不少事，也知道他們圈子裡的不少事。但他派女人來刺探我，這一點我怎麼也沒想到。如果現在我回去的話，那是必死無疑。」

「馬丁，事情是很麻煩。我想，你不會為了騙我們而來編這樣一個故事吧，這麼做對你沒什麼好處。看來你說的是實話，我相信你。為了你的安全，同時也為了我們破案，我們只有合作了。」

華生警長伸伸懶腰，站直後走到門邊。「湯姆，」他向一位警員說，「把馬丁扣押起來，理由是擾亂治安。找一位速寫員記下他的口供。對了，記錄馬丁先生口供的記錄簿要大一點，他會告訴我們許多情況。」

一瘸一拐的馬丁被帶離辦公室。

華生不禁開心地笑起來，他又坐回椅子上。事情居然出現了不可思議的轉變。

運氣真好！黑幫頭子金斯，竟然這麼輕易地抓到了。

華生警長想去聽聽馬丁會供出什麼內幕，但他想了想，決定先給一個人打個電話。「艾琳，你真棒！計畫成功了，馬丁已經打算作污點證人，我們終於可以把金斯這個老狐狸逮捕歸案了。看不出來，你竟然能讓馬丁相信，你是個女殺手，你的表演棒極了。」

一個熟悉的聲音傳來。「天哪！終於脫離苦海了。」女警員艾琳說，「那個下流的東西讓我無法忍受，我不知道自己還能忍受多久。今晚我的手槍是空的，如果他發現這一點，就是我在逃亡了。」在電話掛斷之前，她又道，「你該看看這枚戒指，親愛的。這個頭腦簡單的傢伙選東西還是挺有眼光的！在我們結婚時你一定要送我一枚戒指，要比這個好。」

「好的，寶貝。」

神奇的櫃子

瑪莎收到了一個櫃子，在她七十四歲生日的前一天收到的。從樓下的走廊，通過一階階寬敞、彎曲的樓梯，搬運工人正費力地把那口箱子抬往瑪莎家。經過臥室，他們抬櫃子時刮到了門柄，看到這一幕，有一種顫動的感覺在瑪莎心中升起。她讓工人們把箱子靠牆放好。工人們走後，她獨自看著這個櫃子。很快，有一種熟悉的神祕感湧上她的心頭。

瑪莎小的時候經常去看她的姑媽。姑媽去世的時候年齡不大。晚輩們在每次家庭聚會時，關於姑媽的舊事都會談論到：三歲時，姑媽被吉普賽人綁架；姑媽的戀人，曾為了姑媽自殺；一些林中野鳥常飛到姑媽家，向她要麵包屑吃。

瑪莎和姑媽見的最後一面，直到現在還讓瑪莎印象深刻。姑媽那天早晨有點怪，她說：「瑪莎，我會送給你一個櫃子，就是那個有很多抽屜的櫃子。一些孩子因為好奇，經常會打開抽屜看看；只有你懂得尊重，尊重別人的東西和祕密，將來，那個櫃子就是你的。」

瑪莎仔細看著櫃子，它大約有一尺厚、四尺寬、五尺高。瑪莎不禁陷入了沈思：大概三十年前吧，她第一次看到這個櫃子。櫃頂呈三面扇形，像是一幢古老的歐式房子，中間那部分最高。整個櫃子是黑色的，看起來很髒的那種黑色，薄薄的金色花紋從龜裂的漆裡露出來。櫃子每排有十五個抽屜，一共有二十四排，五個大小相同的抽屜在櫃子左下方。右邊有一個上面刻有「閏年」字樣的小門。這個櫃子每個抽屜都用老式的木柄作把手，做工實際上也很粗糙。在瑪莎的記憶中，每個抽屜代表一年中的一天，那個小門，代表那個抽屜是閏年二月二十九用的。

姑媽在世時總和這個櫃子打交道，她打開一個抽屜，從裡面取出一張紙條，然後，嚴肅地宣布：「我今天的運氣會怎麼樣。」

瑪莎想到這裡，不禁皺了下眉頭。她知道，這些抽屜是有一定次序的，但她不知道該怎麼看抽屜裡面的紙條，是該從元旦開始看還是該從生日開始看。她曾記得，有細細的娟秀字跡在那淡藍色的紙條上，但她從沒讀過紙條上的內容。

「晚報來了，瑪莎小姐。」蘇珊娜說。

蘇珊娜和瑪莎住在一起，她是個半工半讀的大學生。瑪莎雇她來照顧自己，她晚上扶瑪莎上床休息，上午照顧瑪莎起床，扶瑪莎坐進輪椅。瑪莎二十五年前出了一次意外事故，從那以後，她雇用過不少女孩。一些女孩完全是因為錢才來照顧她的，但也有一些女孩在和她相處時有了感情，雖然畢業後去了別的地方，但仍和她保持著聯繫。

「這個櫃子怎麼看起來有點奇怪。」蘇珊娜隨意地說道。

「它完全是手工做的，而且十分古老。」瑪莎有點不高興地回答。

「我並不是說它不好，」蘇珊娜忙解釋道，「我的意思是說，櫃子抽屜這麼小，裝不了什麼東西啊！連一副撲克估計也裝不下，它是珠寶箱還是別的什麼箱子？」

「你應該尊重別人的東西，不該打聽的別打聽。」瑪莎用尖刻的語氣說，她覺得這樣的說話語氣和姑媽的口氣很像。

「我以為抽屜是空的，對不起！」蘇珊娜委屈地道。

「沒什麼，也許裡面真的沒什麼。」瑪莎緩和了一下語氣道。

她那天晚上躺在床上發抖，似乎有一種濃濃的神祕色彩充斥在她黑暗的房間裡，像是從紗窗裡湧進來的霧。那黑黑的櫃子，在走廊燈光的照耀下若隱若現。

「你不應該相信這樣的事，瑪莎。」她在心裡告訴自己，「你是個實際的女人，絕不會胡思亂想些什麼。」

瑪莎以前是一位私立學校的數學教師，不過，在她和一位有地位的男人結婚後，她就不教書了，那人比她大。她有著聰明的大腦、敏捷的思路，對此她頗以為傲。一件家具怎麼會讓她迷信呢？迷信是愚蠢的，她為剛才的想法羞愧。姑媽有一種輕微性癡呆症，所以，生前才把命運依附於它。

「真的，瑪莎，」像往常一樣，她第二天早上提高嗓門勸自己，「櫃子裡面可能什麼也沒有，畢竟已經過去了這麼多年。」蘇珊娜把她安頓進輪椅，然後離開了。瑪莎不自覺地、慢慢地推著自己，到櫃子前用手上下撫摸著那櫃子，她一連摸了幾排，逐個抽屜地摸，然後，猛吸一口氣喃喃地道：「裡面到底有些什麼呢？」

她伸手拉開了第一個抽屜，把抽屜放在大腿上，裡面確實裝有一張小紙條，這讓她有些意外。她小心翼翼地打開皺折的字條。這張紙已經褪了色，但仍能看出是藍色的，墨水已褪成鐵鏽色，而且紙質有點脆，看起來有些像乾了的血跡。只見紙上的字是——一則來自過去的消息。

就這幾個字，沒有標點，其他什麼也沒有。

瑪莎看了一會兒後，把紙條重新疊好，又輕輕地放回抽屜裡。當她在放回紙條時自言自語道：「瑪莎，現在看來，這櫃子所含的意思就是從過去來的一則消息。」

蘇珊娜那天下午帶來一封信，又大又厚的信封是白的，信是從一個律師事務所發來的，日期竟然是二十五年前，收信人一欄寫著：「在我姪女瑪莎七十四歲生日那天交給她。」她開始看這封信。

親愛的瑪莎：

我寫這封信到你收到這封信是一段很長的時間，或許我在你讀到這封信時已不在人世。我知道人們背後會說我舉止刁鑽古怪，也會因此笑話我；但是，我知道過去與未來，我立下遺囑——在你七十四歲生日的前天，送給你那個有很多抽屜的櫃子。

姑媽卡倫

瑪莎覺得一陣涼意襲來，難道藍色紙條上寫的「過去來的消息」，是一則來自姑媽的消息，而不是櫃子本身？瑪莎在接下來的幾天拒絕接近櫃子，她視它為邪惡的東西。但她第四天再也忍不住了，她打開第四個抽屜，中間隔了兩個抽屜還沒打開。紙條上寫道——一個有著淺黃色頭髮的美麗孩子。

她思考了這句話很久，但她實在想不出來，她認識的哪一個小孩是淺黃色的頭髮？這段時間，她很少見到小孩。她午飯後睡了一覺，睡了一會兒，蘇珊娜開始喊她。

「瑪莎小姐？」蘇珊娜輕輕地道，「你以前曾和我說過，如果碰到有想吃甜點的小孩，就把小孩帶過來見你。」

瑪莎睜開眼睛，看見一個頭戴小紅帽的可愛小姑娘，帽子下露出長長的淺黃色頭髮。她想到紙條上的話：一個有著淺黃色頭髮的美麗孩子。這令她極為驚異。她在小姑娘走後心中覺得不安，但她告訴自己，也許這就是個巧合。

那黑黑的櫃子，瑪莎每天都不想去理會它，但是，她每天都會打開一個抽屜，好像有種莫名的力量在吸引著她去打開抽屜。有一天，抽屜裡的紙條上寫著——一位老朋友的祝福。果然，這一天她收到一位要好同事的來信，她和這個同事在許多年前共過事。

又有一天抽屜裡的紙條上寫著——一位年輕的客人。結果下午有個女孩過來看她，這個女孩曾照顧過她，還帶著六個月大的女兒一起來了。

瑪莎開始相信櫃子裡的東西了，雖然她心中有些不情願。

時間慢慢過去，這些字條預言著她的生活，那些字條就像拼圖遊戲中的一塊塊不同的圖片。櫃子似乎越變越黑，越來越大。她不止一次地告訴自己，這個櫃子不可能知道自己的過去，也預言不到她的未來。

有一天，她打開一個抽屜，抽屜上的把手是白瓷的，那張紙條上寫道——一樁欺騙和犯罪的回憶。

她不禁皺了皺眉頭，讀完後她把紙條放了回去，這時，她聽到有輕微的響聲從裡面傳來。她再把抽屜拉出來，仔細看著裡面，她看到一枚鑲有一顆小藍寶石的戒指。

她把戒指拿出來，試戴了一下，太小了。她仔細打量著這枚戒指，認出它後不禁暗暗吃了一驚。她把那枚戒指放了回去，臉色頓時難看起來。她記得有一次，她把戒指藏在衣櫃的鞋盒子裡。姑媽問她有沒有拿，她很堅決地說，我沒有拿你的戒指。

瑪莎開始渾身發抖，她迅速地合上抽屜，轉動輪椅，使自己背對著櫃子，自言自語地道：「我不明白。」說著又轉回去面對櫃子，「姑媽是怎麼知道的。天哪！」

過了幾天，她在抽屜裡看到這樣一張字條——一次謊言，鑄成終身大錯。

瑪莎想不起什麼是可怕的謊言，苦思冥想了半天還是沒想起來。

這時蘇珊娜來了，是給她送午飯過來的。她瞧著外面，「今天是什麼日子啊？對面的那戶人家怎麼掛著國旗呢！」

瑪莎猛地記起來今天是十一月十一，是休戰日。許多年前的一天，姑媽的男友來到姑媽家，他是來邀姑媽去鎮上遊行的，此時瑪莎正好在門口碰到姑媽男友，瑪莎那天剛好在姑媽家玩。瑪莎也不知道當時自己是怎麼了，竟然騙他說：「卡倫姑媽和一位很帥的叔叔去遊行了，她不在家。」

姑媽的那位男友在第二天被發現時，已經死了，是落馬摔死在樹林裡的。

瑪莎當時撒謊只是想開個玩笑而已，她並無惡意。當她知道姑媽那位男友已經死了，不禁有些驚慌失措。這件事再也沒有人提起，慢慢地，這事她也就忘了。但姑媽竟然知道，姑媽也許早就知道了。

這一天是元月十四日，條子這樣寫著——一件很方便的婚姻。

這天是瑪莎的結婚紀念日。二十五年前，丈夫出了一次意外，她就一直守寡到現在。她想著紙條上的話，不禁想到她的婚姻是不美滿的，她和他不是很般配的一對，不過，卻是一件很方便的婚姻。後來，她知道丈夫在外面有了別人。

在二月十四日這天，瑪莎拉開另一個抽屜，這個抽屜上帶著心形手把，字條上寫著——一份充滿怨恨的禮物。

她記起來了，自己確實送過一件帶著怨恨的禮物，但他是活該如此。她清楚地記得，在丈夫的口袋裡，她發現了一塊香氣撲鼻的手帕，手帕上面還繡著地址。她仔細地把手帕洗好、燙好，然後，把它裝進一隻漂亮的心形盒子，在心形盒子裡面，她還放進去一把裝有子彈的小型手槍。

然後，她在心形盒子上夾了一張卡片，並在卡片上模仿丈夫的筆跡寫道：「我們被發現了，全完了。」最後按手帕上的地址寄了出去。

隨後的幾個星期裡，她和丈夫在晚飯後總是相對默默地坐著。這時候，她總是用欣賞的眼光看著她的丈夫。從那以後，他也不像以前一樣天天加班了，只是天天晚上在看一本書。他的臉總是像帶著面具一樣，沒有一點表情。而瑪莎則在旁邊，繡著她的蕾絲花邊。

三月裡的一個晴天，這是令人難受的一天，紙條上寫著——一杯咖啡。

瑪莎看到這個條子後呼吸都加快了，她記得，她那天告訴丈夫，二月十四日的禮物——心形盒子是她送的，她丈夫冷酷地對她說，要和她離婚。她只是想通過這件事警告他一下，想不到丈夫竟然要和自己離婚。

「你要和我離婚，這是真的嗎？」瑪莎不滿地道。

「是的，我要和你離婚，我現在就收拾幾件東西，明天就搬到旅館住。」她丈夫說。

瑪莎第二天偷偷溜進廚房，在保溫瓶裡放進許多安眠藥，那個保溫瓶是廚師為她丈夫準備的。在離家六里的地方，他的汽車出了事。接到丈夫死亡的消息時，瑪莎人還在樓上，因此，所有的人都沒懷疑她。本來，她是希望警察來抓自己的，最後警察沒來抓她，她自己反倒從樓上跌了下來。

這一跌，導致她半身不遂。她在醫院裡住了幾個月之後，便出院了。家裡只有她一個人，但房子很大，這讓她覺得很寂寞。不過，她經濟條件很好，雇了一位女大學生來照顧自己，還雇了一位廚師。沒事的時候，她會看看書，玩玩遊戲，或者做做針線活。

然而，那個詭祕的櫃子被送來以後，就佔據了她的整個心思。實際上，她自己也知道，命運是不可能被預知的。她對著櫃子常常這樣說：「這只是巧合。」所以，她每天早晨醒來後，總對自己說，不要打開抽屜，但那股神奇的力量最終令她無法抗拒。

又是一個三月天，天氣寒冷，紙條上寫道——算帳的日子。

瑪莎心煩意亂地坐在那兒，凝視著一排排的抽屜。現在，只剩幾個抽屜沒有打開了。

「有你的信，瑪莎小姐。」蘇珊娜這時打斷了她的思緒。

她疲憊地打開這封律師事務所的信，發現裡面還套著一層信封。信裡面是這樣說的。

親愛的瑪莎：

我早就知道許多事情，你現在總該相信了吧。也許我早該把這些事說出來，但想到你還是個孩子就不忍心說出來。現在，我覺得我必須通知警察局，我應該伸張正義。因此，在律師事務所裡，有我寫的一封信存在那兒。在你七十五歲生日那天，那封信將會寄給警察局。我希望，在這一年裡，你能回憶起你的一生。願上帝能原諒你的靈魂。

卡倫

附：假如收信人死亡的話，燒毀此信。

瑪莎被嚇得呆坐在那，腦海中回憶著一幕幕的往事，她那脆弱的神經被恐怖的記憶不停地刺激著。這之後，瑪莎寢食不安。她的腦海裡亂七八糟，胡思亂想著：卡倫姑媽留在律師事務所的那封信會寫些什麼？姑媽的話警察會相信嗎？我這麼大年紀的人警方還會起訴嗎？她思考著，那個討厭的櫃子如何處置呢，可以燒毀，也可以賣掉。她真希望哪天早晨起床後，櫃子不見了。在黑暗中，她常對櫃子說：「你要消失了該多好啊！」

蘇珊娜在第二天早上說：「你今天的氣色不好，瑪莎小姐，是昨天晚上沒睡好吧。」

「我很好。」瑪莎說著，挺胸看著蘇珊娜，看著她擦書架上的灰塵，整理床鋪。瑪莎在蘇珊娜走後面對著櫃子，現在，只剩兩個抽屜還沒有打開。「其中任何一個抽屜，我都絕不會打開。」她對自己發誓道。

在九點剛過一點兒的時候，她一遍又一遍地看不知道已經看了幾遍的早報。十點的時候，她讀一會兒書。十一點，她決定投降了，她實在抵不住那櫃子的誘惑。她走上前去，打開倒數第二個抽屜，上面寫著——準備的時間。

中午的時候，蘇珊娜過來幫瑪莎洗頭。然後，蘇珊娜給她換了床單。她自己也沒閒著，雖然她指甲並不長，但她還是開始修自己的指甲，她最後讓蘇珊娜換掉了她輪椅上的坐墊。

她那天晚上躺在床上，心中不禁想著，到底準備什麼呢？她聽著掛鐘的滴答聲，一直無法入眠，到十一點半的時候，她按了一下床邊的鈴，蘇珊娜聽到鈴響趕緊到她屋裡來。

「什麼事？」有點擔心的蘇珊娜問。

「我要穿藍色的禮服，我要穿著衣服坐在椅子裡。」瑪莎語氣很堅決地說。

蘇珊娜幫她穿上禮服後扶她坐進椅子裡，然後，她關切地俯身問瑪莎：「瑪莎小姐，你看起來似乎很煩躁，半夜這樣打扮，有些……你沒有事吧？」

「蘇珊娜，我很好，你回房休息吧。」

「好，但我有點不放心這樣把你留下。」突然之間，她好像失去了信心，只得停了下來。然後，她俯身吻了一下瑪莎的臉頰。像這樣吻瑪莎，蘇珊娜還是第一次。

瑪莎有點哀傷地撫摸著蘇珊娜吻她的地方，蘇珊娜在走廊走路時發出的聲音以及蘇珊娜關燈的聲音，她都清楚地聽到了。然後，她緩緩推著輪椅，到了櫃子前。老爺鐘發出了沈悶的響聲，這時正好是午夜十二點，她把手伸向最後一個抽屜。

「我來了。」她對著櫃子道。

她打開抽屜，除了紙條放在裡面外，竟然還有一個小包，裡面有一條帶繡字的美麗手帕，手帕裡裹著一把小手槍。這個手帕是她很久以前見過的啊！那時她竟然沒有注意到上面的字，那上面居然是「卡倫」兩個字，以前她光注意地址，名字怎麼就沒注意呢？她沒有看到當年自己寫的卡片。對其他任何人來說，這個神祕的櫃子都是毫無意義的。原來卡倫姑媽就是當年丈夫的情婦，卡倫姑媽雖然輩分比自己高，但年齡卻和自己差不多大。

她取出紙條，抓在手中冷靜地說：「她最後想對我說的話一定就在這裡。」

打開紙條，讀完後輕輕地拿在左手上。她的右手拿著槍，對著自己的胸部扣動了扳機，字條飄飄蕩蕩，慢慢地落到地上。

這飄落著的第三百六十五個抽屜裡的條子上寫道——最後一天，你安息吧！

冬季逃亡

約翰·肯德跳出警車，舉著槍第一個衝進了巷子。地上到處是雪，沿著逃跑者的足跡很容易追蹤。他要追蹤的人一定逃不了，因為他知道那是一條死巷子，再加上他還很熟悉周圍的地形。

「別動，我是警察！」他喊道，「雙手放到頭頂！走出來！」

他沒有聽到任何回答，只聽到一個走投無路的人絕望的呼吸聲，還有巷子裡吹過來的風聲。身後響起拉辛警官的腳步聲，他知道，拉辛警官已經掏出了手槍。他們追蹤的那個人，搶了一家酒店的好幾瓶杜松子酒，那人砸碎了這家酒店的櫥窗，闖了進去。他一直被追到這裡，現在他逃不掉了。

這時頭頂上的一輪滿月，突然從雲中鑽了出來，照耀在雪地上，使整個巷子看起來一片藍白色。約翰·肯德看到了他追蹤的逃犯，逃犯在前面二十英尺的地方舉著手，他手中有個閃閃發亮的東西。

約翰開槍了！雖然逃犯已經倒在巷子盡頭的柵欄上，但約翰還在開著槍。這令拉辛很是驚訝，他衝過來打落他手中的槍。

之後，約翰在四十八小時之內辭職離開了警察局，他沒有等待部門的調查。他帶著一位名叫桑迪·布朗的姑娘駕車向西駛去。他和桑迪·布朗計畫在近期結婚，可見他們之間已經有了很深的感情。但就算對桑迪這樣親密的人，開始他也不願談論此事。小汽車慢慢地開出了三百英里，他才說出了那件事。

「那個逃犯整天遊手好閒，是個老酒鬼，除了喝酒別的什麼也不知道。他砸破了酒店的櫥窗，進去偷走了幾瓶杜松子酒。然後，他跑到那條巷子，迫不及待地拼命喝起來。他正舉著一瓶酒在喝，但我不知道怎麼回事，竟然以為他舉著的是一支手槍，或一把刀。打出第一槍後，我就知道，那只是一個瓶子。我想也許我對這個世界很生氣，或者對自己很生氣，於是我不停地開槍。」他雙手顫抖地點上一根煙，「我可能會受到大陪審團的審判，如果他不是一個酒鬼的話。」

桑迪很少質問她愛的人，她是一個文靜的姑娘。她很高，也很瘦，眼睛是淡藍色的，她有一頭深褐色的頭髮，但她的頭髮卻剪得很短，像男孩一樣。如果她笑起來，男人更會神魂顛倒。桑迪並不總是很文靜，也並不是一個男孩子氣的人，這些從她的笑容，以及她深邃的目光裡就能看出來。

她現在坐在約翰身邊，她對約翰說：「他還是死了好，就算不被你打死，如果他在那個巷子裡喝醉了，也會被凍死的。」

他為了避開高速公路上的雪，把車向旁邊稍稍讓了讓。「他只不過偷了幾瓶杜松子酒，我卻為此殺了他。為了保險竟然還朝他連開了三槍。」

「你是不是認為他那時手上有武器？」

「說實話，我根本沒有這麼想。拉辛警官曾和我說過，有一位警察被打成殘廢的事，是被一個舉手做投降狀的人開槍打的。如果當時我腦子有在想些什麼的話，那麼我認為應該就是這件事。」

「我希望你留下來參加聽證會。」

「不，那樣的話，他們豈不是可以正式解雇我？」

約翰抽著煙，一言不發地開了一會兒車。他打開車窗，寒冷的空氣吹進車裡，吹過他的金髮。他還不到三十歲，很英俊，他的舉止以前也很沈穩。「也許，像我這樣的人不適合當警察。」

「約翰，你覺得你適合做什麼？開著車子穿越全國嗎？在他們追逐你時，四處逃亡？」

「我們會找到一個地方的，在那裡，我會找到工作。然後，我們就結婚。」

「你這是在逃亡，知道嗎？逃亡的時候你能做什麼工作？」

「我可以殺人。」他凝視著外面的雪，冷冷地回答。

「七星湖」作為一個鎮的名字，它不適合這個鎮的現在，卻適合這個鎮的過去。過去，冰凍的湖邊一排排的舊別墅，與現代高速公路並行的泥土路，泥土路上面留著很深的車轍，這些都是七星湖鎮最明顯的標記。七星湖鎮與本州最大的城市之間，只有一個小時的路程，但戰後經濟的繁榮並沒有讓它變成一個時髦的郊區小鎮。

這個典型的中西部小鎮裡的氣氛，讓約翰著迷，也許，不停地奔波已經令他厭倦了。

「就是這裡吧，」他對桑迪說，這時他們正停在一個加油站，「在這兒住一段時間吧。」

「湖面全結冰了。」她看上去很懷疑，於是反駁道。

「結冰怕什麼，我們又不是來這裡游泳的。」

「但這個地方是個避暑勝地，在冬天，比一般的城市要冷得多。」

他們倆都看到了新建成的高速公路，感覺這裡不僅僅是一個避暑勝地。最後，他們打算留下。他們在一家汽車旅館租了兩間相鄰的房間，暫時住了進去。在結婚前，桑迪不願意與他同居，所以他們只好租兩間房。桑迪出去找合適的公寓，約翰早上出去找工作。他不停地找了幾個地方。到第三個地方時，接待他的人嘆了口氣對他道：「冬天的時候，這裡的人除了警長，都不會雇人。你看起來身材魁梧，為什麼不去警長那裡看看呢？」

「謝謝，我也許會去。」他又試了兩家，還是沒人願意雇他。他不得已找到了警長。

警長叫昆丁．達德，是一個聰明的政客，很明顯他是七星湖有錢人選出來的。說話時，他嘴裡總是叼著一支廉價雪茄。

「是的，我需要一個人。」他坐在一張桌子後面說，桌面上很散亂，雜亂無章地扔著信件、報告和通緝名單。「這裡冬天的時候，我們總是雇一個人沿著湖邊巡邏，主要任務就是看守那些別墅。人們在冬天的時候，會在那些舊別墅裡留一些值錢的東西過冬。他們希望，那些東西能有人保護。」

「難道你到現在還沒有找到人嗎？」約翰問。

「之前我們有一個人，上星期……」達德警長沒有說完，反而問他，「警察這一行你幹過嗎？」

「在東部警察局，我幹過一年多的警察。」

「為什麼離開？」

「我想去旅行。」

「結婚了沒？」

「只要一找到工作就結婚。」

「這份工作是夜班，每星期只有七十五元。如果你做得好，夏季我會繼續雇你。」

「工作職責是什麼？」

「開著一輛巡邏車，檢查那些舊別墅，每隔一小時圍著湖邊巡邏一次，別讓孩子們別破門而入，就是這些事情。」

「你們以前遇到過什麼麻煩事嗎？」

「你這樣的大個子，沒什麼事會應付不了，再說，這裡也沒發生過什麼嚴重的事。」

「手槍必須攜帶嗎？」

「當然！」

約翰想了一會兒，最後說道：「我來試試吧。」

「可以，但你要填一些資料，我要和你以前的部門核對一下。審查之前，你就可以上班。這裡有一支手槍，你拿著。今天晚上，你就可以上班了。我先帶你去看看巡邏車。」

約翰接過左輪手槍，他注意到，這槍與他在東部使用的手槍，是不同的牌子，但它們看起來非常相似。摸著冰涼的手槍，他不禁想起，那個晚上在巷子裡……

他回到汽車旅館後，把這事告訴了正盤著腿坐在床上的桑迪，她沒有說話。過了一會兒，她抬頭凝視著他，「約翰，你一個星期之內拿了兩把槍，前一把槍剛剛被迫丟掉，這麼快你就要拿起另一支手槍嗎？」

「我根本不會把它掏出來。我向你保證，我不會使用它。」

「那你要看到小孩破門而入會怎麼辦？」

「桑迪，這個工作每星期七十五元，也只有這份工作我比較熟悉。有了這份工作，我們就可以結婚了。」

「我也在超市找到一份工作。就算你不做那份工作，我們一樣可以結婚。」

約翰透過窗外凝視著遠處，山坡上還有一些未化完的積雪：「桑迪，我已經和警長說過了，我準備接受這份工作。我以為你會支持我的選擇。」

「我是支持你，而且我會一直支持你。約翰，但你殺過一個人。不管是出於什麼原因，我不想讓你再出現這樣的事。」

「這樣的事不會再發生了。」

他走到床邊，吻了她一下，但他們的嘴唇只是象徵性地碰了一下。

達德警長那天晚上帶他圍著湖巡視了一圈，在巡視的過程中，教他這份工作該怎麼做。晚上非常冷清，結冰的湖面上升起一輪明月。約翰並沒有穿警服，只有手槍和警徽說明他是警察。他一下子就喜歡上這份工作了，雖然它有點乏味。警長說話時，他都認真地聽著。

「巡邏一圈大約需要二十分鐘，你每隔大約一小時巡邏一圈。但你巡邏的時間也不要太固定，防止別人掌握你的巡邏規律，如果有人知道你的巡邏規律，他就能算出，你什麼時候經過某棟別墅。你的巡邏時間要不斷改變，當然，沿途的酒吧也要檢查。有許多孩子週末的時候去酒吧喝酒，他們喝醉後，經常闖進別墅。」

「那些孩子冬天也來這裡嗎？」

「那些別墅的主人們相信這裡還是一個避暑勝地，雖然這裡現在已經不是什麼好地方，但他們需要保護。」

他們坐在車上，默默地開著車子，約翰慢慢地覺得放在臀部的手槍沈甸甸的。他終於決定說實話。「警長，有件事要和你說一下。」

「什麼事？」

「我上個星期值勤時殺過一個人，那時我還在東部的警察局，你與東部警察局核對我的資料能看到。我殺的那個酒鬼搶了一家酒店，當時我以為他帶著槍，可能會反擊我，就開槍打死了他。他們要對這件事進行調查，所以我辭職不幹了。」

達德警長搔搔他的禿頭。「我很高興你說出此事！我不會因為此事而對你有什麼不好的看法。記住，在這裡要對付幾個喝醉的少年，可能就是你最危險的事了，對付他們，還用不著手槍。」

「我知道。」

「好了，關於工作的事，要交待的也就這麼多了。我到法院門口下車，你就可以開始工作了，去巡邏吧！祝你好運。」

約翰的第一次單人巡邏在一小時後開始了，巡邏地點主要集中在聳立著的別墅區。那些別墅，像哨兵一樣嚴防從湖面而來的入侵者。

有一次，他看到四個在冰上移動的人影，便停下車去看了看，那只是幾個溜冰的小孩。有幾棟別墅在湖的最盡頭，他隨意檢查了一下。然後，在一個叫「藍斑馬」的酒吧停下了車。這個酒吧門前的汽車很多，裡面應該有不少人，他站在屋外都能感受到從裡面傳出來的快樂氣氛。他把大衣拉開，上衣上別著的警徽露了出來。所有的桌子都坐滿了人，酒吧看起來很擁擠，不過，他沒有看到一個少年。顧客大都是忙了一週出來放鬆的白領，還有一些來約會的年輕人，偶爾還能看到幾個中年婦女。

約翰和店主聊了一會兒，感覺在那裡沒有什麼事，就走到外面了。

他拒絕了店主請他喝一杯的邀請，現在離下班還早，不能喝酒。他不想在剛上班的時候就鬆懈了起來。

他聽到酒吧門口有人喊他：「喂，副警長！」當時他正要上車。

「什麼事？」

約翰轉過身，看到一位比自己大不了幾歲的男人，說話的人又瘦又高。那人沒有回答，從酒吧的台階上慢慢走下來，一直走到離約翰很近的地方才開口道：「我只是想看看你，在你之前，我一直做這份工作。」

「哦？」約翰一時不知該怎麼說。

「為什麼解雇我？老警長沒有告訴你嗎？」

「沒有。」

「他解雇了我。你有空的話問問他為什麼。問問他為什麼解雇米爾特．伍德曼。」他笑著說，說完轉身向酒吧走去。

約翰進了巡邏車。這個名叫米爾特．伍德曼的人失去了工作，他一定很痛苦，但這跟他有什麼關係呢。他的思緒又落到桑迪身上，桑迪還在汽車旅館等他……他回來時，她在睡覺。他輕輕地進去後坐在床邊，一直等到她醒來。她醒來後睜開漂亮的藍眼睛，看到了他。

「回來了，工作的事怎麼樣了？」

「這工作我很喜歡。起床吧！我們一起去看日出。」

「我要去超市上班。」

「你不能上班，如果我們倆都上班的話，我們見面的時間就不多了。」

「約翰，現在我們需要錢，不然的話，長期住這裡是住不起的。」

「這事以後再談好嗎？」他突然意識到，她好久沒有笑過了，他不禁感到悲哀。桑迪以前是經常笑的。

有天晚上，他像往常一樣繞著湖邊巡邏，把車停在擁擠的酒吧外進去檢查了一下。在酒吧裡，他又看到米爾特．伍德曼，不過，這次彌漫在煙霧後面的米爾特沒有說話。

約翰第二天向達德警長提到了他。「我星期五晚上見到一個人——米爾特．伍德曼。」

達德皺起眉頭道：「他沒有找你麻煩吧？」

「沒有。他讓我有空的話問問你，為什麼解雇他。」

「你想問嗎？」

「這跟我好像沒什麼關係。」

「和你沒關係。不過，他再找你麻煩的話，你告訴我。」

「他為什麼會找我麻煩呢？」達德的話讓約翰很不安，他不禁問道。

「沒事的，你要保持警惕。」

星期一晚上約翰休息。他決定帶桑迪去汽車電影院，準備好好玩一下。

在星期二晚上，約翰巡邏到半夜時，把車開到藍斑馬酒吧的停車場，進去後發現酒吧裡沒有幾個人。他接受了店主的邀請，打算一起喝一杯。

身後一個聲音響起：「副警長，你好。」他沒有回頭，但知道說話的是米爾特．伍德曼。

「我叫約翰．肯德。」他微笑著說。

「你的名字不錯，我的名字你已經知道了吧。」他咯咯一笑，「昨天晚上在電影院看到你們了，你妻子很美。」

「是嗎？」約翰本能地向旁邊一閃。

米爾特微笑著繼續道：「達德有沒有告訴你，他為什麼解雇我？」

「我沒問。」

米爾特大笑著道：「不亂打聽，你還真是個好孩子！就是為了保住這個飯碗——那一星期七十五元的工作。」說完他轉過身，向門口走去。「再見。」

約翰一口氣喝完自己的酒，跟著他走出去。好像要下雪了，空氣濕漉漉的，月亮也不知道躲到哪兒去了。在前面的路上，他看到伍德曼汽車的尾燈亮了一下，然後，在拐彎處消失了。約翰覺得自己有點衝動，一踩油門追了過去，他想要跟蹤那個人。但當他開車到拐彎處時，什麼也沒看到。伍德曼不知道到什麼地方去了。

那星期一直很平靜，直到星期五那天。

他白天一般睡四、五個小時，睡得總不是很熟，到中午就醒了。那天他中午醒來後，決定和桑迪一起吃午飯，所以他去超市找她。到超市時，看到她正在收銀台和一個人聊天，她和那個人像很熟悉一樣邊笑邊聊，仔細一看，發現那人竟是伍德曼。於是他繞開了超市，他告訴自己沒什麼可擔心的。再回到超市，伍德曼已經走了，桑迪準備去吃午飯。

「你在這裡還有朋友嗎？」他不經意地問。

「朋友？」

「我剛剛看到你正在跟一個人聊天，你們之間很熟的樣子。」

「他是一個經常到這裡閒逛的顧客，我不認識他。」

約翰也不再提這事。但桑迪那個週末沒有像往常一樣催他趕快結婚，這讓他很驚訝，她甚至連結婚的事也不提了。

約翰星期一晚上休息，他和桑迪被達德警長邀請去家裡吃晚飯。桑迪高興地接受了這個友好的邀請。

達德太太三十來歲，是個非常漂亮的金髮女人。晚飯時，她非常周到地招待了他們。

約翰吃完飯後跟著達德，來到他的地下室工作間。

「我沒事的時候經常來這裡消磨時間，」警長對他說。接著，警長頗感興趣地擺弄著一個電鑽，「不過，我不會待在這裡很長時間。」

「是啊，你還要忙工作。」

「是的，約翰。我太忙了，但我非常喜歡你做的工作。」

「謝謝。」約翰靠著工作枱，點著一根香煙，「警長，有件事我一直想問你。」

「什麼事？」

「伍德曼是怎麼被你解雇的？」

「他是不是為難你了？」

「那倒不是，不過，我有點好奇。」

「那好，我就告訴你吧。藍斑馬那邊就是湖的盡頭，旁邊有個灌木叢，米爾特．伍德曼過去經常把車停在那裡。然後，他就帶著一位姑娘進入某個別墅，在裡面一起度過大半個晚上。那傢伙把別墅當做他的幽會場所了，但他的任務是保護那些別墅。出了這樣的事情，我是不能容忍的。」

「他是不是很受姑娘們的歡迎？」

「他是一直很受姑娘們的歡迎，但我根本就不該雇用他，他只是一個沒用的酒鬼。」

他們從地下工作室出來，回到樓上，就不再談關於伍德曼的事了。

約翰第二天晚上巡邏時，在藍斑馬酒吧，又看到了伍德曼。約翰在路邊一直等到伍德曼出來，然後跟蹤他，很快又到了上次那個拐彎處。上星期，約翰就是在這裡把他跟丟了。伍德曼拐進一條直通湖邊別墅的車道，那條車道比較窄。約翰一直跟蹤到兩棟別墅之間，每排別墅之間都有一條車道。

他邊抽煙邊考慮該怎麼辦。阻止不相干的人進入別墅是他的責任，但由於某些原因，現在與伍德曼發生正面衝突是他不願意的。他知道那個人絕不會老老實實，他知道他可能不得不使用臀部上掛的手槍。那天晚上對伍德曼，他沒有採取任何行動。

達德警長第二天遞給他一份油印的名單。「這裡有一份新做的住址電話單，上面有所有房屋的電話，還有一些電話號碼所屬的地方也是你需要檢查的地方。為了方便你妻子晚上能找到你，把它留給你妻子吧。」達德雖然知道他們沒有結婚，但總是稱桑迪為約翰的妻子。

「你們是不是仍然住在汽車旅館？」

「是的。」

「最近見到伍德曼了嗎？」

「看到了，昨天晚上見到的，但我沒跟他說什麼。」

約翰第二天晚上發覺，桑迪似乎非常冷淡，他此時正準備出去值勤。

「你怎麼了？」他不禁問道。

「這裡的人星期四就開始進行週末購物了，超市人多，我想我是因為工作太累了。」

「我上次看見和你說話的那個人還記得嗎？是不是他又來了？」

「怎麼了？我和你說過他是超市裡的常客，當然會來。」

「桑迪——」他向她走過去，但她躲開了他。

「約翰，你變了。自從你殺了那個人後，就跟過去不一樣了，變得讓我覺得很陌生。現在你又拿起槍幹你的老本行，不知道你還記不記得在東部警察局發生的事。」

「這把槍從拿到手我就一直沒用過！」

「只是到現在沒用，以後呢？」

「算了，既然你這麼想，我也沒辦法。我們抽空再談吧。」他走出去的時候感到手槍碰到了他的臀部。

似乎又要下雪了，今晚非常冷。與桑迪的談話讓他很煩惱。第一次巡邏時，他開車十五分鐘就繞了一圈，開得比平時快得多，沿途一個地方也沒停。第二次巡邏時，他想找到伍德曼的汽車，但沒能如願。那伍德曼的汽車會在哪兒呢？會不會藏在別墅旁？

他又想起桑迪。月亮在將近半夜時穿過雲層，月光照在結冰的湖面上。約翰把車開進鎮裡，直接來到汽車旅館。桑迪的房間沒人，床沒有睡過，很平整。

他又開車回到湖面，在記憶中尋找伍德曼用過的別墅。不過，半夜裡那些別墅看起來都是一片黑暗，看不出裡面有沒有人。他又去了藍斑馬酒吧，還是沒有找到伍德曼。他站在吧台邊，慢慢喝著經理剛剛遞給他的一杯飲料。他現在的心情很壞，以至於當一個不到喝酒年齡的大學生，想為他的女朋友買一杯酒時，約翰竟然把他們趕出了酒吧。要知道他以前碰到這種事的時候，是不會去過問的。

大約兩點鐘的時候，他檢查了路邊一對夫婦的汽車，竟意外發現伍德曼那熟悉的汽車，正從他面前飛駛而過。伍德曼坐在前排開車，他的身邊坐著一位用頭巾裹著頭的姑娘。約翰心想，如果車裡的女人是桑迪，他一定會殺了她。

「你昨晚去哪兒了？」第二天早晨，他裝作漫不經心地問道。

「半夜時，我順便出去了一下。怎麼了？」她點著一支煙，轉過臉，「每天晚上一個人坐在這裡，我已經厭了。難道你不理解我嗎？」

「我理解。」

夜幕降臨，他傍晚時提前離開房間，駕車來到一棟舊別墅，那棟別墅在藍斑馬酒吧過去一點。他在一個伍德曼曾經停過車的地方把車停好，慢慢走近一棟別墅。那裡沒有破門而入的跡象，看起來一切都正常。他又看了看車道另一側的別墅，那棟別墅有一扇面對湖面的窗戶，他注意到窗戶沒有關，便爬了進去。

看裡面的佈置，很像個鄉村別墅，為了防止冬天的灰塵落到家具上，家具上都罩著大塊的白布。別墅佈置得這麼精緻，他還是第一次見，不過，他不是來看這裡是怎麼佈置的。他在樓上的臥室裡發現他要尋找的東西。

床單有點亂，床邊整齊地放著幾個啤酒瓶。

他在煙灰缸裡看到了桑迪抽的那種煙的煙蒂。他對自己說，這種煙誰都能抽。這不是什麼鐵證，不能證明什麼。接著，他看到地板上揉成一團的紙，那紙是用來擦口紅的。雖然心中非常擔心，但他還是把紙撫平了。他隱約已經知道答案了，那團紙是兩天前達德警長給他的，它是油印的住址電話單。他清楚地記得，自己回去後把它給了桑迪，並看著桑迪把它塞進自己的錢包。

現在，他知道了事情的一切。

他把屋裡的一切都恢復成原樣，從窗戶爬了出去。伍德曼一定會定期收拾這些東西，他一定還會回來，甚至今天晚上就會回來。那他會不會帶別的女人呢？應該不會，因為這裡留下了桑迪的痕跡，這些痕跡不除掉他是不敢帶別的女人來的。他今晚一定還會帶桑迪來。

約翰開著車回來，經過藍斑馬酒吧時進去喝了兩杯酒。然後，他開始繞著湖面巡邏，不停地尋找伍德曼的汽車。

他半夜時分回到酒吧，他問老闆：「今天晚上，你有沒有看到伍德曼？」

「伍德曼？他今晚來過，還在這裡喝了一會兒酒呢！」

「謝謝。」

約翰找了個電話亭往汽車旅館打電話。旅店的人告訴他，桑迪不在房間。

他出了酒吧便開車向那棟別墅駛去。一路上沒有燈光，但他看到了伍德曼的汽車。沒錯，他們是在那棟別墅。

在道路的盡頭，他把車停下來，他在車裡坐著，長時間抽著煙。然後，他從槍套裡拔出手槍並檢查了一下，檢查裡面是不是裝滿子彈。接著，他又回藍斑馬酒吧喝了兩杯酒。

他再次到別墅時，看到伍德曼的汽車還在那裡。約翰走進別墅，慢慢地沿著樓梯上去，兩人的低語聲傳到了他耳裡。

屋裡沒有開燈，他為了熟悉環境，在走廊站了一會兒。雖然臥室的門是開著的，但裡面的兩個人並沒有聽到他走上來的腳步聲。

「伍德曼！」他突然大叫一聲。

那人聽到叫聲吃了一驚，從床上起來時罵道：「你他媽誰啊！」

對著說話處，約翰開了兩槍，裡面響起一個女人驚恐的尖叫聲。他不停地扣動扳機，不停地開槍。這次拉辛警官不在，沒有人過來打掉他手中的槍了。他的六發子彈全都打向床上的人，沒人阻止他。

聽到裡面沒有動靜了，他扔掉手槍，劃著一根火柴走過去。他看到米爾特．伍德曼頭部中彈，倒在血泊中。床單下女人的身體一動也不動，他小心翼翼地走過去，掀開床單。

那女人不是桑迪！

是警長妻子——達德太太。

完了！他知道這次又完了。他到哪裡還能找到這樣的小鎮，這樣的生活。

但他還得繼續尋找，繼續逃亡……

〈全書終〉

國家圖書館出版品預行編目資料

藝術謀殺／希區考克（Alfred Hitchcock）著 -- 初版
-- 新北市：新潮社文化事業有限公司，2022.01
面； 公分
譯自：Art maze
ISBN 978-986-316-818-8（平裝）

874.57 110017795

藝術謀殺

希區考克／著

【策　劃】林郁
【製　作】天蠍座文創製作
【出　版】新潮社文化事業有限公司
電話 02-8666-5711
傳真 02-8666-5833
E-mail：service@xcsbook.com.tw

【總經銷】創智文化有限公司
新北市土城區忠承路 89 號 6F（永寧科技園區）
電話 02-2268-3489
傳真 02-2269-6560

印刷作業　東豪印刷事業有限公司

初　　版　2022 年 元月